URAKAGYOTENSEI

裏稼業転生

～元極道が家族の為に領地発展させますが何か？～

Presented by
西の果てのぺろ。
Illust. riritto

TOブックス

Contents

目次

序章……006
カタギの学校ですが何か？……025
マブダチが出来ましたが何か？……046
チンピラに絡まれますが何か？……088
義理と人情で乗り切りますが何か？……140
出世頭ですが何か？……178

URAKAGYOTENSEI

~Motogokudo ga kazoku no tameni ryochihatten sasemasuga nanika?~

闇組織のシマですが何か？……213

若ですが何か？……255

カチコミですが何か？……295

終章……325

書き下ろし特別篇　子分と若と姐さん……332

書き下ろし特別篇　戦う管理職……345

あとがき……360

Illust. riritto

Cover Design AFTERGLOW

Character
人物紹介

リーン

リューの従者のエルフ。
リューの両親とは古い友人。
元気で好奇心が強く、
戦闘力も高い。

リュー

《ゴクドー》スキルを持つ元極道の
心優しい少年。騎士爵家の三男。
前世で家族に恵まれなかった分、
転生後は、家族の為に
領地経営に励んでいる。

ハンナ

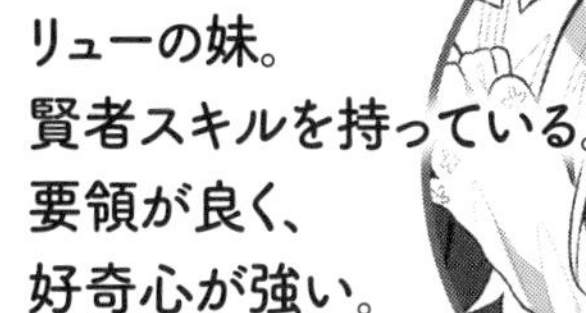

リューの妹。
賢者スキルを持っている。
要領が良く、
好奇心が強い。

ファーザ

リューの父。
領地を治める領主。
剣技が優れている。
お金はどんぶり勘定。

セシル

リューの母。
治癒士兼魔法使い。
普段優しいが怒ると怖い。

カミーザ

リューの祖父。
かつては凄腕の冒険者だった。
今もその実力は健在。

ケイ

リューの祖母。
カミーザと共に悠々自適な
老後生活を送っている。

タウロ

リューの兄で長男。
『騎士』のスキル持ち。

ジーロ

リューの兄で次男。
『僧侶戦士』のスキル持ち。

序章

王都の本通りから一つ脇に入った通り、立地的にも一等地である広大な敷地に、周囲の建物よりもひと際高い特別な石造りの「ビル」が建っている。

そのビルは、南東部のとある新興貴族である男爵家が所有していた。

貴族の名は、ランドマーク。そして、ビルの名をランドマークビルと呼ぶ。

そのランドマークビルは、まだ、オープン前であり、その準備が着々と進んでいた。

このビルの建築に大きく関わったランドマーク家の三男のリューは、そのオープンの為に店員の指導を行っていた。

「――細かい指示は以上です。ケツ持ち（用心棒）はランドマーク家がきっちりやりますので、安心して太客から利益は引っ張って来てください。かといってアコギ（強欲）な真似はしないように。その場合はちゃんと落とし前（責任・後始末）をつけさせますので、気を付けてください。お客様は大事ですが、中にはカタギ（一般人）でないゴロツキ（ならず者）もいると思いますのでそれは責任者にすぐ報告するなど、報告、連絡、相談のホウレンソウを徹底してください。最後に、一人一人がランドマークの看板を背負っている事を自覚して、態度の大きいお客にも芋引く（怖気づく）事が無いよう、誇りを持って接客してください！」

「「「はい！」」」

力が入ったリューは思わず半分以上、極道用語で話してしまったが、従業員はみんな、ランドマーク領から来た領民だから、なんとなくリューが言っている事はわかって返事をしている。ランドマーク領の学校で何を教えているのかと思うところだが、当のリューは熱が入っているので気づいていなかった。

「リュー、いつものゴクドー用語が出ているわよ？　伝わってはいるようだけど……」

リーンが呆れながらリューに指摘する。

その指摘でリューは冷静に戻ると改めて言い直すのであった。

もうすぐ卒業を前に、兄のタウロがやっと彼女であるエリス嬢に婚約を申し出たらしい。

ちゃんと兄弟とリーンとでアドバイスした通り、景色のいい場所に誘い、雰囲気作りをして婚約の申し出をし、二つ返事でOKしてもらえたそうだ。

すぐ結婚という話ではないが、これはランドマーク男爵家とエリス嬢のベイブリッジ伯爵家にとって一大イベントだ。

卒業したら、タウロはベイブリッジ伯爵家に挨拶に行って正式に婚約を取り付ける事になる。

これで、ベイブリッジ伯爵家との絆はより一層強くなり、その派閥の長であるスゴエラ侯爵の足元も今まで以上に盤石になるというものだ。

王都進出といい、リューとリーンの王立学園合格といい、ランドマーク家にとって、良い事尽くめだ。

父ファーザと母セシルはとても喜んでいた。

これで、早くもランドマーク家の次代の当主であるタウロの未来も約束されたようなものだ。

もしもの時には優秀な次男ジーロも控えている。

三男リューはランドマーク家一番の神童でしっかりしているから、心配していない。末っ子ハンナもスキルにも恵まれ真っ直ぐにすくすくと育っている。

心配事は、ほぼほぼ無いと言っても良い状況だ。

もちろん、領地経営で何が起きるかわからないが、親のカミーザもケイもまだまだ元気だし、自分達夫婦も健在なのでこれからも地道にやっていけばいい。

「タウロの卒業式が楽しみだな」

ファーザは、もうすぐ起きるイベントに笑顔になった。

「そうね。リューとリーンちゃんの入学式もリューのおかげで参加できそうだし、楽しみが多いわね。うふふっ」

母セシルも、楽しみに笑い声が漏れた。

「心配なのは、ランドマークビルくらいか」

「あら。レンドが、管理してくれるのだから、大丈夫じゃない？」

「そうなんだが、王都進出は、何が起きるかわからないと思っていてな」

「リューもいるのだから、大丈夫よ。それより、あなた。領内の人口が増えてきているのだから、早めに対処しないと！　リューは基本あっちにいるのだから、あなたがしっかりしないと駄目なのよ？」

珍しく領内の運営には口を出さないセシルが指摘した。

そう、ランドマーク領内は今や、王国南東部では最も注目される領地になっている。

今まで以上に人の流れが大きくランドマーク領に向いていて移住者が後を絶たなかった。

何の一攫千金を狙っているのかランドマーク領に行けば金持ちになるチャンスがあると思っている輩もいたので、そういう勘違い者が実際この地に訪れて、トラブルを起こす事例もあった。

人が増えれば、混乱も生まれる。

しっかり対処できる体制を領兵隊長のスーゴとも話し合っていかなくてはならないと、セシルの指摘で改めてそう思うファーザであった。

長男タウロは無事卒業式を迎えた。

もちろん、成績優秀者である首席での卒業だ。

次席にブナーン子爵の子息がいた。

本当に長男タウロのライバルとして、友人として公私共に競う仲だったようだ。

そのブナーン子爵の子息は、この半年後、父親の爵位を継いで領主になる。

理由？

ブナーン子爵の健康面に問題があるから、という事になっていますが詳しい事は知りません。

――リュー談

長男タウロは、ランドマーク領に立派に学業で実績を残して凱旋すると、勢いそのままに、父ファーザと共にベイブリッジ伯爵領にエリス嬢との婚約を取り付けに向かった。

現地に到着すると、ベイブリッジ伯爵に大いに歓迎され、その日の内に婚約が成立した。

元々、両家公認の交際であったから妨げる者はほぼいなかったのである。

ほぼ、と言うのは、ベイブリッジ伯爵家の長男が妹であるエリス嬢を可愛がっていたので難色を示していたのだ。

もちろん、長男が反対したところで影響はなかったのだが、ランドマーク家側としては、やはり祝福された方が嬉しい。

最初、会う前から長男はタウロという存在に敵意むき出しであった。

だが、実際に会って話すと同じ長男として話が合い、さらにはその好青年ぶりをとても気に入ってしまった。

その結果、その日の歓迎パーティーでは気が早い事に「我が義弟」と呼ぶ状態であったとか。

さすがタウロお兄ちゃん、人たらしだ。

リューはその一連の話を聞いて、ランドマーク領の次期領主の、人としての才能に感心するのだった。

無事、婚約が成立すると、今度は、ランドマークビルオープンが近づいてきた。

誰かの暴走で一旦、製作が停止してあった看板も無事修正されて作られ、ビルの屋上に設置された。交差する剣に月桂樹の家紋とランドマークの名がドーンと入った大きい看板だ、インパクトは十分だった。

今は、布を被せて見えないようにしているがオープン当日は、それを外して堂々とお披露目する予定だ。

他にも、小さい看板も用意してある。

『コーヒー』のロゴにカップのマークと、『チョコ』のロゴにチョコを幾つか積み重ねたマーク、喫茶店「ランドマーク」のロゴに、フォークとナイフのマーク、そして、『各種車』のロゴに馬車のマークの看板だ。

もちろん全て、ランドマーク家の家紋入りだ。

『コーヒー』店舗は、コーヒー以外にもランドマーク製のコーヒーメーカーと紙フィルター、コーヒーカップも販売する予定だ。

今はティーカップで飲んでいる貴族がほとんどなので、この際だからコーヒーカップも浸透させようと、陶器職人に作ってもらっていた。

ちなみに、ティーカップが熱を冷ます為に薄く飲み口が広いのに対し、コーヒーカップは熱を逃がさないように厚手で飲み口が狭い作りの物を言う。

チョコは、加工場の職人達の日々の研究で商品開発が進み、オーソドックスなチョコの他に、チョコにナッツ類を入れたもの、各種ドライフルーツ入りのもの、そして、お酒入りのものなど、いろんな種類を用意できた。

カカオン豆自体が貴重なので、値段は高めの設定だが、売れる自信がある。

喫茶店「ランドマーク」は、コーヒーが飲める他、領内でも人気のパスタ各種（領内でトマトソース以外にも色んな種類が誕生した）、お好み焼きもどき各種（見た目はピザ）、そして、うどん（麺を細くしフォークで食べ易いように改良、具材も工夫）、スイーツ類は領内の豊穣祭で出したリゴー飴、リゴーパイなどの他にチョコはもちろんの事、クレープ各種も数量限定で用意している。

クレープに関しては果物がこの王都でも珍しい物が入手できたのだが、やはり、ランドマーク領から持って来たものの方が美味しかったので、リューがたまに『次元回廊』で、ランドマーク領にまとめて仕入れに行く事で解決する事にしたのだった。

そして、各種車はもちろん、『乗用馬車一号』『リヤカー』『手押し車』などだが、他にも新たに便器も販売する事にした。

ついに職人達が便器を焼く技術を確立させてくれたので商品化にこぎ付けられたのだ。

スライムで排泄物を処理するトイレは、画期的アイデアだから王都の人間には最初は驚かれるだろう。だが清潔で処理が効率的なので受け入れられるはずだ。

こちらは設置工事も含めて販売する予定。

あとは浸透するまで長い目で見ていこう。

従業員の教育も短期間ながらビルの管理者のレンドと共にしっかりやってきたので、オープンが楽しみなリューであった。

ランドマークビルのオープンは、リューとリーンの王立学園の入学式前には出来そうだった。

『乗用馬車一号』は王家が使用している事で宣伝になり、めざとい上級貴族の間ではすでに注目され始めていた。

『コーヒー』と、『チョコ』も同様で、口にした王家の人間が絶賛した事が、貴族の子女が多い噂好きのメイドから各方面に広まり、その出処が全てランドマークなる地方の男爵家からもたらされたものであるとわかると、入手が出来ないのか各貴族の御用達商人に打診された。

ランドマーク領が、遠く離れた辺境の地である事はどの御用達商人もすぐわかり、王家御用達商人は商品を最近入手したらしい事から、王都の商業ギルド本部に商人達が殺到した。

「ランドマーク印の商品を近場で入手する路があるのではないか？　あるなら情報を売ってくれ！」

「ランドマーク家と取引ある商人が王都に来ているなら、こっちに情報を！」

「そもそも、ランドマーク男爵とやらの情報がないから何でもいい、情報があるなら売ってくれ！」

商人達はまさかランドマーク家が片道三週間も離れた王都に直接進出して来ているとは夢にも思わず、的外れな行為に走っていた。

商人の中の一人が、「うちの息子が今年、王立学園を受験して不合格だったんだが……、合格発表で合格者の名前にランドマークという名前を見たとか……」と、ぼそっとつぶやくと必死に情報を買おうとしていた面々は固まった。

「……それは、ランドマーク男爵が今、王都に直接来ているという事か？」

商人の一人が、つぶやいた商人に聞き返した。

「いや、それはわからないが……。子供の受験に付いてきた可能性はあると思う……」

そう商人が答えると、商業ギルド内はまた、ざわつき始めた。

「という事は、商品を抱えてランドマーク男爵が今、王都に来ている可能性があるという事か……！」

「それを王家御用達商人が先んじて購入したのだな。これは残りも買い占められた可能性があるな……」

「いや、そもそも受験が終わったのなら、もう、帰っているんじゃないか？」

「……くそー。もっと早く情報を掴んでいれば！」

商人達は商業ギルドのロビーで悔しがっていたが、このギルドから見える一つの通りの先にある、いわくつきの土地に、最近急に出来た高い建物がランドマーク家の所有物だという事に気づいているのは、ここにいないごく一部の商人だけであった。

そこへ入ってきた一人の商人が、この沈み込む雰囲気のロビーを不可解に感じながら通り過ぎ、受付に行く。

そして、何やら情報を買った。

商人はその情報が書かれた書類を見てひとり、ぼそっとつぶやいた。

「ランドマーク？　初めて聞く商会の名だな……」

その声が沈む商人達の耳に入った。

「そ、そこの人！　今、なんて言った⁉」

また、ロビーはざわつき始めた。

「え？　いや、これはうちが買った情報だから教えないよ？」

「待て、待て！　いくらで買ったんだ？　うちがその値段の倍出す！」

「いや、うちは三倍出すぞ！」

「ずるいぞ！　うちは三、二倍出す！」

「大事な情報を刻むなよ、ケチ臭い！」

ロビー内はまた、活気を取り戻し慌ただしくなってきた。

「えー？　……じゃあ、三倍出した人全員に教えるよ」

状況がわからない商人は、取り敢えず、お金になる情報を自分が掴んだらしい事を悟り、交渉に出た。

「くっ。……仕方ない俺は払う」

「じゃあ、俺も」

「私も払う……」

こうしてその場にいた商人達は、お金を支払う事になった。

状況がわからない商人はホクホク顔で、「ここから見える最近できた高い建物があるだろう？　あそこにどこの商会が進出して来たのか気になって情報を買ったら、ランドマークっていう聞かない名のところが――」最後まで言う前に商人達はギルドの出入り口に殺到した。

商人達は、出入り口で、ぎゅうぎゅうに押し合いながら、

「そういや、高い建物が出来たと思っていたんだよ、俺も……。あれが？」

「あそこはいわくつきの土地がある辺りじゃ……？」

「今のが本当なら、男爵であんなデカい建物建てたのか？」

「これは大金が動くにおいがする。行って取引を持ち掛けないと！」

と、外に一斉に出ようとして出入り口で詰まってしまうのだった。


ランドマークビルに殺到した商人達は、対応にあたったのが子供のリューだったので困惑した。

「えっと、うちはランドマーク男爵領の直営店として明日オープンしますので、その時お越しください。購入はその時お願いします」

リューにお客の一人として扱われる商人達であったが、目の前の少年が交渉が出来る相手とは思っていなかったので、毒気を抜かれ、みな抜け駆けせずに明日改めて訪れる事を約束して解散するのであった。

「急になんだったのかしら、あの人達」

リーンが首をかしげてリューに聞く。

「さあ？　オープン前日に来るって、熱狂的な人達だね。明日のオープンが楽しみだ！」

二人は笑顔でオープンに向けて最後の準備に戻るのであった。

ランドマークビル、オープン当日の朝。

リューが五階から下を覗くと、その表には人だかりができていた。

リーンもリューの横から顔を出して下を覗く。

「あれって、昨日来た人達よね。他にも貴族の馬車がいくつも止まっているけど、どこから聞いて来たのかしら、凄いわね」

「だね……。あ、お父さん達を迎えに行ってくる」

リューはそう言うと『次元回廊』で父ファーザ達をランドマーク領に迎えに消えた。

あちらで、父ファーザはリューの部屋に待機していたのだろう、すぐにリューはファーザを連れて戻ってきた。

リューは続けて執事のセバスチャン、隊長スーゴと数名の領兵を連れて戻ってきた。

「どうしたの、物々しいけど？」

リーンが先に着いたファーザに聞いた。

「昨日、リューから人が詰めかけたと聞いたから、トラブルに備えてスーゴと領兵を呼んでおいたんだ」

「その判断は正しかったわね。ファーザ君、外見てみなさいよ。沢山の人が押し寄せているわよ」

リーンの言葉にファーザは五階から下を見下ろす。

「……これは喜ばしい事なのだろうが……うん？　集まっているのは商人ぽい人が多そうだな……。

あれは貴族かな……いや、そんなわけないか。……それにしてもこの通りに並んでいる馬車は全部うちが目的なのか？　流石に違うか……。ははは」

ファーザは微妙に現実逃避しながら、表に溢れる人の数に圧倒されていた。

そんな父ファーザにリューは、下の階に降りて各店舗に待機してオープンに備えている従業員に声を掛けてくれるように促した。

「おお、そうだったな」

ファーザは急いで下の階に降りる。

セバスチャンやスーゴ、領兵も後に続く。

リューはリーンと屋上に向かった。

二人は大看板に掛けられた垂れ幕を合図と共に取る役目だ。

下を眺めながら待機していると、ファーザが下に現れ、人混みはざわわざわし始めた。

領兵がファーザに押し寄せようとする商人を止めている。

「お待たせしました！　それではみなさん、ランドマークビルのオープンです！」

ファーザは前置きも無く、屋上で見ているリューとリーンに合図を送ってきた。

えー！　もっと、格好いいセリフ言えばいいのに！

リューはファーザの飾り気どころか言葉足らずのオープン宣言に驚いたが、急いでリーンに目配せして垂れ幕を外す。

おお！

垂れ幕が外され、ランドマーク家の紋章とランドマークの大きな字に、集まった人々から歓声が上がり拍手が起きた。

商人が中心なのはこの後父ファーザとの交渉をうまく運ぶ為のゴマすりであろうが、他の者はそれを知らないのでつられて拍手をする。

結果的に前置き無しで良かったのかもしれない。

余計な事を言って待たせてしまっては場が白けた可能性もある。

父ファーザは、その事を感じたのかもしれない。

待っていた人々は、領兵を挟んでファーザに詰め寄る商人達と、店舗に入って行くお客との二つの人の流れになった。

リューは垂れ幕をマジック収納で回収すると、急いでリーンと共に階下に降りて行った。

二階は『コーヒー』店、『チョコ』店に貴族の使いと思われる人々が大挙していた。

喫茶店「ランドマーク」では貴族が早速、店員を呼んでメニューの説明を聞いている。

一階に降りると、早速、馬車の購入契約をするお客がいた。

どうやら、名のある貴族の使いのようだ。

大金をポンと出して、一括で購入しようとしている。

店員が、お客の希望にあったカスタム化が追加料金で可能だと説明すると、使いの者はそれを想定していなかったのだろう、その場で考え込んだ。

店員に、具体的な説明を求めている。

「例えば、車内の内装の変更や、馬車の扉に紋章を入れる事も出来ます。パンフレットの用意がありますので、持ち帰ってご主人と相談する事をお勧めしますが？」

「いや、それだと主に怒られる。今か今かと馬車が届くのを待っておられるからな。内装は標準というので結構、扉には金字で主家の紋章を入れてくれ。紋章はこれだ。どのくらい時間はかかる？」

「紋章だけなら、職人が待機していますので、三十分あれば可能です」

「ならばそれで頼む！」

「それでは、価格はこのようになりますがよろしいでしょうか？」

「よし、これで頼む」

大金をポンと出すと、早くも王都店における『乗用馬車一号』の販売契約が結ばれたのだった。

ファーザは表の商人達の相手をセバスチャンに任せるとリューの元にやってきた。

「どうだ、順調そうか？」

ファーザがリューの横に来て、気になるのか一階の馬車の販売店を覗き込む。

「早速、一台売れたよ」

リューが笑顔で答える。

「そうか！　では、二階も確認してこよう！」

ファーザは嬉しそうに言うと、ウキウキしながら階段を上がって行くのだった。

ランドマークビルオープン初日は、大成功であった。

驚く事に初日は二・三台売れてくれれば御の字と思っていた馬車も一日で十二台を売り上げ、その内六台は即、納馬車を求められたので、五台までしか用意がなかったお店側では、リューが持ち込んだ在庫の部品で職人が急いで組み立てるという方式ですぐに対応するという大忙しの展開があった。

リヤカーや手押し車には商人が反応して買っていってくれたし、便器も馬車を買いに来た貴族が待っている間に興味を示し、ついでに契約をしてくれたりと相乗効果で売れたものもあった。

そして、やはり一番の売れ行きは『コーヒー』と『チョコ』であった。

用意したものがお昼には完売した。

用意したものは今後の事も考えて量は控えめにしていたので、一人で買える量も限られての販売だったのだが、貴族の御用達商人を始め、中にはお忍びの貴族や、その使用人なども並んでいたそうだ。

そんな中、一日中反響があったのが、喫茶「ランドマーク」だ。

最初、高価な『コーヒー』と『チョコ』をお試しする為に入店するお客が多かったのだが、誰かがそれ以外のスイーツを頼み、店内で思わず「美味しい！」と絶賛した事で他のメニューにも目が向けられて注文され始め、絶賛されるという繰り返しでお客が絶えなくなった。

その為、閉店間際のオーダーストップまでの間、従業員は休み無しのフル稼働であったので、報告を受けたリューはビルの総管理者のレンドと共にすぐ従業員の増員を図る事にしたのだった。

コーヒーはブラックでもいいけど、仕事のブラックは駄目、絶対！

――リューがレンドに発した一言――

言われたレンドは最初、全くピンときてなかったが、リューが上手い事言ったという顔をしていたので、大事な言葉なのだろうと察し、標語としてランドマークビルの管理事務所に掲げられる事になった。

父ファーザもオープン初日が良い出だしだった事に満足で、仕事終わりの従業員を集めて感謝と労いの言葉を述べた。

従業員達はみんな領民だ。

父ファーザのみんなを労う言葉と感謝に素直に感動すると、

「明日からも頑張るぞ！」

「「「おお！」」」

と、一致団結するのであった。

「あ、みんなコーヒーはブラックでもいいけど、仕事のブラックは――」

なお、リューがお気に入りの言葉を言って、みんなにポカンとされた事も記しておく。

それから入学式までの数日間、ランドマークビルの評判は日増しに広まっていき、貴族やその子弟も連日ランドマークビル周辺で多く見かけられるようになった。

お忍びのつもりだろうが、貴族の馬車は派手目なのですぐ目立つ。中には離れたところでわざわざ降りてこちらに歩いてくる者もいたが、ランドマークビルは五階建て。上から眺めているとよくわかった。

服も地味目のつもりだったようだが、庶民との格差は大きく、喫茶「ランドマーク」でも目立っていた。

中には、同年代の子もいて、コーヒーはともかくとして、お好み焼きもどき（ピザ）に美味しいと喜びはしゃいでいた。

食後のスイーツにも感動するがいい！　はははっ！

と、リューはその光景をお店の外から眺めて内心大満足だったが、「リュー、私達明日入学式なんだからちゃんと切り替えなさいよ？」とリーンに指摘されて初めて学校が明日から始まる事に気づく有様なのであった。


入学式当日。

リューとリーンは、父ファーザ、母セシルと一緒に馬車に乗り込むと王立学園を訪れた。

馬車がランドマーク製の特別仕様だったので一部の貴族にはその凄さが伝わったのか注目を集める事になった。

サスペンションはもちろんだがその時生まれる揺れを吸収するショックアブソーバーを追加、他にも内装や外装のデザインも『乗用馬車一号』からの発展形でまだ試作段階なので商品化していないのだが、同じランドマーク製の馬車でドヤ顔で入学式会場にやってきた上級貴族にはそれがまぶしく映ったようだった。

父ファーザ、母セシルは、四人の子の親とはいえ、少し年を重ねただけの美男美女である、馬車から降りて現れると馬車の事と相まって注目を浴びる事になった。

リューとリーンも馬車から降りたが、こちらもまた、親に似て整った顔立ちに燃えるような赤い髪、聡明そうな青い瞳のリューに、美しい金色の長髪に緑の瞳、誰もがはっとする美女のエルフのリーンはインパクト十分だった。

「お父さん、馬車が目立っているみたいだよ！　やったね！」

リューは、自身も目立っている事に気づかず手放しで喜ぶのであった。

カタギの学校ですが何か？

一時はランドマーク親子とリーンは会場で目立っていたが、この入学式の本命は別にいた。

王家のエリザベス・クレストリア第三王女殿下である。

金色の長髪に紫の瞳を持った切れ長の目。とても美人で、スタイルもよく、容姿の印象は文句無しだから印象に強く残る。

さらにはそれにも負けず劣らず偉そうにしていたのがエライングー公爵の子息であるイバル・エラインダーだ。

王家に連なるものとして、その髪色は王家と同じ金色で短髪、前髪が長いのが特徴。王家と違ってその瞳は赤い。身長はリューと同じくらいだ。

この二人は他の新入生とその関係者とは別格だった。

学校側にしたら、王家と王国の最有力貴族の生徒が二人も同時に入ってこられて気を遣うというレベルどころではなく、他とは全く違う待遇をした。

一応、学園内での生徒の間では地位の格差は存在しないという事にはなっているが、それがこの二人には該当しないらしい。

とはいえ王家なので、警備上の問題もあり特別なのは仕方がない。だから護衛の騎士や、従者は仕方がないだろう。

さらに、イバル・エラインダーも将来、国の重鎮であるエラインダー公爵位を継ぐ者として警備の問題はあるのだが、しかし、学園の敷地内では特別待遇は許可されていない。

だが、それに反して取り巻きを含め、部外者の従者に護衛の兵、そしてそれを案内し周囲の整理をする学園の関係者も入れると十五人くらいの集団になっていた。

「王女殿下よりも偉そうね」

リーンがこの光景を見て素直な感想を漏らした。

「リーン、それは言っちゃ駄目……！」

リューは慌ててリーンを止める。

こちらは男爵の三男風情だ。

吹けば飛ぶ。

こういう権力者とは関わらないようにするに越した事はない。

それに、王家はともかくとして、イバル・エラインダーの方は、質が悪そうだ。

父ファーザと母セシルもそれは察したようで、ファーザが、「リュー、リーン。なるべく関わるなよ」と、短く耳元で言うとセシルを伴って保護者席へと移動していくのであった。

式典は学園長の祝辞に始まり、主席合格の王女殿下の新入生挨拶、生徒代表による歓迎の挨拶、最後に王家から王妃殿下が参列していたので、一言挨拶があって無事終了した。

あっという間であったが、そこから学園の玄関の側の掲示板にクラス分けの張り紙がなされていた。

例年であれば、このクラス分けは暗黙の了解で、普通クラスに加え、特別クラスがひとつ設けられる。

そのクラスには有力貴族の子弟が振り分けられるのだが、今回はその特別クラスが二つ作られていた。

エリザベス王女殿下の特別クラスとイバル・エラインダーの特別クラスだ。

後は普通クラスなのだが、リューとリーンは不幸な事に特別クラスに仕分けされていた。

「なんで⁉」

リューは、愕然とした。

自分で言うのも何だが、男爵の三男坊は有力貴族より遥かに平民に近い。

ただ、リーンの素性は実は立派で、王国内で自治を認められている村の村長の娘であり、その村長である父親は、王国の危機に立ち上がり活躍した英雄の一人としてエルフの中でも有名で、エルフの地位向上に貢献した人物でもある。

その意味では、リーンは王女のクラスでも仕方がないのだが、自分はやはり王家からの推薦状が影響しているのかもしれない……。

ここに来て推薦状のまさかの活躍に、動揺せずにはいられないリューであった。

不幸中の幸いなのは王女クラスという事だろうか。

イバル・エラインダーは試験の時に地位を鼻にかける傾向にあったので、彼のクラスだったら自分は確実にクラスで底辺の扱いになっていただろう。

いや、王女クラスでも底辺なのは間違いないのだが、あちらのクラスよりマシだと信じたい。

リーンはリューと同じクラスであったのでそれだけで喜んでいた。

「同じクラスで良かったわね！」

王女クラスである事を悲観しないだけリーンは偉いと思うリューであった。

そこに、受験の時、合格発表の時と、会う機会があったボジーン男爵家の嫡男、ランス・ボジーンが声を掛けてきた。

「リュー・ランドマーク元気か！　……うん？　どうした？」

「あ、ランス・ボジーン君。欠員出たんだね、おめでとう」

リューはランス程のテンションにはなれなかったが、この気が合う年長者を祝福するのであった。

「おう、ありがとう！　数日前欠員がやっと出て、急遽だぜ。おかげで制服も裏は仮縫いさ。ギリギリも良いところだけど、親は喜んでいた。ははは っ！」

能天気に明るいランスであったが、リューにとってはこの明るさが沈んだ心を少し明るくしてくれるのだった。


ランス・ボジーンもなぜか王女クラスになっていた。

男爵家と言うから、自分とそう変わらない立場だと思っていたのだがそうではないらしい。

「あちゃー。王女様のクラスに入れられちまったか！　って、リューもそっちのリーンちゃんも王女様クラスなのか？　いや、本当に二人とも一体何者だよ？　あ、成績優秀者だからかな？」

「いや、ランス、君も何者なんだよ。男爵家じゃないの？」

リューはランスの反応に呆れた。

「俺の家は昔、国王から直接男爵位と王都近くの直轄領を領地として貰った経緯があってさ。実は古い家なんだわ。代々昇爵も断って男爵位を守り続けている変わり者の貴族ってだけさ」

ランスは笑ってさらっと凄い事を言った。

男爵は男爵でも格が全く違う名家らしい事をリューは知らされるのであった。

「これは、口の利き方を気を付けないと駄目だね」

リューが、そう言うとランスは、

「いいって。男爵は男爵だからさ。まあ、親父は国王付きの侍従長だけど、これも伝統だから。気を遣わずこれまで通りで頼むよ」

と、あっけらかんと答えるのであった。

「……ありがとう。じゃあ、そうするよ」

リューは笑顔で答えた。

「それより、この特別クラス二つは怖いな」

ランスが指摘した。

「……そうだね。僕達はふたつの大きな組の抗争に巻き込まれる小さい組の図だよね。良い事はなさそう……」

リューが前世の組同士の争いを思い出したようにつぶやいた。

「クミ？　コウソウ？」

ランスが、リューのゴクドー例えにキョトンとする。

「リュー、また、ゴクドー用語が出ているわよ」

リーンが指摘してリューは我に返った。

「あ、いや、男爵レベルは巻き込まれたくない争いが起きそうで怖いなっていう話」

「そういう事か。確かに、地方貴族にしたら巻き込まれたら少しも得が無いよな。自分の派閥と一切関係ない派閥争いには関わりたくないのが当然。俺は残念ながら王家一筋の家だから仕方ないんだけどさ。でも、本当になんで二人は王女様のクラスなんだろうな？」

自分もそれが聞きたい。

だが、多分、王家の推薦状が悪い意味で効果を発揮した結果だろうとの予想はついていたので何も言わず苦笑いするリューであった。

「リュー、そろそろ教室に行かないと」

周囲の生徒は各自の教室に散って人がまばらになっていた。

「本当だ！　早く教室に行こう！　遅れて目立つと良い事ないだろうし」

リューとリーン、ランスの三人は慌てて教室に向かうのだった。


幸い教室はまだ秩序無くざわついていて、少し遅れて入ってきたリューとランスに興味を持つ者はいなかった。

だが、リーンはその美しい容姿と、成績、父親が英雄である事などからひと際目を引く事になった。

ジロジロとリーンが見られているので、目立たないようにとリューとランスは教室の隅っこの席に移動して座る。

リーンもそれに従い席についた。

一時、こちらを見てひそひそ話が始まったが、主役の登場でそれも収まった。

エリザベス第三王女殿下が教室に入ってきたのだ。

護衛の騎士は廊下で待機し、従者の女性が一人エリザベス王女殿下の側に付いて周囲に目を配る。

すると、有力貴族の子弟達は我先にと王女殿下に挨拶をする。

ランスもそれに続いて挨拶をしたので、リューとリーンもその雰囲気に倣って挨拶をして席に着いた。

よし、これで目立たなかったはずだ。

王女殿下はみんなの挨拶を受けると一言、「これから同級生としてよろしくお願いしますね」と答えて中央の席についた。

ここまでは偉ぶった様子も無く、クラスのトップとしての威厳も感じられた。

これなら落ち着いて学業に専念できるかもしれない。

リューは少し安心するのだった。

場が落ち着いたところで、教室に担任の教師が入ってきた。

丸眼鏡に真ん中で髪をわけている白髪混じりの痩せ型。

年齢は四十過ぎだろうか。

教室の構造上、扇型の机が高低差を付けて広がっているので、中央の王女殿下の席を確認後、その隅々も見て教壇に立った。

「これから卒業までの間、君達の担任を務める教員のビョード・スルンジャーです。これからの四年間、しっかり勉強しこの国に貢献できる人材に育ってください」

担任の自己紹介の後は、生徒の自己紹介が行われた。

教師から見て右側前列から順番に自己紹介は始まり、順調に行くと一番左端の奥の席に座っているリュー達が最後だった。

リーンが、自己紹介をすると、教室はざわついた。

王国を救った英雄達の一人の娘だ。

それに、美少女だから、教室の男子は浮きたった。

担任のスルンジャーが静かにするように注意するが、すぐには収まらず、そんな中、次に自己紹介したリューはほぼみんなからスルーされる形の終わり方をしたのだった。

これはこれで悲しい……。

リューは、学園デビューがあんまり芳しくない形だった事にちょっと落胆するのであった。


入学初日という事でこの後は、学生寮に入寮する者達の為に時間は割かれ、通いの者達は解散になった。

リューとリーンは、ランドマークビルからの通いなので、待っていたファーザ達と馬車に乗り込むと一緒に帰る事にした。

「クラスはどうだった？」

母セシルが、今日の感想を聞いてきた。

「王女殿下と同じクラスになっちゃった……」

これには、父ファーザも母セシルも驚いた。

「粗相がないように、気を付けるんだぞ、リュー!? うちは男爵家、こちらから話しかけるのも失礼になるからな」

確かに、父ファーザの言う通りだ。

ましてや自分はその男爵家の三男坊だ。

王女殿下に関わっていたら、命がいくつあっても足りない。

となると問題はリーンだが、リーンはリューの従者として一緒にいる事を優先しているので他の者に興味はさほどないようだ。

失礼な物言いさえしなければ、危機は訪れないかもしれない。

「他の保護者から聞いたのだけど、今回は特別クラスが異例の二つなんでしょ？　そこにリューとリーンちゃんが入るって大丈夫なのかしら」

母セシルが、不安を煽る事を言う。

そう、うちのクラスでも手一杯なのに、もう一つ特別クラスがあるので、そちらからのトラブルも降りかかりそうで怖いのは確かだった。

「……無事に卒業してランドマーク家に貢献できる人間になるから……！」

前途多難そうな学園生活を想像しながらリューは両親に約束するのであった。

ランドマークビルに帰ると、ビルの前に見た覚えのある制服を着た生徒達が数人集まっていた。

「思ったより立派な建物じゃない？」

「そうね、高そうな雰囲気あるけど、いいのかしら……」

「今日は入学祝いなんだから！　うちのパパが支払うから安心してね」

どうやら、生徒達の背後に立っている貴族ではなさそうだが十分裕福そうな格好の男性が生徒の父親で、娘に出来た友達と一緒に喫茶「ランドマーク」でお祝いのようだ。

お友達二人は平民なのか気後れしていた。

「そうだぞ、今日は入学祝いだから遠慮しなくていい。今後も娘と仲良くしてくれよ」

お父さんは満面の笑みで娘のお友達に愛嬌を振りまいている。

ここは、娘の父親として良いところを見せたいのだろう。

その一行が二階に上がって行くのを見送ると、リュー達もそれに付いて行く。

と言っても、リューはうちに帰っているだけなのだが。

「お？　そちらのお子さんも王立学園の新入生ですかな？　うちの娘達もなんですよ。ははは！」

お父さんは余程誇らしいのだろう、同じ喜びを共有できそうなファーザとセシルに話しかけた。

「ええ、うちの子達も今日は入学式だったので、嬉しい限りです」

ファーザもこのお父さんが微笑ましく映ったのだろう、笑顔で同調すると頷いた。

「今日は入学祝いに、今、話題になっているこのお店に来たのですが、お宅もですか？」

お父さんは満面の笑みだ。

「うちはまた、別の理由ですが――」

二階に上がると、店先に行列ができていた。

「こりゃ、噂以上ですな！　少し並ばないといけないな」

お父さんは娘達にも聞かせるようにファーザの言葉を遮る形で驚いてみせた。

「これはいけないな。ちょっとお待ちください」

ファーザはそう答えると、喫茶「ランドマーク」の従業員を呼び、奥の個室にこの男性と娘達を通すようにと告げた。

「え？」

お父さんはこの自分と同じ新入生の保護者である父親の行動に驚いた。

「今日は入学祝いです。ご存分にお楽しみください」

ファーザはこの好感が持てるお父さんに笑顔で応えると店内に案内し、従業員に任せるのであった。

娘達は突然のＶＩＰ待遇に驚いて喜んでいる。

お父さんはお父さんで、自分が話していたのがここのオーナーだとわかって別の意味で驚いていた。

そして、ペコペコとファーザに頭を下げるのだが、ファーザはそれを止めて改めて一言、「楽しんでください」と、答えるのであった。

この、父ファーザの行為に、さすがうちのお父さんだと、誇らしく思い笑顔になるリューであった。


入学式の翌日。

ついに学園生活が本格的に始まった。

リューとリーン、そして、ランスは入学式当日同様、席は教壇から見て一番左の奥の隅っこに陣取っていた。

授業はまだ初日であったから、どの科目も基礎のおさらいであったが、前世ではろくに学校に行かなかったタイプのリューにはこの雰囲気はとても新鮮で、目を輝かせて授業を受ける事になった。

リーンも同じだったが、こちらは授業よりもこの同年代が多い雰囲気が初めてだったのでそれを楽しんでいるようだ。

「人が多いわね。私達の学年だけで六クラスあるんだって」

リーンの故郷の村でも、ランドマーク領でも有り得ない人数なので驚いていたが、王都には他の学校も沢山ある事をリューが教えると、素直に「王都は本当に人が多いのね」と感心するのであった。

そんな王立学園の特別クラスが二つできた事で、一クラス二十四、五人程度。

普通クラスは、四十人弱なので本当に急遽二つに分けて数人普通クラスから増員したのがよくわかる人数だった。

それをランスから聞いてリューは、やっぱり自分達は本当なら普通クラスだったのかもしれないと、ため息が出る思いだったが、今やそれも仕方がない話だった。

そして、危惧していた王女殿下との関わりだが、運よく皆無であった。

他の生徒はみんな中央に陣取る王女殿下を中心に席を取り、お近づきになろうと必死だったが、リューとリーンはとにかく関わらないようにランスと三人で休憩時間は会話し、時には他所の普通クラスに出かけ、商人の親がいる生徒をランスに紹介してもらい、王都での流行りを聞いたりしていた。

リューとしては、ランドマーク家の発展が第一だ。

情報を仕入れて、ランドマーク家に貢献できる案がないかを考えるのであった。

リーンもそうなるとリューに付いて他所のクラスに行く事になるのだが、これが目立つ事になった。

普通クラスの男子はこの美女エルフに色めき立ち、女子は仲良くなれないかと遠目からキャッキャしながら様子を窺うのだった。

こうして、授業初日からリューとリーンは普通クラスで、顔が知られるようになった。

そして、普通クラスではある噂が囁かれるようになる。

それは、

「特別クラスのリューって子、試験の時凄い魔法を使ったそうだよ?」

「あ、それ聞いた。隣のクラスのやつが受験番号が近くて、現場を見たって言っていたやつだろ?」

「そうそう。何でもその魔法が桁違いで試験官が腰を抜かしたとか」

「さすがにそれは尾ひれ付いているって。でも、地方貴族の男爵の三男なのに特別クラスだから、凄い魔法を使ったのは多少は本当かもしれないけどさ」

「当の特別クラスの生徒は何も言ってないみたいだよ?」

「馬鹿、試験の段階で特別クラスの生徒は俺達とは別に学校側が時間を割いて試験しているから彼の事を知らなくて当然なんだよ」

「やっぱり、優秀だから特別クラスなんだ」

という、何気にリューの評価を上げるものだった。

だがすぐに、

「いや、本当に優秀なのはエルフの子だよ。先生達が褒めちぎっていたのを聞いたぜ？」

「美女の上に成績優秀で、英雄の娘とか完璧か！」

「尊い……」

「お近づきになりたい……」

「でも、いつもリューって子の側にいるよな。その辺は何か情報ないの？」

「さあ？　本人から聞いてみろよ？」

「それが、出来たら苦労しないって！」

「リューって子と話していたト・バッチーリ商会の息子に情報を吐かせろ！」

「よし、今から尋問だ！」

と、リューへの興味はすぐ失せて、リーンに興味が移行する普通クラスの生徒達であった。


となりのイバル・エラインダーの特別クラスは、雰囲気が良くないそうだ。

同クラスになった地方貴族の子息の一人が、イバルの偉そうな態度に辟易していると普通クラスの地方貴族の子に漏らしたという。

一時限目からイバルは、親の地位を笠に着て授業中もやりたい放題らしく教師も中々注意しないのだという。

取り巻きもいるのでイバルには誰も逆らえないのが現状だそうだ。

同じクラスに成績優秀者らしいライバ・トーリッターという地方の伯爵の子息がいて、その子がイバルに気に入られ、入れ知恵をしているから下手な事も言えないと愚痴を漏らしていた。

ライバ・トーリッターとは、王都への道すがらリュー達が馬車の修理に部品を提供していたり、宿屋で部屋を追い出された時の相手だ。

受験での成績はリュー、リーンに次いで五位だったのだが、その時もリュー達は睨まれているので、これは今後、自分達の事も悪く言われるかもしれないと、リューは嫌な気分になるのだった。


通常授業が始まって数日が経った授業前の朝の教室。

「学校の雰囲気にも慣れてみんな落ち着いてきたね」

リューは定位置である左の奥の隅っこから教室を眺めながら言った。

「そうね。初日はみんな浮かれて地に足がついている子なんて、あんまりいない感じだったもの」

リーンが相槌を打つ。

「二人も結構、浮かれていたと思うぞ？」

初日から二人と一緒にいるようになったランス・ボジーンが指摘した。

「それは否定しない。ははは っ！」

リューは頷くと笑った。

「何事も初体験はあるものよ。私もリューもこの学校での経験は初めてだもの。浮かれるのも仕方がないわ」

リーンがリューに同調する。

「その初体験で浮かれているところ悪いけど、早くも教室内でグループが出来て俺達、孤立しているんだが……」

ランスが言うグループとは、王女殿下と有力貴族の子息によるその取り巻きグループ五名。

そして、それをさらに取り巻く少し下のグループ十五名。

そこにも入れなかったコミュ障と思われる右奥隅っこにいる孤立した生徒二名と、リューとリーン、ランスの左隅っこ組三人だ。

「え？　僕達孤立しているの⁉」

リューが初めてそこで気づいたとばかりに驚いてみせた。

「ちょっとランス。私達は好んでここからみんなを見ているのよ。孤立しているのはあっち」

リーンが大胆な仮説を提唱した。

孤立しているのは、他の生徒全員らしい。

いや、流石にそれは無理があるよ、リーン。

リューが内心でリーンにツッコミを入れる。

「そうだ！　それじゃあ、あっちの右隅っこ二人と、こっちの左隅っこ三人でグループ作ればいいじゃん！」

リューが良い思い付きだと提案する。

「いや、それでも孤立したグループである事は変わらないと思うぞ？」

ランスが笑いながら指摘する。

「でも、先生が今後、班での行動が多くなるからあらかじめ相談して決めといてくださいって言っていたから丁度いいんじゃない？」

リーンがリューに賛同する。

「……確かに言っていたな。でも、右隅の二人は、侯爵家の令嬢と伯爵家の嫡男だったと思うからなぁ。俺達男爵家の息子の提案にうんと言うかな？」

ランスが、現実的な事を口にした。

「さすが、特別クラス……。孤立している子が侯爵家と伯爵家なんてスケールが大きいね……」

リューが今更ながら男爵家の三男がこの教室にいる場違いさを痛感させられるのであった。

「一応この学園では、生徒は親の地位に左右されない平等な扱いを受けるとあるんだから、こっちから話してもいいんじゃない？」

「建前上はな。この特別クラスがある時点でそれ、全否定なんだけどな。わはは！」

ランスが、学園の矛盾を笑い飛ばした。

「悩んでも仕方がないから、とりあえず、声かけてみるよ」

リューは、席から立つと右隅っこに座る二人の元に歩いて行った。

もちろん、リーンも付いて行く。

「ハート強いな二人とも」

ランスは笑うとそれに付いて行った。

リューがリーンとランスを連れて右隅っこの二人の元に来ると、男の子の方がリュー達の接近を警戒して女の子との間に入って立ち塞がってきた。

「……何か用か？」

この男の子はこの侯爵家の女の子を守っているのかもしれない、と察したリューはこの男の子に好感を持った。

「僕は、リュー・ランドマーク。こっちは僕の従者で友人のリーンと、友人のランス・ボジーンだよ。よろしく」

リューは自己紹介すると、二人が名乗るのを待った。

「……俺はマーモルン伯爵家の長男ナジンだ。こっちはラソーエ侯爵家の長女、シズ」

ナジンは茶色の短髪に茶色い目、歳はランスと同じ十四歳、背丈ではランスの方がやや高いが、それにも負けないくらい気が強そうな男の子だ。

シズの方は、年齢はリューと同じ十二歳で、ショートの黒髪に金の瞳、背丈は小さく可愛らしい小動物のような印象だ。

とても大人しそうで、ナジンの陰に隠れてこっちを窺っている。

どうやら、この子がコミュ障で他に馴染めず、ナジンが一緒にいるように見えた。

「よろしく、ナジン、シズ。それで用件なんだけど、先生が班を作っておくように、って言っていたでしょ？　だから、僕達と班を組まない？」

「……英雄の娘を従者にしているという事は、ランドマーク家とは、地方の派閥を持つ大貴族か？」

王都では聞かない家名に、ナジンがシズに代わって疑問を口にする。

「ううん。地方の男爵家だよ。僕はそこの三男。なぜかこのクラスに振り分けられちゃったんだけどね。ははは っ」

リューは笑って答えた。

「……男爵家⁉」

ナジンは混乱した。

従者に英雄の娘がいて、さらには男爵家の中でも例外中の例外であるボジーン男爵家の長男が側にいるので、ランドマーク男爵とやらも、例外中の例外である有名な地方貴族なのかと思い、自分が知る家名や紋章が脳裏を巡っては消えていく。

「……失礼ながら俺はランドマーク家という家名を知らない。きっと有名な貴族なんだろう……。無知ですまない」

ナジンが、きっと凄いであろう貴族の名前を知らない事を謝罪した。

「いやいや、何か誤解しているみたいだけど、僕は地方の新興貴族で知らなくて当然だから！」

突然の謝罪展開にリューは慌てて弁解するのであった。

マブダチが出来ましたが何か？

「え？」

ナジンは、リューの弁解にますます混乱した。

新興の地方の男爵家がこの特別クラスに入れるわけがない。

普通クラスにも貴族は沢山いる。

地方の新興の男爵なら普通はそっちのはずだ。

このリューという子は、英雄の娘を従者に連れているし、例外的なボジーン男爵の子息も傍にいるからきっと彼も例外的な貴族のはず……だ。

「……ナジン君。ランドマークって、あのランドマークじゃない？」

ナジンの陰に隠れているシズが、ナジンの袖を引いて小声で教える。

「……あのってどの？」

ナジンは幼馴染の言葉にまだ、ピンと来ず、聞き返した。

「……私が昨日上げたじゃない『チョコ』。あの『チョコ』を売っているところだよ、多分」

「ああ……！　ランドマーク商会って事？　それって商人なんじゃ……？」

ナジンはシズの言いたい事はわかったが、的外れに聞こえて指摘した。

「あ、商人ではないけど、うちがその『チョコ』を製造販売しているランドマークだよ。確かに商業ギルドに登録して直接販売を始めてはいるけどね」

ナジンは処理できない情報にまた混乱したが、シズは『チョコ』のランドマークとわかって目を輝かせ始めていた。

「……ちょ、『チョコ』の……ふぁ、ファンです……！　大好きです……！」

シズが、顔を真っ赤にして、小さい声で勇気を振り絞ってリューに伝える。

そんなシズを見るのは珍しいのかナジンは驚いて凝視する。

確かに、シズは『チョコ』を初めて口にすると感動して、使用人をランドマークビルの『チョコ』専門店に直接並ばせて購入をさせる程、珍しく自己主張してみせていた。

いつもなら控えめに、それでいて遠回しに周囲に伝えてくるので、その本意を周囲が察する事が常だった。

だから直接的に誰かに伝える事がほとんどなかったのだ。

それだけにシズの勇気を振り絞った姿を目にしたナジンは嬉しくなって笑みが生まれた。

「そうか、そのランドマークなのか……。シズも喜んでいるみたいだし、こちらからも同じ班になる事をお願いしたい。改めてナジン・マーモルンだ。こっちはシズ・ラソーエ」

シズはナジンの陰から出てくると、会釈してまたナジンの後ろに引っ込んだ。

やはり、かなりの恥ずかしがり屋のようだ。

そこに、授業の鐘が鳴るのが聞こえてきた。

「じゃあ、休憩時間にまたね」

リューは二人に改めてまた挨拶すると自分達の席に戻るのであった。

休憩時間に改めて話すとナジンとシズは偉ぶったところが無く、かなりの好印象を受けた。

ナジンは幼馴染のシズを守る事に全力を注いでいる感じだ。

それでいて、周囲にも目を配り、話しかけた男爵の三男風情の自分にも気を遣ってくれる思い遣りがあった。

リーンもこの二人の印象は良かったようで、シズに積極的に話しかけ、『チョコ』はリューが発案した物だと教えた。

それを聞いた恥ずかしがり屋のシズは目を輝かせて、リーンに質問をし始めた。

ナジンはシズが自分以外の人に積極的に話をする姿に驚いたが、自分以外の友達が出来た事を素直に喜ぶのだった。


「――だから、うちはただの男爵家だよ」

リューは、改めてナジンに説明をしていた。

「思い出した……。君、上位合格者だよね？　そう言えば、シズが『チョコ』と一緒の名前って言っていたよ」

ナジンが、シズに視線をやりながら思い出した。

「ははは……。でも、ランドマーク家の名前を知ってもらえていて良かったよ。こっちではまだまだ、無名だから……」

リューが苦笑いしながら言う。

「さっきから言っている『チョコ』って、何なんだ？」

ランス・ボジーンが、ずっと聞きたかった事を口にした。

「うちの領内で作っているお菓子の名前だよ」

「お菓子？　ランドマーク領ではお菓子を作っているのか？　それは食べてみたいな。でも、ランドマーク領って遠いんだろ？　王都で買えたら良いのにな」

甘い物に目が無いランスが残念そうに言った。

「あれ？　ランスにはまだ説明してなかったっけ？　うち、王都にお店出しているから食べられるよ。というか今ちょっとあるからあげられるけど、お昼休みに渡すね」

リューがそう言うと、リーンと話をしていたシズがこっちをチラチラと見ている。

「リュー、シズも食べたいみたいだから……。お金は払う、少し譲ってもらえないかい？」

ナジンが、シズの気持ちを察してリューにお願いしてきた。

「もちろん、二人にもあげるから、お金は要らないよ。あ、うちの喫茶『ランドマーク』では、『チョコ』以外のデザートも食べられるからお越しください」

ちゃっかりお店の宣伝もするリューであった。

王立学園のお昼休み。

一年校舎の食堂の出入り口は二か所あった。

ひとつは、価格設定が安くて文字通り学生の味方で、ほとんどの生徒が集い、テラス席もある広めの一般的食堂の出入り口。

もうひとつは、高めの設定で高級な料理が食べられる。

ごく一部のお金持ち、貴族が集い、一般食事席が見下ろせる二階席につながる出入り口。

この二つの出入り口は隣り合わせだが、貴族でもほとんどは安い方で食事をする。

なぜなら高い方は一部の特別クラスの生徒が使用するという暗黙の了解があるからだ。

この説明はランスにしてもらったのだが、友達になったシズが侯爵家のご令嬢なのでどうなのかと聞くと、シズもみんなと同じところでいいと言う。

ナジンに確認の為、目配せすると、ナジンも頷くので一般の食堂でいいようだ。

リューはみんなが一般食堂でいいのなら、と食堂のおばさんに持ち込みＯＫか確認し、大丈夫とわかり席に着いた。

そして、班の友達みんなにマジック収納から喫茶「ランドマーク」の食事をとりだして提供する事にした。

「これは？」

ナジンがみんなを代表して聞いてくる。

「今日はランドマーク領で食べられている主食のパスタ各種で、トマトのミートソースにペペロンチーノ、カルボナーラ、ボロネーゼ、そして新作のボンゴレを用意したよ」

「おお！　いい匂いじゃん！　ソースが色々違うのかな？」

ランスは見比べるとお肉が目立つボロネーゼのお皿を取り自分の前に置いた。

「おい、ランス。そういうのは、レディーファーストでシズとリーンに最初に選ばせないか」

ナジンがランスの行為を注意する。

「あ、大丈夫だよ。同じものでもまだ用意はあるから」

「そうなのか？　……わかった、シズ、どれが食べたい？」

ナジンはやはりシズが最優先のようだ。

「……うーん。私は……、これにする……」

シズが選んだのはカルボナーラだ。

「じゃあ、私は新作のやつね！」

リーンは王都で入手したアサリで作ったボンゴレを選んだ。

「自分は、香りがいいこれにするよ」

ナジンはシンプルなペペロンチーノのお皿を手にした。

「じゃあ、僕はトマトのミートソースね」

うまい具合に全員が違う物を選んだ。

「じゃあ、みんなどうぞ！」

その合図でみんなが一斉に食べ始めた。

リューはリーンと一緒に手を合わせると「……頂きます」と、言って食べ始める。

シズとナジンがその光景を見て一瞬手が止まったが、それを聞くのは食べた後とばかりに用意してあるフォークでの食べ方を聞くと丁寧に巻いて食べ始めた。

「この肉のやつ、美味いな！　麺もソースと絡んで食感が良いし！」

ランスは、勢いよく麺を啜りながら感想を言った。

「この麺は腹持ちが良さそうだ。それに食欲をそそるニンク？　の香りに、このピリッとした辛さがマッチしてシンプルに見えて美味しいな！」

ナジンがペペロンチーノを絶賛する。

「……クリーミーでいて濃厚、ベーコンも美味しい……」

シズが控えめながら笑顔で感想を漏らした。

「これ流行るわよ、リュー。この貝殻は邪魔だけど、お出汁が麺に絡んで美味しいわ！」

リーンも新作のボンゴレを高評価した。

軒並み高評価なのでリューは安心して笑顔になると、ミートソースを食べるのだった。


食後は、デザートだ。

朝に約束した『チョコ』の試作品である白色のチョコを取り出してみんなに渡す。

「うちの職人が趣向を変えて開発した『ホワイトチョコ』だよ。どうぞ、食べてみて」

シズはすでに今までの『チョコ』とは色が違う事に驚いて目を輝かせている。

ナジンは、色の変化がどういう事なのかわからないので、シズの反応を見て凄い事のようだと憶測を立てた。

ランスは『チョコ』自体が初めてなので、目の前の白い物体がどういうものなのか全くわかっていない。

リーンはすでに一度試食を済ませているので誇らしそうにしている。

今度はランスもレディーファーストでシズが最初に手にするのを待った。

みんなの注目が集まる中、シズが『ホワイトチョコ』をひとかけら手にすると口に運んだ。

「……！　……甘くて滑らかで美味しい……！」

シズが幸せそうな笑顔になって感想を漏らした。

「でしょ？　『チョコ』とはまた、違う味よね！」

リーンもひとかけら口に入れてシズに同意した。

「なんだこれ⁉　こんなに甘くて美味しい食べ物初めてだ！　果物の砂糖漬けも甘いけどこっちは断然甘さに品がある！」

ランスが未知の領域の食べ物にカルチャーショックを受けた。

「……自分は以前食べた甘さ控えめの『チョコ』が好きかな」

ナジンはどうやら甘過ぎない方が好みらしい。

言っている事はよくわかる。

リューは班のみんなの好反応に手応えを感じると、内心ガッツポーズをするのであった。

お昼休みにリューが『チョコ』の新作を友人達にお披露目したその日の放課後。

ナジンに呼び止められていた。後ろにはシズがいる。

いや、この場合、シズがいてその前にナジンがいるというのが正しいのだろうか？

「シズが、良かったら一緒に帰らないかと言っている」

ナジンがシズを代弁して言った。

背後でシズが頷いている。

もう自分達に慣れたと思っていたが、誘うのはまだ恥ずかしいようだ。

「え、でも、二人は馬車のお迎えがあるんじゃないの？　僕とリーンは徒歩で帰るつもりでいるけど」

送り迎えは馬車の宣伝になる為、本当はランドマーク製の試作馬車でしたいところだったが、色々な事情で控えていた。

「……うちの馬車で送るよ……」

シズがナジンの横からか細い声で言う。

「ありがとう！　それじゃ、リーン。お言葉に甘えようか？」

リューはシズの好意に甘える事にしてお礼を言うと、乗せてもらう事にした。

リュー達が徒歩と言っても、乗合馬車で帰るので馬車に乗る事に変わりはないのだ。

シズの家の馬車が到着するまで、四人はしばしの間、玄関付近で話をしながら待つ事にした。

玄関には馬車の行列が出来ていて、次々に貴族の子息達が自家の馬車に乗り込んで帰っていく。

一部の者は学園の敷地を出たすぐ側に停留所があり、そこで乗合馬車に乗って王都の各所の家に近いところで降ろしてもらうのが一般的だった。

普段ならリューとリーンもこの帰り方だ。

「シズからランドマークは馬車も作っていると聞いたが、それに乗っては来ないのか？」

ナジンが不思議に思ったのだろう、リューに率直に聞いて来た。

「それなんだけどね？　実は最近王家が乗っている馬車もうちの製品なんだけど……試作品とはいえ、うちがその王家や有力貴族より良い馬車に乗って送り迎えされていたらどう思われるかなぁって。ほら僕、地方の下級貴族の三男坊だし」

「……なるほど。うちのクラスの第三王女殿下は何を考えているかわからないし、隣のクラスのエラインダー公爵の息子はその辺り、嫉妬深そうな雰囲気があるからな……。それで慎重になっているわけか」

「そういう事。ホントは堂々と試作品を宣伝して評判を聞きたいところなんだけどね。王女殿下の性格も今のところ同じクラスだけど全然わからないし、無茶言われて寄越せと言われたらまだ試作だから困るし」

「もう！　リューは心配し過ぎなのよ。ランドマーク家が雇っている御者さんも暇そうにしていたわよ？　気にせずに乗ってあげればいいのに。まあ販売している『乗用馬車一号』は今、在庫不足だから敢えて乗らないのはわかるけど」

リーンがリューの慎重さに呆れる素振りをみせた。と言っても、そんなに呆れているようには見えないが。

そこへ、ランスがやって来た。

「お、みんな揃っているじゃん。俺だけのけ者は勘弁だぜ。わははっ！」

と冗談を言ったランスだったが、シズの馬車より先にボジーン家の馬車が学園に到着していたのですぐに乗って帰っていった。

「のけ者と言いつつ、帰るの一番先じゃん！」

とツッコミを入れつつ、リューはランスの性格がわかりやすくて好きだった。

貴族としては多分珍しいタイプだろう。

「あ、シズの家の馬車が来たから乗ろう」

ナジンがリューとリーンに知らせる。

見るとその四頭引きの馬車は高級木材を使用していると思われる重厚な作りと繊細な彫刻がされたものだった。

「……この渋さはちょっと参考にしたいなぁ。あ、でも、重量が増しちゃうかな……」

リューはシズの家の馬車をいろんな角度から見るとぶつぶつとつぶやく。

「ちょっと、リュー。みんな乗ったから早くして頂戴」

リーンがリューを注意した。

「あ、ごめん！」

リューは慌てると御者さんに頭を下げて乗り込むのだった。

馬車が走りだすと、やはり乗り心地はあまり良くなかった。

石を踏んだりすると衝撃が直接強くお尻に伝わってくる。

それを下に引いた羽毛のクッションで誤魔化している状態だ。

「……外装が良いから、改造するという手もあるかな……」

リューはまた考え出した。

「……この馬車は先々代の頃に名工によって作られたものなの。でも、乗り心地はあんまり良くない……」

シズが感想を漏らした。

確かに作りは目を見張るものがある。残念なのは土台部分だから、これを改造出来たら良いものになりそうだ。

特注でお金はかなりかかりそうだが……。

それも含めて、商売にならないか職人と相談してみようと思うリューであった。

放課後、ラソーエ侯爵家の娘シズの馬車に乗せてもらい、リューとリーンは、ランドマークビルの前まで送ってもらった。

リューとリーンが馬車から降りると当然の如く、シズ・ラソーエと、ナジン・マーモルンもついて降りて来た。

「送ってくれてありがとう……って、何で二人とも降りるの？」

「シズがランドマークビル内を案内してほしいそうだ」

ナジンがシズを代弁して目的を言う。

あ、そういう事だったのね！

シズは『チョコ』のファンだと言うし、それならこちらも案内するのはやぶさかでもない。

というかラソーエ侯爵とマーモルン伯爵という名家に懇意にしてもらえたらそれだけでも、うちは安泰だ。

「じゃあ、『チョコ』専門店が二階にあるから──」

リューがシズの目的と思われるお店へ案内しようとすると、「……一階からお願いします……！」

と、シズが珍しく声を張ってお願いしてきた。

これにはリューもナジンも驚いた。

どうやら、ランドマークビル自体に興味を持ってくれたようだ。

「じゃあ、一階の『各種車』専門店から──」

リューは喜々としてシズとナジンを案内するのだった。

シズはリューの案内、商品説明に耳を傾け、商品を一つ一つ食い入るように目を輝かせて見て回った。

ナジンもその傍で商品を感心しながら見ると時折質問をしてくる。

「さっき在庫不足って言っていたけど、今からだったら納車はいつになりそうだい？」

「カスタム内容にもよるけど、通常のなら今は多分一週間以内にはなんとか。あ、職人さん！　今、納車はどのくらい待ち？」

「あ、坊ちゃん。納車ですかい？　それなら本領の方で製造したのを坊ちゃんが運んでくれたら五日待ちくらいで納車できると思うぜ！」

「了解！　じゃあ、後で部品も含めて取りに行ってくるよ！」

「リュー、君が、自領まで馬車を取りに帰るのかい？　片道三週間かかる遠方の領土だと聞いたが？」

ナジンがリューと職人のやり取りが理解不能だったので、その頭上は「？」だらけになっていた。

「あー。えっと……説明すると話が長くなるからあれだけど、今なら五日で納車できるみたい。予約するなら今だよ！」

リューは強引に説明を端折ると、店内展示している『乗用馬車一号』の車内に案内した。

そして、車内を揺らして衝撃吸収するサスペンションをアピールして二人の購買意欲を誘う。

「……裏事情が気になるが、確かにこれはいいものだ。父上に話してみるよ」

ナジンが乗り心地に感心すると親に相談する事を約束してくれた。

「……私もパパに……話してみる」

シズも決意を胸に頷く。

よし、二台売れるかもしれない！

リューは内心でガッツポーズするのであった。

その後、二階でも案内をするのだが、『チョコ』専門店は商品の売り切れでこの日はすでに店を閉じていた。

「あらら。売り切れたからお店はもう閉じているや……。……あ、そうだ！　商品はないけど店内見てみる？」

リューが残念な顔をしているシズに聞いた。

するとパッと顔を輝かせてシズが何度も頷く。

「じゃあ、鍵を開けるね」

リューはマジック収納から鍵を取り出すと開けて店内に案内した。

シズはお店に入ると大きく深呼吸してまた、感動する。

「……『チョコ』の香りがする！」

専門店だけに店内は『チョコ』の香りが充満していた。

カウンターにはガラスケースが並んでいて、その中に商品である『チョコ』が陳列する。

お客さんは商品を指さし、買う量を指定して店員が商品を取り出して包むのだ。

だから衛生的だ。

お客さんはみんな老若男女問わず、ガラスケースの前で張り付いて商品を選んでいるのだが、目を輝かせて選んでいる姿は子供のようで、リューはそれをお店の外から眺めるのが好きだった。

そして、シズもまた、商品の無いガラスケースを前に感動して見回していた。

「……今度休みの日は自分で買いに来るね……。あ、ナジン君も連れて」

店内を確認できた事でシミュレーションが出来たのだろうシズは少し自信を持って言った。

「うん、お勧めはナッツ入りのチョコかな。あ、各種ドライフルーツ入りも美味しいよ？」

「……そんなのがあるの⁉　……私、普通のしか食べた事ない……。絶対、それを買うね」

シズは鼻息荒く誓うのだった。

「もう、リュー！　取っといてあげればいいじゃない！」

リーンが横からもっともな事を言う。

「ほら、自分で買う楽しさがあるじゃない。あ、もし、買えなかったらその時は、取っておいてそれを渡すね」

リューはこの先、常連になりそうなシズと約束を交わすのであった。


シズとナジンにランドマークビル内を案内して数日後の休日。

シズは父親であるラソーエ侯爵と従者を連れ、ナジンもそれに同行してランドマークビルを訪れた。

だがその日は何とも間が悪かった。

と言うのも、先日シズ達に振る舞った試作品の『ホワイトチョコ』のお披露目の日だったのだ。

この日は、新作発表とあって、父ファーザも様子を見ようと領内からリューの『次元回廊』でやってきていた。

そして、五階から父ファーザと共にオープン前のお客さんの様子を眺めていると見た事がある馬車がビルの前で止まる。

リューはすぐに気づいて、父ファーザに、「お友達になったラソーエ侯爵のご令嬢の馬車だよ」と、馬車を指さして教えてていたのだが、シズとナジンが降りてきた後に、高貴そうな人物が続いて降りてきた。

それを見て、ファーザとリューは親子で目を合わせ、まさかという顔をした。

「……ラソーエ侯爵の馬車から降りてきたという事は――」

「「侯爵ご本人⁉︎」」

最初、父ファーザもどう対応していいのかと思ったが、息子の友人の親なので身分関係なしに挨拶は必要だと結論に至り、リューと一緒に下の階に降りて行った。

一階に到着すると、行列にシズとナジン、そしてその二人と一緒にラソーエ侯爵が並んでいる。

「……リュー君、おはよう」

シズが控えめに挨拶すると、「リュー、おはよう」とナジンも一緒に挨拶する。

人見知りのシズが自分から他人に挨拶するその姿に、ラソーエ侯爵は娘の成長した姿を見て感動したのか目を潤ませている。

「おはよう二人とも。今日は新作のお披露目があるから人が多いんだよ」

と、リューは二人に説明する。

父ファーザは、それを横目にラソーエ侯爵に挨拶をした。

「ラソーエ侯爵でしょうか？　私、息子がご息女と同じクラスでして。この子の父親のファーザ・ランドマークと言います」

「これは、初めてお目にかかる。この行列には驚いていますよ、ははは っ！」

どうやら、シズの父親は率直な感じの人のようだ。

「みなさんを行列に並ばせるわけにはいかないので、こちらにお越しください」

ファーザはラソーエ侯爵一行を喫茶『ランドマーク』の個室に案内しようとした。

「娘はこの日を楽しみにしていたので、並ばせてあげてください。この子が自分で選ぶ事が楽しみなんだと力説するので付いてきたんですよ」

ラソーエ侯爵は笑顔で答えるとシズの頭をなでる。

娘の成長を楽しんでいる父親の顔にファーザも共感したのだろう、無理は言わず侯爵の発言に頷いて理解を示した。

「わかりました。それでは、後で喫茶『ランドマーク』にお立ち寄りください。個室をご用意しておきますのでそこでスイーツでもお楽しみください」

ファーザはそう告げると、リューにお店の様子を見てくると言って二階に上がっていた。

暫くするとオープン時間になり、新作の『ホワイトチョコ』を目の当たりにした行列は歓声を上げた。

「白いわ！　どんな味がするのかしら⁉」

「本当だ！　雪のような白さだな。これは楽しみだ！」

「並んでおいて良かったわ！　新作の『ホワイトチョコ』と、いつものドライフルーツ入りチョコは絶対買うんだから！」

『チョコ』ファンのお客さん達は並びながら自分の番が回ってくると、あらかじめ決めていた『チョコ』を指さして数を指定していく。

シズはその前の列の人達の姿を見て自分も並んでいる間に決めなくては！　と、ガラスケースを覗いて『チョコ』を選ぶのであった。

みんな新作の『ホワイトチョコ』をまずは選ぶ。

何しろ先に買ったお客が我慢できずにその場で食べて絶賛しているのだ、買わないという選択肢は無い。

シズも一度食べた『ホワイトチョコ』の味を覚えている。

自分の番がやって来ると、一番に『ホワイトチョコ』を選び、リューが勧めてくれたナッツ入りチョコと、各種のドライフルーツ入りチョコも父親の顔を確認して買っていいかお伺いを立てる。

ラソーエ侯爵が頷くと、シズはパッと表情を明るくして店員に小さい声で一生懸命、一つ一つ指をさして注文するのであった。

その後、喫茶「ランドマーク」の個室で、リューがスイーツを勧めてくれたので、シズがフルーツのクレープ、ナジンがチョコバナーナ、ラソーエ侯爵がリゴーパイを食べて感動の渦が起きた事は、個室の中の秘密の出来事である。

シズ達は個室でスイーツを満喫した後は、『コーヒー』専門店で『コーヒー』とそれを入れる道具一式、コーヒーカップも家族分購入し、一階に降りては、『乗用馬車一号』一台、使用人達の作業用に手押し車五台、スコップ五本、リヤカー二台を購入して帰っていくのだった。

ちなみにトイレも後日、侯爵邸に工事が入る事になる。

「これは過去一番の太客だ……」

リューは、シズ一行の購買力にただただ驚くのであった。


休日明けの学校。

リーンとシズは朝からランドマークの商品について、花を咲かせていた。

主に『チョコ』の話のようだが、他にもシズが言うところでは、侯爵家の庭師もスコップと手押し車のおかげで仕事がはかどると喜んでいるそうだ。

リーンは友人であるシズから購入者の生の感想を聞けてかなり嬉しそうだ。

リューももちろん嬉しい。

職人達の成果が評価されているのだから当然誇らしかった。

ナジンも次の休日には父親の代理の執事と一緒に馬車を見に行くと約束してくれた。

「さっきから何の話しているんだ？　『チョコ』は前にリューがくれたお菓子なのはわかるけど、『コーヒー』とか、『手押し車』に、『スコップ』とか聞き慣れない単語が多いんだけど？」

ランスがみんなの会話に付いて行けず蚊帳の外だったので、頭の中が疑問符だらけだった。

ランスは、いつも学校が終わると放課後は王宮に出向き、父親の仕事の雑用をするようになったそうで忙しくしているのだ。

「リューの家がお店を王都で始めてそこで扱っている商品名の事さ」

ナジンが掻い摘んでランスに説明する。

「そうなのか？　……うん？　……『コーヒー』ってもしかしてあの『コーヒー』か？　黒い粉のやつ。親父の手伝いした時に運んだ覚えがあるぜ。いい香りがして覚えている。……という事はリューの家、王家に納める品を扱っているのか⁉　スゲーなランドマーク男爵家！」

ランスが、素直に驚いて褒めてくれた。

「いやいや、王宮に出入りしている君の男爵家の方がよっぽど凄いから」

リューは王都の名家であるボジーン男爵家の跡継ぎにツッコミを入れるのだった。

「そうだぞランス。君の家は常に国王陛下の側にあって影響力を持っているからな。王家御用達商人も君のとこの父上が首を縦に振らなければ何も出来ないらしいじゃないか」

「そこは仕事だからな。陛下が口にするものは吟味もするし、扱うものも怪しいものは排除しないといけないし……。首を振るかどうかは商品次第さ。つまりリューのとこの『コーヒー』はうちの親父が納得した味って事だ。うちの親父、堅物だけど味にはうるさいから十分凄いぜ！」

思わぬところでランスの父親のお墨付きを間接的に頂く事になるリューであった。

「そうなるとランスにも色々勧めたいところだけど、今日のお昼はリゴー飴でも食べてもらおうかな」

リューは自分が好きな甘味を勧める事にした。

「俺に勧めても駄目だって。ははは！　王家御用達商人が選んで持ち込み、それを親父が吟味するから俺の入る余地はないぜ？」

笑って断るランスであった。

昼休み。

「うまっ！　これ、親父に食べさせるからお土産にいくつか貰えないか!?　『ホワイトチョコ』も美味しかったけど、このリゴーの実の酸味とそれを覆ったパリパリの飴が、食感と合わさって美味しいよ！　これ、親父好みの味だ。それはつまり、陛下も好きな可能性があるって事だぜ？」

ランスは朝の発言を簡単に撤回すると、リューの勧めるリゴー飴の虜になるのであった。

「じゃあ、放課後、帰る前に渡すね」

内心ガッツポーズをするリューであった。

「……これ、喫茶『ランドマーク』にも置いているの？」

シズがパリパリと音を立てながら少しずつ頬張り、聞いてきた。

「そうだよ。最近は新作で他の果物も、水飴でコーティングして出しているんだ」

早速、シズにも売り込む。

「……また、休日出かけて注文するね」

どうやら、シズも気に入ってくれたようだ。

リュー達がスイーツの話で盛り上がっていると、他のグループも同じように盛り上がったのか声が聞こえてきた。

「どうだ、凄いだろ？　今、上流階級で有名になっているお店の『ホワイトチョコ』だよ。朝早く使用人に並ばせて入手したんだ。限定商品だから中々入手できないんだぜ？」

貴族の男の子がランドマークの家紋が入った『ホワイトチョコ』の箱を開けて自慢しているのが見えた。

周囲は「おお！」と、その男の子を囲んで羨ましそうに見ている。

「うちも使用人に買いに行かせたけど、売り切れていたんだよ！」

「うちは買えたけど、父上がそのまま手土産に偉い人のところに持って行っちゃったから食べられなかったんだよな！」

「それはついてないな。でも、入手困難で珍しいから仕方ないよ」

取り囲む子供達はヨダレを飲み込んで、今この瞬間、誰よりも偉い『ホワイトチョコ』を手にした男の子を羨望の眼差しで見上げるのだった。

「よし、先着で五名に一粒ずつあげるぞ！　じゃんけんするからみんな用意しな」

椅子の上に立つこの男の子は最早、民衆に敬われる英雄のようであった。

「何か凄い事になっているな……」

ランスが一角で異様に盛り上がる光景を目にして呆れた。

「……そうね。というかランドマークの名前を忘れている時点でダメよ！」

リーンは肝心のランドマーク家の名が出てこなかった事に憤慨した。

「まあまあ……。巻き込まれないうちに教室に戻ろう」

じゃんけん大会が始まる傍ら、リュー達は食堂を後にするのだった。

ナレーション）

ランドマーク男爵家の三男であるリューの朝は早い。

ランドマーク家は王都進出の為にランドマークビルを一等地に建て、リュー自身は王立学園に優秀な成績で合格、お家の為に日々努力を重ねている。

今日もまた彼は目覚めると、すぐに自身が持つ稀有な能力『次元回廊』を用いて遠く離れたランドマーク領の実家に様子を見に行く事から朝が始まる。

「……そうですね。まずは実家で家族に挨拶をして様子を聞き、家族のスケジュールを確認すると、王都のお店で必要な商品を実家の側に建てた倉庫から回収してマジック収納に納め一度王都に戻り、王都の従業員にそれを引き渡します。家族が王都に来る事も度々あるので人の移動も朝から『次元回廊』で行っていますね」

ナレーション）

わずか十二歳の少年がランドマークの王都進出の鍵を握っているのだ。

彼も使命感に燃えている。

「学業との両立ですか？　もちろん大変です。でも、それ以上にやりがいを感じています。全てはランドマーク家と領民の為と思ったらこのくらいへっちゃらです！」

ナレーション）

そう答えると、この十二歳の少年は彼の本分である学業の為、従者であるエルフの女性と一緒に学校に向かって、朝の賑わう通りの人混みの中に消えていくのであった。

テッテ～テ～レ～レ～♪　テレレレ～♪

——完——

「って何よ、それ。私、名前も出てこないじゃない？」

リューの◯熱大陸風の一人語りにリーンがツッコミを入れた。

「いや、◯熱大陸は、主役にスポットを当てる番組だから他の情報についてはね？」

「言っている事は間違いないから良いけど……。というか何よ、その◯熱大陸って。また、ゴクドー用語なの？」

「違うけど……。まあ、そんな感じでいいや。ははは……」

リューとリーンは朝から乗り合い馬車の停留所でそんな他愛もない事を言い合いながら、やって来た四頭引きの大きな乗り合い馬車に乗り込んだ。

始発なので乗客は少ないがリューとリーンが左の一番前に座ると次々に他のお客も乗り込んでくる。

荷物を抱えている者、仕事先に向かうであろう者、観光なのか座るとすぐに王都の地図を広げる者、制服の種類は違うが同じ学生で通学する者、色んな人が行く先々で乗っては降りを繰り返していく。

リューとリーンが王立学園前に到着する頃には、馬車内は王立学園の生徒がほとんどになる。

だが、特別クラスの生徒はリューとリーンだけだ。

そういう意味でも、二人は普通クラスの生徒達から顔を知られ、目立ち始めていた。

乗り合い馬車内では生徒達のひそひそ話でリーンの名前もつぶやかれ、耳の良いリーンにはそれが聞こえていた。

「流石に入学して十日以上も経つと顔も覚えられてくるから、特別クラスの生徒だとばれ始めたわね……」

リーンが、乗り合い馬車をリューの手を借りて降りるとそう漏らした。

「リーンの容姿も目立っているんだけどね」

リューが笑いながら答える。

「私？　エルフやドワーフ、獣人族の生徒もこの学園には沢山いるじゃない」

リーンがリューの返答に疑問符を浮かべた。

「まあ、リーンが思う以上に、普通クラスでは君は知名度が高いって事さ」

「そうなの？　それよりランドマークの名を有名にしないと」

リーンは真面目にそう答える。

「それは確かに、その通り」

リューはリーンの正論に頷くのだが、有名になったらなったで王女グループに目を付けられるのではないか、もしくは隣のクラスのイバル・エラインダーグループに叩かれるのではないかとも思える。

この辺りは微妙な問題だった。

突然有名になるのではなく、じっくりと自然な形で浸透していき、受け入れられる形が今は一番良い気はしている。

だからランドマーク印の商品が先に有名になっていき、「え？　君のとこの商品なの？　うちも愛用しているよ」というくらいの反応が望ましい。

急だと「調子に乗るなよ！」とトーリッター伯爵のような反応をする輩が出てくる事は経験済みなので避けたかった。

「今は、ほどほどにしておこう」

リューはリーンにランドマークの名は、今はあまり口にしないように釘を刺すのであった。

「おはよう！　リュー、リーン！」

同級生のランスが丁度馬車から降りて来て、二人に気づいて駆け寄ってくる。

「「おはようランス」」

「おう！　今日からはいよいよ基礎のおさらいの授業から、本格的な実技もある授業が始まるな！」

ランスがウキウキしながら言った。

「そうだね。みんなどのくらい凄いのか楽しみだよ」

リューは三位の成績で合格した身だが、当時、他の受験生と比べる余裕はあんまりなかった。

どのくらいの差で自分が合格できたのか測りかねていたのだ。

もしかしたら差はわずかで、もう追い抜かれている可能性もある。

それを知る事でこれからの努力の仕方も変わるというものだ。

そういう意味でもリューはこの日を楽しみにしていたのだった。


学園の屋外にある敷地の一角。

そこは実技試験が行われた、的の設置された場所であった。

「今日の授業は、みなさんわかっていると思いますが、魔法の実技です。受験の時に体験していると思いますが、この場所は特殊な結界で覆われているので多少の魔法ではビクともしません。ですから、大いに自分の力を示してください」

わかり易く三角帽を被り、魔法使いの恰好をした魔法実技担当の男性教師が生徒を見渡しながら説明した。

「あ、それと魔法には種類や個人差があります。その事で同級生を馬鹿にしたり貶したりしないように。各自得意不得意がありますからね。この学校を卒業する頃には各々が得意な魔法を磨いて国の為、家の為に貢献できる人材になってください。それでは、五人一組で各自分かれてお互いの得意魔法を教え合って理解していきましょう。的を使うもよし、魔法人形に試すもよし、広範囲魔法はちゃんと結界魔法で仕切られた区画で行うように」

担当教師がそう言うとみんないつものグループに分かれていく。

ナジンとシズもリュー達に合流してきた。

「じゃあ、よろしく」

ナジンがリュー達に声をかけていると、早速、あちらこちらで的に向けて攻撃魔法を披露する生徒が出てきた。

「どうだい？　この日の為にCランク帯冒険者の教師を付けてもらって特訓してきたんだ！」

「僕は、元宮廷魔法士団出身の先生を付けてもらったからね。基礎なんて朝飯前さ」

「ふふふ。私は去年から魔導士スキルを持つ祖父から教わっているわ」

みんな得意の魔法を見せながら自慢が入る。

確かに自慢するだけあって基礎は完璧で威力もある。

さすが王立学園合格者達だ。

だが、ひとつリューは疑問に思った。

「みんな初級魔法ばかり使っているけど、中級魔法や上級魔法は使わないのかな？」

リューは、不思議に思い、リーンに聞いたがリーンも同じように思ったようだ。

「そうよね？　私達だけ使って目立つのは駄目なんでしょ？　なら同じように初級魔法にしておきましょう」

リーンがそう言うと、ランス、ナジン、シズがそれを耳にしたらしくナジンが代表して二人に聞いて来た。

「リューとリーンは中級以上の魔法が使えるのか？」

「うん？　……それはここだけの話、使える」

どうやら、自分達が何やらおかしな事を言ったらしい事を悟ったリューが、小声でナジンに答えた。

「そうなのか⁉　……凄いじゃないか！　僕やシズは同じ現役の宮廷魔法士団の先生に習って今年から中級魔法を学び始めたんだが、まだうまくいってなくてね」

聞けばナジンは火系魔法を、シズは水系魔法を得意にしているようだ。

「僕は基本的には全属性魔法を使えるけど、一番得意なのは土魔法かな。リーンは風魔法と土魔法、水魔法が得意だよ」

「ほら、そこのグループ！　話してばかりいないで魔法を使ってみせなさい」

魔法実技の担当教師がリュー達を注意する。

注意されて慌てたリューは、ナジンの火魔法という言葉が残っていたので咄嗟に的に中級の火魔法を使ってしまった。

それもただの中級魔法ではなくよく操作された高威力のものだったので、的は大きな衝撃音と共に見事に炎上した。

的は特殊な魔法耐性が施されているので、普通魔法が当たると衝撃と共に、魔法を打ち消すのだが、消えずに炎上しているという事はそれだけの威力があるという事を物語っていた。

他の生徒達は、一番端の的が大きな衝撃音と共に炎上しているのを見てざわつき始めた。

「なんだなんだ？　あれ、どうなっているの？」

「さあ？　的の魔法耐性がうまく作動してないんじゃないかな？」

「そういう事か！　凄い音がしたから誰か凄い魔法を使ったのかと思ったよ」

「ははは！　そんなわけないさ。的が壊れていないとあんなに燃えるわけがないじゃん！」

生徒達はリューが魔法を出す瞬間を見ていなかったので、憶測で的のせいと決めつけた。

ただし、注意した教師は一部始終を見ていたので一瞬呆気にとられていたが、慌てて生徒名簿をチェックし始めた。

「リュー・ランドマーク……。という事は試験官をした先生達が騒いでいた子か！　これは驚いた……」

まだ、驚きが抜けない教師であったが、正気に戻ると急いで火を消す為に魔法を唱えようとした。

すると、一足先にリーンが中位の風魔法を使って的の火を消し飛ばし、的の表面をズタズタに傷つけた。

この光景はさすがに他の生徒達も見ていて、

「スゲー威力！　さすがエルフの英雄の娘だ！」

「凄いわ、リーン様！」

「今の、中級の魔法では⁉」

「流石にそれは無いだろ？　……無いよね？」

と、騒ぎになり始めた。

「……ははは。せっかく的のせいに出来るところだったのに……」

リューが呆れてリーンに言う。

「え？　だってリューが中級魔法を使うから、そこまでならいいのかなって思ったのよ！」

リーンは慌てて言い訳をするのだった。

初めての魔法の実技授業は、リーンの風の中級魔法の使用で他の生徒達から注目を集める事になった。

「ねえ、リーンさん。次からうちの班に入らない？」

「ちょっと、何言っているのよ！　リーン様、うちの班に来てよ！」

「君達！　エリザベス王女殿下を差し置いて抜け駆けするつもりか？」

「……そ、それは」

生徒達が言い合いをする中、名前が挙がった王女殿下は、さほど興味がないのか一緒の班の取り巻きと話をしてリーン達には見向きもしていない。

その様子を見て、リューは内心安堵した。

興味を持たれ、場合によっては難癖をつけられたらクラスに居られなくなる可能性がある。

まだ学園生活は始まったばかりだ。それだけは避けたい。

だが、王女殿下はそういう事には興味がないタイプなのか反応がないので良かった。

「……何となく王女殿下の性格が少しずつわかってきたね」

リューは同級生達から解放されて戻ってきたリーンにそう漏らした。

「そうね。少なくとも騒ぎ立てる人じゃないみたいだから、安心ね」

二人がそう話していると横からランスが会話に入ってきた。

「エリザベス第三王女殿下に悪い噂はないぜ？　表に出てこないだけかもしれないけど、物分かりは悪くないと思う。隣のクラスのアレに比べたら王女殿下は女神かもしれない」

国王の側近の息子が言うのだ。これは貴重な情報だろう。

それならば、このクラスは快適かもしれない。

とにかく同じクラスなのだ、王女殿下の気分を害する事が無いように節度を守り、学園生活を過ごす事が大事なのは変わらない。

しかし、緊張を強いられる事がないようなので気持ちがグンと楽になるリューであった。

「リーンだけじゃなく、リューも凄い事を自分達は知ってしまったんだが、これは秘密にした方が良いのかい？」

ナジンが、リューとリーンの気持ちを察して聞いてきた。

「……うーん。僕達は本来なら、普通クラスに居てもおかしくない人間だからね。目立つ事がプラスに働くのかわからないから、今は慎重になっているんだ」

「……そうか、そういう事なら黙っておくよ」

ナジンがそう言うと、その傍にいたシズも大きく頷く。

「ところで……。良かったら自分とシズに中級魔法のコツを教えてほしいんだが……」

ナジンがリューにそう言うと、シズもまた大きく頷いた。

「でも、二人は宮廷魔法士団の現役の人から学んでいるんだろ？　僕らで教えられるかどうか……」

リューはリーンと目を合わせると出来るかどうか二人で考え込むのだった。

「正直、二人が見せてくれた中級魔法はうちの先生より威力があったからさ。二人から学んだ方が早そうだと思ったんだ」

「そうなの？　僕達は親や祖父から学んだ後は実戦で磨いたって感じだから、人に教えられるかどうか……」

また考え込むリューであった。

「そこを何とか頼む」

ナジンが手を合わせてお願いする。

そしてシズも手を合わせるポーズを取った。

その後ろでさらになぜかランスも手を合わせている。

「……いいけど僕達がやってきたやり方でしか教えられないよ？　それでいいなら」

リューが根負けして頷くと三人はやったーとガッツポーズをするのであった。


初めての実技の授業はリーンがどうやら凄い魔法使いだという評判がクラス中に認知されたものの、無事に終わる事になった。

「リュー君、リーンさん、少し残ってくれるかな」

魔法の実技教師に二人は呼び止められた。

ランス達には先に教室に戻ってもらう。

「リュー君、君は受験の時は土魔法で受けたと聞いていたのだが、火魔法が得意だったのか」

「いえ、火魔法はそこまででもないです。さっきは友人が中級の火魔法の話をしていたので、つい、出しちゃっただけです」

「つい、で、あの威力なのかい⁉　……二人とも出身地は南東部のランドマーク領になっているが、誰から学んだんだい？」

教師は完全に個人的な興味で質問してきた。

「主に基礎からは母に教わり、その後は……祖父から実戦を交えて威力重視で教わりました」

リューが思い出しながら答える。

「実戦？」

教師は王都では演習授業でもそう使わない言葉に疑問符が浮かんだ。

「はい、ランドマーク領は魔境の森と接しているので、魔物が多いんです」

「え？　じゃあ、実戦とは魔物を相手にという事かい⁉」

「はい、魔物を相手に僕とリーンは実戦を繰り返してきたのでそのおかげだと思います」

リューは、日常茶飯事であった経験を言っているだけなのだが、担当教師は言葉を詰まらせ固まった。

「……その魔物とはもちろん中級魔法で倒す程の相手かな？」

「いえ、中には中級魔法の一撃では倒せない魔物もいるので、そこは剣と組み合わせて戦っていました」

本当は上級魔法で倒す事もありますと言いたいところだったが、リューはそれを言わない事にした。

「中級魔法で倒せない⁉　……わ、わかりました……。君達二人はどうやら私の想像をはるかに超える経験をしてきているようだ……。今後、私が二人に何を教えられるか考え直さないといけないな……。時間を取らせたね、二人とも教室に戻って次の授業に備えてください」

嘆息交じりに担当教師は漏らすと、二人に教室へ戻るように促すのだった。


お昼休みを挟んで、リュー達は武術の授業があった。

基礎である剣を習い、他の得物にも慣れ親しむのが目的の授業だ。

リューはその剣が得意だが、『器用貧乏』と『ゴクドー』スキルの能力『限界突破』のおかげでほとんどの武術が高水準にある。

リューは最初の頃、別に極める為に色々やったわけではなく、基本ステータスの補正が付くから色々な武器で熟練度を上げていたのだが、結果的にそのおかげで自在派と言えるほどには武器を使いこなす事が出来た。

だから、まずはみんながどんなレベルなのかと、観察する事にした。

そこでリーンだ。

リーンは基本、弓を扱うが、突き技を基本とする細剣(レイピア)も得手としている。

弓程ではないが、熟練度はかなり上がっているので、みんなの相手をする事にした。

いざ班内の練習になると、武術が得意分野で年長者のランスはリーンと激しい模擬戦を展開して他の班の視線を集めた。

リーンは手加減しているのだが、周囲からは二人のレベルが高い水準で拮抗していると見えたようで、歓声が上がる。

「凄いな、あの二人！　さすがランス・ボジーン、あのボジーン男爵の息子だな。それにしてもリーンさんは魔法だけでなく剣も凄いのか！」

「いやいや、彼女の得手は弓だと先生達から聞いているぞ？」

「じゃあ、得手でない剣でボジーン男爵の子息と互角に渡り合っているのか⁉」

他の班の生徒達が驚きにざわついている中、リーンとランスは手を止めた。

「参ったな。互角のはずなのに勝てる気がしないや。凄い剣の腕だな、もしかしてこの学年でトップじゃないか？」

呼吸を整えながらランスはリーンと握手をし、称賛した。

「私がトップなわけがないでしょ。私より剣技が上の人はいるわよ」

チラッとリューを見るリーンであったが、周囲の者はそれに気づかず、発言を謙遜と受け止めると、改めてリーンを絶賛するのであった。

「じゃあ、次はナジンが私とやってみる？」

リーンがナジンに話を振る。

「ランスの後だと気が引けるが、自分も剣の腕は磨いてきたから相手してもらおうかな」

そう言うと、訓練用の木剣を手にしてリーンと模擬戦を始めた。

ナジンもランスと同じ十四歳で年長組なので剣の腕はかなり良かった。

リーンとも、ランスの時のように互角に渡り合っているように見える。

ランスに引き続きナジンの剣術の凄さに、また周囲はざわついた。

「彼は誰だ？　ボジーン家の彼と同じくらい強いんじゃないか？」

「凄いな！　リーンさんとまた、互角に渡り合える奴がいるとは！」

「何を言っている。彼はマーモルン伯爵家の長男だぞ？」

「ラソーエ侯爵の右腕と名高いあのマーモルン伯爵家か！」

どうやら、ナジンも凄い家の長男らしい。

こうなったら僕も少しはアピールしないといけないな！

リューは勇んで木剣を手にして立ち上がると、そこにシズが声をかけてきた。

「……私も頑張りたいから相手してもらっていい？　リュー君」

授業前に武術は苦手だと言っていた控えめなシズがやる気を見せた。

みんなに感化されたようだ。

「わかった。僕が相手するよ」

リーンとナジンが剣を交えている横で、リューとシズも模擬戦を始めた。

隣の二人と比べたらおままごとのような戦いだが、意外にシズは剣が振れていた。

どうやら、全くの素人でもないらしい。

もしかしたらナジンが日頃、相手をしているのかもしれない。

リューはシズに合わせて剣を振り、力を引き出すように相手をした。

そうするとリーンとナジンはこの二人の事が気になったのか手を止めて模擬戦を終了した。

そこへ、そのリーンとナジンの二人を観戦していた生徒達から拍手が送られ、改めて称賛した後にみんな散っていく。

シズの相手をしていたリューは、「そうなるよね……」とアピールする機会を失った事を内心残念がったのだが、今はシズに教える事に集中するのだった。

「……驚いた。シズが自分から剣術の練習を望むなんて」

ナジンがリューと打ち合うシズを見て保護者の気分にでもなったのか温かい目で見守り始めた。

そして、見守りながらある事にナジンは気づいた。

リューの体捌きが強い者のそれに被って見えたのだ。

「もしかして……リューは剣の腕もそれなりに優れているのかい？」

「それなりじゃないわよ？　リューは私よりももっと強いのよ。ランスとナジンもそれなりに強いけど、リューの足元にも及ばないわ」

リーンは自慢げにリューの強さを誇ってみせるのだった。


クラスでのアピールを仕損じたリューであったが、班での評価はさらに上がった。

リーンの言う通りなら魔法だけでなく、剣術も相当優れているらしい。

ランスもナジンもリーンに勝てなかったからそのリーンが言うのなら疑う余地はない。

休憩時間になるとリーンの周囲にはクラスの生徒達が集まってきた。

魔法も優れ、剣も有名なランスとナジンと互角の立ち回りを見せた上に英雄の娘なのだ。

将来的にお友達になっていた方が良いと判断した貴族の子息子女達であった。

「剣はやはり、父親であるエルフの英雄、リンデス様から習ったのかしら？」

「英雄譚ではリンデス殿は弓の名手となっていますが、剣もさぞ優れているんでしょうね！」

「やはり、この学園卒業後はリンデス殿の片腕として自治区で重職に就かれるのかな？」

クラスの生徒達の質問にリーンはうんざりする思いだったが、粗野な対応をすればランドマーク家の名に傷が付く、そう思いリーンなりに相手をするのだった。

「父からも少しは習ったけど、剣についてはほとんどリューのお父さんやおじいちゃんから習ったわ。ランドマーク家の人達は剣も魔法も優れているの。父は確かに弓の名手だけど剣の腕はリューのお父さん達が優っているわ。あと私、家を飛び出してきているから、学園卒業後はリューの従者を続ける予定よ」

「リュー？」

「ランドマーク？」

「従者？」

リーンなりの答えに、知らない名前、知らない家名、さらには自分を従者と言う事に、生徒達は疑問符だけが頭に浮かぶのだった。

そんなリーンをリューは慌てて腕を掴んで引っ張り、自分達の班に戻した。

クラスの生徒達は消化不良のままだったが、自分の班に戻ってしまったリーンに再度聞くわけにもいかず、散会するのだった。

「リーン、ランドマーク家や僕の事を初対面の人達は知らないんだから、急に言っても駄目だって」

リューは笑ってリーンを注意した。

「ごめんなさい、慌てちゃって……。でも、クラスメイトがリューの名前も知らないのは、失礼じゃない？」

リーンがもっともな事を言った。

「それはそうなんだけどね……。というかその事実に僕が傷つくからそれ以上は言わないで」

リューは苦笑いすると胸を押さえる素振りをみせた。

「あ、ごめんなさい。そうよね、私達これまでは目立たないようにしていたのだから気づかれなくても当然よね」

リーンは目立っていたけどね。

内心、ツッコミを入れるリューであったが、王女殿下の人となりが少しわかった以上、これからクラスメイト達にも少しずつアピールしていこうと思うリューであった。

放課後。

班のみんなの馬車が迎えに来る間、リューは少しだけ魔法の手ほどきをみんなに行った。

手ほどきと言っても、ランス、ナジン、シズは基礎部分は出来ているので、あんまり教える事はないと思っていたのだが、どうやらみんなは中級魔法を使う時はその分の魔力をまず込めて各自の使う属性魔法に変換しているらしい。

それだと込めた魔力量が適当なので多かったり少なかったりとバラバラで、適量を込められるようになるまでに時間と労力がかなり必要になる。

リーンとリューはその逆のやり方をしていて、最初から属性魔法に魔力を変換しながら込めていくという難しい方法を取っている。

母セシルが教えてくれたやり方だが、各種の魔法を使える量まで適正な魔力を込め、すぐさま発動するので無駄が一切なくて済む。

だから魔力が少なすぎて不発に終わる事や、多過ぎて無駄に魔力を消費するという事がかなり無くなるのだ。

このやり方に慣れると後が楽なので、初級魔法で三人には特訓してもらう事にした。

「このやり方……難し過ぎないか？　俺には出来る気がしない……」

ランスが、魔力を込めるのと属性魔法に変換するという事を同時にする複雑さに早くも弱音を言い出した。

「これは慣れだから毎日ずっとやっていくしかないよ。僕とリーンも最初は苦戦したからね。これが出来るようになったら後が楽だよ」

ナジンとシズは黙々と手のひらの上で初級の火魔法、水魔法をお互い唱えては失敗するのを繰り返している。

練習しているのが玄関脇だったので、このグループを見て他の生徒は、

「初級魔法を今頃練習しているぞ？」

「え？　マジか！」

「それも、失敗しているじゃん。よくこの学園に入れたな」

と、陰口を言うのであった。

「あ、三人とも、練習は家でやった方が良さそうだよ」

陰口に気づいたリューがそう提案したが、三人は集中している。

「……この集中力なら、すぐ覚えられるかもしれない」

リューはリーンと目を合わせると笑って頷くのであった。

チンピラに絡まれますが何か？

ランス、ナジン、シズは放課後、魔法の練習のついでにランドマークビルによく足を運ぶようになっていた。

もちろん、第一は魔法の練習を一緒にする事が目的だが、喫茶「ランドマーク」の料理やスイーツを五階に運んでもらって休憩を取るのも含まれている。

「リューのお父上、こちらで見かけたけど、領地が遠いのにこっちに居て大丈夫なのかい？」

ナジンが、屋上でみんなと魔法の練習をしながら、疑問を口にした。

「俺の親父は領地にほとんどいないぜ？　領地は執事に任せている事が多いからな。リューの家もそうじゃないのか？」

ランスは自分の家を例に挙げて指摘した。

「……ランス君の領地は王都から近い。リュー君のお父さんとは状況が違うと思う」

シズが、ランスの家の領地が王家直轄地の中にある特殊な例なのでリューとは比較できない事を指摘した。

「……ははは。うちのお父さんはほとんど領地に居るよ？　週に一度くらいはこっちに顔を出しているけど、このビルの管理はレンドに任せているし商品管理は僕も一緒にやっているからね」

「え？　リューはもう、親に仕事を任されているのかい⁉」

ナジンはリューのお父さんの領地に居る発言に矛盾を感じるよりも、リューの事に驚いて聞いてきた。

「うん。商品開発に僕、関わっていて一番詳しいからね」

「そう、リューはランドマークの商品のほとんどの発案者なの！　もちろんその後は、職人さんや料理人さん達の研究で生まれたものもあるんだけど、元はリューが考えたものなのよ！」

普段、謙遜して自慢しないリューに代わって、リーンはリューの成果を誇るのだった。

「リーン止めなって。発案をしたのは僕でも頑張って動いてくれたのは家族や領民だから」

リューは案の定、謙遜した。

「リューが考えたのか、あの馬車の仕組みとか料理も⁉」

ナジンは目の前の自分より二歳年下の少年が魔法や剣に優れているだけでなくその他の能力にも秀でている事に驚くのだった。

「……凄い！　チョコだけじゃなかったの？」

シズが尊敬の眼差しでリューを見る。

「マジかリュー！　コーヒーも、なのか？　うちの親父も認めるような物、生み出すとかすげぇな！」

ランスもにわかに目の前の友人が凄い人物であった事に衝撃を受けるのであった。

「みんなも止めてよ！　ランドマーク家が凄いのであって、僕は、大した事ないから！」

リューは慌ててみんなの興奮を抑えようとした。

「謙遜するなって！　俺なら自慢するけどな。ははは！」

ランスがそう言って笑うとナジン達も、頷き同調して笑うのだった。


班の仲間の中でのリューの評価は最高潮になった。

一応、男爵の三男なので、みんなの中では一番地位が低い立場なのだが、それを気に留めず、評価してくれる友人達であった。

とはいえ、その評価もまだ班の中だけであり、クラスでは底辺だろう。

普通クラスではリーンの名前は高まっていて、リューはそのおまけとして名前は知られるようになっていた。

だが、特別クラスまではそれは広まる事が無く、同クラスでリューの名前を憶えているのは班の仲間だけという悲しい現状であった。

そんなある日の午後。

王女殿下の班の取り巻きの一人が、お昼休みに食堂を見下ろせる二階の特別席でランドマーク製の『ホワイトチョコ』を王女殿下と一緒に食しながらコーヒーを飲んでいたのだが、得意げに重要な情報を仕入れたとばかりに王女殿下に披露した。

「なんでもこの学校に、この『チョコ』と『コーヒー』を扱っているランドマークとやらの商会の子が同級生として通っているそうですよ！」

その眼下の食堂でみんなと食事をしていたリューであったが、耳の良いリーンと二人、ランドマークの名前が特別席の方で聞こえたのを聞き逃さなかった。

食堂は多くの生徒が集っているのでそれを聞き逃さなかった二人は異常としか言えないが、そこは問題ではない。

今、ランドマークの名を口にした人が上にいたよね⁉

リューは内心、班のみんな以外から聞こえてきたのは初めてとばかりに二階席を意識した。

リーンも同じだったようで、リューと視線を交わすと二階に視線を送った。

すると、その二階席から男の子が眼下の食堂を見下ろして大きな声で言った。

「ここにランドマークという商会の子がいるはずだ！　王女殿下に挨拶をしろ！」

えぇー⁉　そんな形でご指名されるとは想像してなかったんですけど⁉

意外な形で自分が呼ばれた事に動揺を隠せないリューであった。

食堂は、特別席の二階からの指名に一瞬静まり返った。

そして、すぐざわつき始めた。

「……ランドマークって？」

「さあ？」

「もしかして、今、王都の貴族やお金持ちの間で有名になっているランドマークビルと関係あるのかな？」

「私、入学式でお友達の親に連れて行ってもらったよ！」

「へー。でも、ランドマーク商会って聞いた事ないな」

周囲がランドマークという名を口にし始めたのでリューは嬉しい反面、こんな感じは嫌なんだけど……と複雑な思いになるのだった。

そして、ここは名乗り出るべきなのかと一瞬迷った。

「いないのか、ランドマーク！　王女殿下の前だぞ！」

王女殿下の取り巻きの男の子は偉そうに高圧的な物言いでリューを呼んだ。

「お止めなさい！」

そこへ、またも二階の特別席から声がする。

「誰がそのような事をお願いしましたか？」

一階を見下ろす、二階の手すりのところに王女殿下が現れた。

「みなさん、お騒がせしてごめんなさい。この子が言った事はお気になさらないでください。……あなた、この学校では身分の上下で振る舞わないのが習わしです。まして、私の名を騙って高圧的に振る舞うのは以ての外です。恥を知りなさい」

取り巻きの男の子は、王女殿下の意外な叱責に驚き、おののくと平謝りした。

これまで、穏やかでいて反応が薄く他者へあまり関心を持たない人だったのだ。

その王女の強い反応に自分がかなり悪い事をやってしまったと悟ったのだった。

この王女殿下の叱責に食堂はシーンと静まり返った。

名指しされた自分はどうすればいいのかわからず、リューも息を呑む。

「お騒がせしたお詫びに今日のみなさんのお食事代は王家がお支払いしますね」

王女殿下はそう言うと軽く会釈し、奥に引っ込んだ。

取り巻きの少年も許しを請う為に慌ててその後を追う。

王女殿下の騒ぎに対する謝罪と大盤振る舞いに、食堂はわっと大騒ぎになった。

「さすが王女殿下だな！」

「それに太っ腹だよ。食堂は安いとはいえこれだけの人数、そこそこするだろう？」

「金額じゃないんだよ、取り巻きが下げた王家の名誉を守ったのさ」

遠巻きに王女殿下を見る事しかできなかった普通クラスの生徒達は、この件で一気に王女殿下の評価を上げる事になった。

「……商会の倅扱いの僕は、どうすればいいのかな？　いくら控えめにしていたとはいえ、同じクラスなのに……」

「……どんまい」

と、ランス。

「すぐに名乗り出ずに良かったと思っておきな。名乗り出た後だったら、もっと恥ずかしい状況になっていたと思う」

と、ナジン。

「……そうだよ。名乗り出た後だったら放置状態でみんなから同情と憐みの視線を送られる事になったと……思う」

と、シズ。

「そうね？　みんなの言う通りよリュー。被害は最小限に抑えられたと思いましょう！」

とリーン。

こうして、変な形でランドマークの名だけは一年の生徒の間で認知される事になるのだった。

この騒ぎで面白くなかったのが、もうひとつの特別クラスのイバル・エラインダーであった。

王女殿下の人気が上がるという事はそのクラスが注目される事になる。

自分のクラスを差し置いてだ。

そんな事は、国の重鎮であるエラインダー公爵家の嫡男として見過ごせるわけがない。

さらに取り巻きのライバ・トーリッターが、先程名が出たランドマークは王女と同じクラスなので示し合わせた上での自作自演ではないかと言ってきたのだ。

それが本当なら、王女は自分の人気取りの為に一芝居打った事になる。

汚いやり方にイバル・エラインダーは歯噛みした。

「王家とはいえ、所詮第三王女だからと大目に見ていたが、このような小細工をするような者に忠誠を示す事はできない！　よし、手始めにさっき名が出た何とかという商人の子？　男爵の三男？　なんでそんな奴が特別クラスにいる⁉　……ともかくそのランドマークという王女の人気集めに加担した奴から血祭りに上げてやろうじゃないか！」

こうしてリューはもう一つの特別クラス、イバル・エラインダーとその子分達の標的になる事が決定したのだった。


王女殿下クラスの教室の左隅っこ。

「……あ。寒気がする……」

リューは背筋がゾッとして身を竦めた。

「どうしたの？」

リーンが聞く。

「今、なにか寒気がしたんだよね。風邪かな？」

「それはいけないわ。念の為、治癒魔法をかけておくわね」

リーンは治癒魔法をリューに唱える。

「ありがとう。変わった感じはないけど多分もう大丈夫」

お礼を言うリューであったが、嫌な予感はまだ続いているのだった。


放課後。

その日、ランス、ナジン、シズはランドマークビルに立ち寄る事なくまっすぐ帰るというので学園の玄関前で魔法の練習後、各自馬車が来ると帰っていった。

リューとリーンはそれを見送ると、通りに向かって歩いていく。

すると後ろから駆けてくる生徒達がいた。

リューは気にしてなかったが、リーンは気配が自分達に向いている事を察知して、「リュー……！あの子達、私達に用があるみたい、気を付けて」と警戒を呼びかけた。

「え？」

リーンの発言にふり返ると六人の生徒がこちらに猛然と走って突っ込んでくる。

リーンの言う通り、五人の生徒がリューを取り囲んだ。

一人は一緒のリーンの手首を掴んで動きを封じようとした。

だが、リーンは掴まれた手首を返して相手の手首に添え、関節を極めると生徒をそのまま地面に引き倒して抑えつける。

「私に触れようなんて五百年早いわよ？」

リーンが啖呵を切った。

残された五人は計画が最初からとん挫したので動揺したが、目的であるリューをそのまま狙う事にした。

「お前が、食堂で王女の自作自演で行われた人気取りの片棒を担いだ事はわかっているんだ！　おとなしく俺達の袋叩きになっときな！」

この集団のリーダーらしき生徒がそう言うとリューに殴りかかってきた。

「殴る前に警告するのは頂けないよ？」

リューはそう答えると眼前で拳を手で捌いて逸らす。

勢い余ってリーダーは体勢を崩した。

姿勢を立て直そうとしたところに、リューが足を出して転ばせる。

転ばされたリーダーは地面に顔面から突っ込んで顔が血だらけになった。

「何の事を言っているのかよく理解出来ないけど、喧嘩は先手必勝。奇襲で相手をまずは戦闘不能にしないと駄目だよ？　その前に余計な事をしゃべっちゃ、奇襲の意味がないじゃない。まあ、凶器(どーぐ)を使わないのは偉いけど」

リューは前世では喧嘩の場数を沢山踏んでいる。

こちらでも魔物相手で経験は積んでいるが、対人の喧嘩はまた別の感覚があるのだ。

そしてリューは軽く説教を始めた。

「ちょっと、みんなそこに正座しな。こんな周囲の視線がある表で仕掛けるのも頂けないし、それにもう少し人を集めないと。僕とリーン相手に六人は数の有利とは言えないよ。それに君達、喧嘩の経験無いでしょ？　この子がやられるのを見て、引いていたら駄目だよ。みんなで同時にかかってこないと！　それともタイマン勝負のつもりなの？　それじゃ人数有利がいかせないでしょ？」

リューは説教しながら顔面血だらけのリーダーをポーションで治療してあげる。

「君も、さっき言ったけど殴る前に余計な事しゃべっちゃ駄目だよ？　喧嘩に勝ってから言うべき事は言わないと。プロ相手に素人丸出しの喧嘩は命取りだからね？　本当ならここで、僕が君達に二度とそんな気を起こさせないようにきっちり落とし前つけさせるところだけど、今回は見逃してあげる」

リーダーの顔の血をリューはハンカチで拭き取って続ける。

「次も仕掛けてきたらその時はわかるよね。……どう？　言いたい事は勝った後に伝える事で相手にちゃんと伝わるでしょ。これに懲りてもう二度とこんな事をしては駄目だよ」

リューの言葉に、リーダーはリューの笑顔の下に潜む言い知れぬ雰囲気に怖さを感じて気圧され、何度も頷くのだった。

「じゃあ、さっき言っていた事を聞かせてもらっていいかな？　誰が誰の片棒を担いでいるのかな？　何でそんな話になっているのかも聞かせてもらえると助かるんだけど？」

リーンが押さえ込んでいた生徒を解放してあげると、六人は二人の前で正座して答える。

「イバル様が言うには、食堂での王女殿下の行為は自分の人気取りの為のものだって……」

「同じクラスの生徒をあんな公衆の面前で呼ぶ必要はないから、名前の出たランドマークもその自作自演の共犯者、もしかしたら知名度を上げたいランドマークも主犯の一人かもしれないって、ライバ君が言っていました……」

「それで、まずは下っ端のランドマークから血祭りに上げようという事で俺達普通クラスの生徒が集められて……」

　正座させられた生徒達は洗いざらい話した。

「……何だか酷い言いがかりね」

　話を聞いて呆れたリーンが感想を漏らした。

「僕達に因縁(アヤ)をつけた理由がそんな事とは……。あのね、君達に言ってもしょうがないけど、僕らは王女様と同じクラスでも、話した事は一度も無いからね？　それどころか名前も覚えてもらってないから！　食堂の一件でどれだけ僕が傷ついたと思っているの！」

　リューは涙ぐみながら不本意な形でランドマーク家の名が出た事を悲しんでいた。

「まあまあ……」

　リーンがリューを慰める。

　先生達が気づいて駆け付けるまでの少しの間、生徒達はリューの愚痴を正座して聞かされるのであった。

　放課後の普通クラスの生徒達による特別クラスの生徒襲撃は、下校時の生徒が多い中での出来事だったので、翌日の朝にはすぐに学校中に広まる事になった。

指示したのがイバル・エラインダーの取り巻きの生徒で、背後にイバル本人がいる事は明らかだった。

その為、先生達は表沙汰にする事を避け、リューにも口外しないようにと釘を刺してきた。

もちろん、リューは言うつもりはなかったが、前述の通り目撃者が多過ぎたので、イバル・エラインダーは人を使って王女クラスの生徒を襲わせたが、返り討ちに遭い恥をかいた、と学校中に広まった。

これには続きがあり、それも相手は男爵の三男という小者相手だ、というオチだ。

その噂にリーンは「リューは小者じゃないわ！」と不満であったが、リューはリューで国家の重鎮エラインダー公爵家を刺激する事にならないかと心配であった。

公爵家の跡取りと男爵家の三男、大事になったら吹けば飛ぶのはこちらだ。

もし、有利に運んで手打ち（和解）になっても、平等なわけはないだろう。

多分、こっちが相当不利な条件でないと、あちらもうんとは言わない可能性は高い。

それが身分格差社会の現実だ。

平等なんて言葉はなく、理不尽がまかり通る。

ましてや、相手は公爵家なのだから、良くて自分とリーンの退学、悪くてランドマーク家は田舎に帰れと王都から追い出されるかもしれない。

「……最悪だ……」

リューは降りかかる火の粉を払っただけなのだが、学校中に噂が広まった事で最悪の未来が見えてしまったのだった。

「……話を聞いたが災難だったな」

ランスが教室の奥の左隅っこで頭を抱えるリューに声をかけた。

「あっちはあっちで人前での襲撃が失敗して大恥をかいたが、恥をかき過ぎたからあっちがどう動くかわからない。最悪、リュー達の身が危ないかもしれないな……」

リューが想像した最悪のシナリオをナジンも想像したらしく、リューに警告するのだった。

「……うちのパパに相談してみようか？」

とシズ。

シズの父親ラソーエ侯爵は王宮内で複数ある貴族派閥の内のひとつのトップで、王家に影響力を持つ事で有名だそうだ。

もしかしたら、仲裁に王家を引っ張り出してくれるかもしれない。

「うーん……。話が大きくなったらお願いするかもしれない……。でも、今は何も起きない事を祈っていて」

弱弱しく笑って答えるリューであったが、今のうちに保険を用意しておく事が重要かもしれないと思うのだった。


そんな矢先。

休憩時間にトイレから戻ってくる途中、廊下でリューはイバル・エラインダーのクラスの生徒達に取り囲まれる事になった。

流石貴族。

みんな侯爵や伯爵、子爵、そして男爵の跡取りや次男ばかりだ。

「男爵の三男風情が、イバル様に恥をかかせるな！」

「そうだ！　黙って殴られて従っていればいいんだよ！」

「相手が普通クラスの生徒だったからって調子に乗るな、男爵の三男風情が！」

酷い言われようだ。

ここにリーンがいなくて良かった。

いたら、次の瞬間にはこの子達の前歯が無くなっているだろうな。

と、怖い想像をするリューであったが、ランドマーク家を貶されているわけではない。

僕個人に対する中傷だ。まだ大丈夫。

リューは文句を聞き流していた。

がしかし。

「ランドマークってぽっと出の成金だろ？　お前の親、地位をお金で買ったんじゃないか？　ははは
はっ！」

と、取り囲んでいる人混みの誰かが馬鹿にする発言をした。

「……誰？　うちの親の悪口言った人……」

冷静に、だがある種の圧を感じさせる雰囲気を漂わせながらリューは聞いた。

「ああ？　ランドマークなんて地方の田舎貴族だろ？　田舎者は田舎者らしく王都から出て行け、田舎臭いんだよ！」

一瞬リューの圧に怯んだ生徒が、人数を頼りに勇気を奮い立たせてリューの胸倉を掴んだ。

「……これ暴力を振るった、でいいよね？」

リューはそう言うと自分の胸倉を掴んだ手を軽くひねり上げて片手で吊るし上げた。

生徒の体が宙に浮く。

「痛い、痛い！　離せ、痛い！」

「さっき言った言葉取り消して」

リューはまだ、怒りを滲ませながらも冷静に言う。

「この野郎！　離せよ！」

別の生徒がリューに殴りかかった。

リューは生徒を吊るし上げたまま、それを簡単に躱す。

「さっき言った言葉取り消して」

リューはまた、同じ台詞を言った。

「痛い……！　取り消すから離してください！」

あまりの痛みに生徒が泣きながら懇願するので、そこでやっとリューは手を離した。

生徒の手首にはくっきりと痣が残っている。

「次言ったら、手加減しないからね？」

リューが怒りを抑えながら言うと、その雰囲気に呑まれた生徒達は、

「や、ヤバいよ、こいつ……」

「きょ、今日のところは見逃してやるよ！」

「お、覚えていろ！」

と、捨て台詞を残して自分達の教室に逃げ帰っていくのだった。

そこに、騒ぎを聞いてリーンが駆け付けてきた。

「リュー、大丈夫⁉」

リーンはリューを心配してつま先から頭のてっぺんまで安全を確認する。

「うん、大丈夫。穏便に済ませたから」

まだ、怒りが収まらないリューであったが、リーンがいたら確実にもっと大事になっていたなと思うと、気が抜けて少し落ち着くのだった。

イバル・エラインダー特別クラスの生徒に絡まれてから、数日がたった。

イバルの取り巻きを返り討ちにしたのだから、イバルがすぐに出てくると思ってリューは警戒していたのだが、そんな事はなかった。

その代わり、移動教室の間にリューの教科書が紛失したり、いつもの席に落書きがされていたりと陰湿な嫌がらせが始まった。

だがこれは、リーンの固有スキル『追跡者』の能力で足跡や魔力残滓などを調べ、すぐに犯人が

特定された。

リューとリーンは担任教師にこれを報告、すぐに隣のクラスのイバル・エラインダーの取り巻きの一人が、前回の普通クラスの生徒をけしかけた問題にも関わっていた事が判明して、三日の停学処分を受けた。

たった三日の処分だが、前回のトラブルも含めてこの情報はすぐに広まり、いよいよイバル・エラインダーとその特別クラスの評判はどん底の一路であった。

たった一人の男爵家の三男に嫌がらせをしながら、全て失敗しているのだ。

やり方も陰湿で貴族らしくないのだから当然だろう。

それと同時に、大貴族の息子を返り討ちにしているリューの株が上がった。

「特別クラスにいるリューって子。あのランドマークのところの三男らしいよ？」

「ランドマークって？」

「え、知らないの？　巷で有名になっているお菓子の『チョコ』を販売しているところだよ!?」

「『チョコ』って食堂でじゃんけん大会していたやつか！　俺、残り十二人まで残ったのに、次で負けて食べられなかったんだよな」

「ともかくそのランドマークと言えば、今、王都の上流階級では有名になっているらしいよ」

「でも、三男なら家名を継げないから、ランドマークって言っても関係なくないか？」

「あ、確かに。でも、おかしくないか？　三男なのに特別クラスにいるって」

「……本当だ！　俺達と同じ普通クラスには侯爵の五男や、伯爵の三男だっているのにな」

「噂では、そのリューって子、王家の推薦状で入ったらしいよ」

生徒達の会話に、他の生徒が割り込んできた。

「「「そうなのか⁉」」」

話をしていた生徒達は驚く。

「俺と同じ歳で受験して落ちた子が、面接の時にリューって子と一緒だったらしいんだけど、その時に面接官が言っていたって」

「まじか⁉」

生徒達はさらにざわつく。

「意外に知られてないけどリューって子、王女殿下、イバル・エラインダーに続いて合格順位三位だったらしいよ？」

「本当かよ、その話⁉」

「俺、当日合格発表見たけど、一位と二位の王女殿下とエラインダーの印象が強くて三位は覚えてないなぁ」

「あ、俺もそう」

「私も聞かない名前だったから記憶に残ってないわ」

「でも、それらが事実なら特別クラスにいるのも理解できるし、何よりイバル・エラインダークラスの嫌がらせを撥ね退けたのも実力って事じゃない？　それはそれで痛快だよね！」

「ホントそれな！」

「わかりみが深い……」

「それに一緒にいつもいるリーンちゃんが可愛い」

「ちなみに彼女はリューって子に続いて四位で合格したらしい」

「それは知っている」

「それは常識」

「ネタが古いぞ、お前」

「リーン様の情報は普通クラスでは共有されつつあるからな」

「で、リューって子の顔知っている奴いる？」

「覚えてない」

「見た記憶ないな」

「結構イケメンらしいよ」

「そうなの⁉　私、狙おうかしら……」

「本当に成績優秀なら、官吏や宮廷魔法士団、騎士団、研究所とかいけそうだから、狙い目ではあるかもね。でも、男爵の三男はネックだよな」

「商人の三男の方がまだ、希望あるよな」

「だな。商人なら実家を手伝ったり、支店を任せてもらったり、暖簾分けとかも可能性あるもんな。男爵程度の三男じゃ、家を追い出されるだけだから、本当に実力ないと生きていくのも一苦労だろ」

普通クラスの生徒達の噂話で持ち上がり、一旦は株が上昇したリューであったが、すぐにその評価は落とされるのであった。


「ハックション！」

教室で班のみんなと話していたリューはくしゃみをした。

「風邪か？」

ランスがリューに聞く。

「いや、寒気はしないから、もしかしたら僕の噂話かな。ははは っ！」

リューは冗談でそう答えて笑ったが、的中しているとは夢にも思わないのであった。


ランドマークビルで人気があまりない二階のお店の一角がある。

それは、ランドマーク領内の工芸品を置いている木工細工店だ。

ランドマーク領内は元々森が深い上に、魔境の森もそばにあるので木材資源が豊富であり、そこに職人達が多く移住してきたので、木工細工が盛んになってきている。

だから今回の王都進出に伴い、その木工細工の出来の良さから二階に店舗を出したのだが、ランドマークと言えば、『コーヒー』と『チョコ』、そして、『乗用馬車一号』ばかりが注目を集めているので、それらに比べたらお客の数は圧倒的に少なかった。

「他のお店に比べて庶民的な商品が多いのが逆にいけないのかな……」

リューはビルの総管理責任者のレンドと三階のビル管理事務所で話し込んでいた。

「坊ちゃん。元々品質は良いので、デザインを変えて富裕層向けにしたらどうですか？」

「王都には富裕層に強い高級家具店が沢山あるからなぁ。うちは材料が安く入手出来ている分有利なところを活かして中流階級ウケするもので勝負したいのだけど……」

「ランドマークのイメージには高級さがありますから、中々庶民はこの二階の店舗には近づかないですよ」

レンドが言う事ももっともだ。

一応、一階には手押し車やリヤカーなど庶民派な商品が置いてあり、売れ行きも上々なのだが、二階に上がってくるのは圧倒的に富裕層が多い。

その雰囲気に呑まれてか中流階級の庶民は近づきがたいようだ。

「試しに手押し車やリヤカー展示場に木工細工店の商品も並べてみようか」

「それは良いですが、目を引く商品が欲しいですね。それでお客を集める事が出来れば、あとは職人の腕は確かなので、一度購入してもらえれば満足頂けると思うんですよ」

「目を引く商品か……。おもちゃで良いなら心当たりがあるんだけど」

「おもちゃですか？　お客の気が引けて店内に入ってもらえれば、何でも良いですよ」

「材料も魔境の森で見つかった竹だからほとんどお金かからないし、ちょっと職人さんにはそれを使った商品を幾つか伝えて領内で作ってもらっているんだけど、おもちゃの事は忘れていたや」

「竹っていうと、あの中身が空っぽのやつですか？　あんなものが材料になるんですか？　中身が空っぽだから木材としては使えないと思うんですが……」

レンドは竹の存在を知っているだけに疑問だらけのようだ。

「ふふふ。とても単純なおもちゃだけど王都で見かけないから、きっと驚かせる事は出来ると思うよ」

リューは二階にレンドと降りて行くと、木工細工店に直行し、奥で作業をしている職人におもちゃの説明をして早速作ってもらった。

ものの十五分程度で作られたおもちゃ、それは竹とんぼだった。

「……坊ちゃん。何ですかこれ？　平たい板に棒を刺しただけじゃないですか。これは駄目ですよ」

レンドはとてもじゃないがお客の目を引きそうな商品じゃないと断言した。

「まあまあ、じゃあ、表に出て実演するから」

リューはビルの表にレンドを連れていく。

表に出るとリューは竹とんぼを、手をこすり合わせるように挟んで飛ばして見せた。

竹とんぼは勢いよく回転すると空に舞い上がり浮遊する。

その姿にレンドは口をぽかんと開けて見つめていた。

竹とんぼが動力を失い地面に落ちると、初めてそこでレンドは正気に戻る。

「な、なんでこんな簡単な作りの物が空を飛ぶんですか⁉　伝説の『浮遊』魔法ですよね、これ⁉」

レンドは竹とんぼに魔法がかかっていると勘違いした。

なまじ魔法が使える世界なので、こんな単純なものでも作られる機会がなく、最初に頭を過（よ）ぎるのは魔法による『浮遊』なのだ。

「ははは、魔法じゃないから！　これがおもちゃの竹とんぼだよ。簡単だけどレンドのように驚く人は多いだろうから、客寄せ程度には使えると思うよ。そうだ！　このビルの前で定期的に実演してみせて二階の木工細工店に安くで置いていると宣伝したらいいかもね」

リューはレンドの反応を楽しみながら提案した。

「……これは、度肝抜かれるお客は多いですよ。……というかすでにこっち見ている通行人いますから」

たまたま竹とんぼが飛ぶところを見ていた通行人が興味津々とばかりにこちらを見ている。

「近日中に二階の木工細工店で販売しますのでご期待ください」

リューは通行人に声をかける。

「坊ちゃん、構造はわかりませんが、これは商業ギルドに申請した方がいい代物ですよ！　見た限り、作りが単純なのですぐ真似されます！」

「真似されてもいいものだから。今は、みんなの目を引いてお店に足を運んでもらえればいいよ」

リューはこの竹とんぼで儲ける気はなかった。

とにかくお店に来てもらい、安く売る。そして、ついでで職人達自慢の商品を手に取ってもらう機会を作る事が目的だからだ。

「ですがこんな画期的なもの、自分は初めて見ましたよ？　本当に魔法じゃないんですよね？」

レンドはリューの手にある竹とんぼをまだ信じられないというようにマジマジと見つめるのだった。

木工職人に商品製作の合間に竹とんぼを大量に作ってもらい、色付けして店内に置いて準備万端になった。

そして、竹とんぼを外で実演して飛ばして見せると、他の商品を買いにきたお客は驚きで一様に口をポカンと開けてその様子を眺めるのだった。

そして、実演した店員が、「木工細工店におきまして、たったの銅貨二枚でお買い求めいただけます！　数は沢山用意していますが、売り切れましたら申し訳ございません！」と、宣伝した。

すると、集まった群衆はその安い価格にわっと二階の木工細工店に押し寄せた。

あっという間に、人気が無かった店内は人で溢れた。

そんな中、目的の竹とんぼを買うのを並んで待っていたお客が「これはなんだ？」と、竹細工や木工細工に興味を持ち、手に取って確認する。

「うん？　中々良さそうな箱だな……。この材質は……高級なチーク材じゃないか！　こんな安い値段で売っているのか⁉」

「このタンスは丈夫そうな作りだし、継ぎ目の出来が見事だな……。それでいてこの価格⁉　安いな！」

「このかご軽いわね、竹細工？　初めて聞くけど丈夫そう。安いから一つ買い物かごとして買おうかしら」

竹とんぼ効果で来店するお客は増え、親子連れの行列が木工細工店前に列を成すようになった。

そのおかげで他の商品がお客の目に止まり、徐々に売れるようになるのであった。

リューはついでに、店頭でけん玉も実演してみせ、けん玉の技『日本一周』や、飛行機→中皿→

ダウンスパイクという派手に見える技を披露するとこれも子供達にウケて竹とんぼとセットで売れるのであった。

こうして木工細工店は瞬く間に行列を成す人気店のひとつになった。

そこでリューは、さらなる一手に出た。

それは、将棋の実演だ。

一応以前からランドマーク領内の木工細工店で作って売り出していたのだが、ルールの難しさからあまり人気が無かった。

だが、客層が上流、中流階級ならば少し難しいくらいでも、興味を持ってくれるかもしれない。

そこで、「頭脳派向け戦略ゲーム・ショウギ」と銘打って貴族や武官、知識人など、インテリ層の興味をくすぐる戦略に出たのだ。

もちろん、将棋盤と駒の他に、ルールが書かれた冊子を二つセットで入れて、初心者がそれを見ながら打てるようにした。

知識人を自認する人々は、ランドマークビルの正面に立てかけられた、頭脳派向け戦略ゲームという宣伝文句が書かれた看板に目を止め、店員が実演で将棋を指しているのを覗き込む。

そんな覗き込む人々に他の店員がルールの書かれた冊子を配る。

「……ほうほう。一つ一つの駒の動きが違うのか」

「これは興味深い……。確かにこれは難しいから頭を使うな」

「むむ！　そこになぜ指すのだ？　……あ、そういう事か！　数手先を読んでの一手だったか……。

「これは奥が深いな！」

実演する店員を囲んで大の大人が、同伴していた子供そっちのけで頭を悩ませてああでもない、こうでもないと議論を始めた。

こうして少しずつ、だが確実に将棋は「ショウギ」としてインテリ層を中心にじわじわと売れ出し始めるのだった。


そんな活気溢れる放課後を連日送っていたリューであったが、学校では緊張感が増していた。

イバル・エラインダー特別クラスの嫌がらせを三度も撥ね退けたので、イバル当人がリューを近いうちに自分の手で懲らしめると息巻いていたのだ。

何でもその為に大金を叩いて隠し玉を準備しているので、それが整い次第リューは痛い目を見るだろうと宣言していた。

リューは公爵家の子息を完全に怒らせた事で、さすがに危機感を募らせた。

「エラインダー公爵自身はどんな人なの？　まさか子供の喧嘩に口を出してきたりしないよね？」

「……どうだろう？　公爵は前国王陛下の弟の息子で、もしかしたら国王になっていたかもしれない人物だからね。イバル・エラインダーの第三王女殿下に対する不敬はもしかしたら父親譲りの可能性もあるからなぁ。聞いた話では、可もなく不可もない人物らしいけど」

リューに聞かれたランスは父親からの聞きかじりと思われる情報を口にした。

「確かに、あんまり話を聞かないな。先代は野心家だったと言うのは有名な話だけど」

ナジンが不穏な情報をリューにもたらした。

「……パパは、エラインダー公爵は何を考えているかわからないって言っていたわ」

とシズ。

みんなの話をまとめると、子供の喧嘩に口を出してくる可能性は無きにしも非ずということだろうか？

リューは、もしもの時の為に父ファーザにも報告しておいた方がいいかもしれないと思うのだった。

学園では数日の間、不気味とも思える平穏な日が続いていた。

リューに直接的、間接的に嫌がらせをする者は現れず、イバル・エラインダーの報復が近いという噂だけが連日生徒間で囁かれていた。

このせいでランドマークの名は一年生の間で広まり、同じクラスのエリザベス第三王女の耳にも入ったようだ。

というのも、ある日の休憩時間。

王女殿下がリューの定位置である左隅っこに取り巻きを連れずにやって来た。

そして、リューの目を真っ直ぐ見ると言ったのだ。

「同じクラスなのに、あなたの事を知らなかったわ、ごめんなさい。あなたの家の『コーヒー』と『チョコ』は私大好きなの。聞けば王家の馬車もあなたのところの品とか。乗り心地が良くて助かっているわ。……今、噂になっている事、何かあったら私に言ってくださいね。クラスメイトとして少しは力になれると思うから」

後半は顔を近づけて小声で言うと取り巻き達がいる自分の席に戻って行った。

「王女殿下良い人じゃない。授業を受ける態度はいつも真面目だし、実技でも真剣に取り組んでいるし、受験の時の順位は本当に一番だったのかもね」

リーンが王女殿下の小声でリューに言った台詞を聞き逃さず評価した。

「え？　最後の方、聞き取れなかったけど何を言ったんだ？」

ランスが、王女殿下が小声で言った事は聞き逃していた。

「……ふー。イバル・エラインダーの報復が来る前に、王女殿下の支持が得られた……」

リューは、大きく息を吐くとランスにそう漏らした。

そこへナジンとシズが合流してくる。

「王女殿下には何を言われたのだ？」

ナジンがシズの代わりにリューに聞く。

リューはみんなを招き寄せて簡単に話した。

「――そうか。一応俺も親父にリューの事を話しておいたんだが、王女殿下がそう言ってくれたならひとまず、報復時に反撃しても理不尽な結果にはならないかもしれないな」

ランスがほっと一息漏らした。

「うちもシズのところも父には話しておいたが、学園側の反応次第だって言っていたからイバル相手にやり過ぎだけはするなよ、リュー」

ナジンはリューの実力を評価しているので釘を刺した。

シズも傍で無言で大きく頷く。

「……わかった。でも、イバル・エラインダーが公言している、僕を懲らしめる為に取り寄せている品というのが気になるんだよね」

リューは仮にも受験を二位で合格した事になっている公爵の子息の切り札が気になるのだった。

「リューなら大丈夫よ。私もいるし。もし、呪い系アイテムなら浄化出来る人（妹ハンナ）がいるし。それにこの学園にいて思ったけど、騒がれる程実力ある人は少ないみたい。リューもその辺りは気づいているでしょ」

リーンがリューを励ましながら、しれっと学園のレベルを評した。

「……まぁ、確かにそれは気になっていたんだけど。ランドマーク家が凄いのかもしれないと、感じ始めてはいる」

リューはリーンの言葉に苦笑いすると応じた。

「おいおい。この学園は国内でも優秀な生徒が集まる王立学園だぞ？　……まぁ、二人がその中でも抜きん出ているのは薄々俺も感じていたけどな。でも、リューの家族ってそんなに凄いのか？」

ランスが気になって質問した。

「長男のタウロは首席で地元の学校を卒業しているし、次男ジーロも地元の学校ではトップの成績なのよ？　リューの祖父カミーザおじさん夫婦はうちの村の恩人だし、領主であるファーザ君は剣を握らせたらとてつもなく強いし、奥さんのセシルちゃんは魔法を扱わせたら天才よ！」

リーンがリューに代わってランドマーク家の人々を誇った。

妹ハンナの事は『賢者』スキル持ちの事は伏せた方がよいので敢えて言わなかった。

というか母セシルとの魔法契約でうっかりハンナのスキルが『賢者』である事は口外できないようにはなっていたのだが。

「そうなのか？　リューだけが凄いのかと思ったら家族みんな凄そうだな。ははは！」

ナジンがリーンの話を疑わずに信じると感想を述べて笑った。

「ランドマーク家、恐るべし。ははは！」

ランスもナジンにつられて一緒に笑う。

その雰囲気にシズも小声でクスクスと一緒に笑うのだった。

「なんだかみんなのおかげで気が楽になったよ。イバル・エラインダーに報復されても撥ね返せる気がしてきた！」

リューもこの数日間暗鬱な気分だったのでそれを振り払うように一緒に笑うのであった。


朝、リュー達が通学してくると、イバル・エラインダーの取り巻き集団が待ち受けていた。

そして、リューを見つけると「イバル様からの伝言だ！」と凄み、昼休みに体育館裏に来るようにとの事だった。

「必ず一人で来い。それが身の為だ」

と、取り巻きの一人が去り際に言い残したのだが、絶対一人で行ったら集団リンチに遭うに決まっている。

「そんな事言われて一人で行く子いるのかしら？」

リーンが当然の疑問を口にした。

「……というかこんな人通りが多い玄関で言われたら、みんな見ているからお昼は見物に来る子達でいっぱいになる気がするよね……」

リューは周囲の生徒達がこっちを見てひそひそ話をしているので呆れるしかなかった。

「それならそれでいいじゃない。私も堂々とその人混みに混じって、もしもの時の為に備えておくわ」

リーンもやる気十分だ。

「まあ、証人が多い方がこちらとしては都合がいいか」

リューは納得すると教室に向かうのだった。

自分の教室に着くと、すでにリューがイバル・エラインダーに呼び出された事は教室で噂になっていた。

……早くない？

リューはこういう時の噂の伝わる早さに感心するのだった。

「リュー、俺も付いているから安心しろよ」

ランスがリューを励ます。

「シズは巻き込めないが、もしもの時は自分も助太刀するぞ」

ナジンも励ます。

「……私も治癒魔法を使うから安心してね」

シズは治癒魔法も使えるらしい。初耳だ。というか僕が怪我する前提なんだね。

「みんなありがとう。でも、呼び出しはお昼休みだから、今から興奮しないでね」

心強い友達にリューはそう答えると落ち着かせるのだった。


お昼休み。

体育館裏は、ギャラリーでいっぱいになっていた。

イバル・エラインダーの取り巻き達はそのギャラリーに大声を上げて追い払おうとするが、ギャラリーの一年生徒らは数にものを言わせて退散しようとしなかった。

「ちっ、もういい！　ギャラリーにはあのランドマークの三男が俺に土下座するところを拝ませればいいだけさ！」

イバル・エラインダーは、もう勝利宣言とも取れる言葉を発した。

その隣には、イバルの右腕に収まってリューを陥れるような事を終始吹き込んでいたライバ・トーリッターが立っている。

その反対側には、布に覆われたものをイバルの代わりに持って立っている取り巻きの生徒がいた。

他の取り巻きはその後ろにずらっと並んでおり、最初から数で囲むつもりだったのではないかと思われた。

そこに、リューがリーンとランス、ナジン、シズを連れてやってきた。

「一人で来いと言ったはずだぞ！」

取り巻きの生徒がリューを責める。

「この状況で、それを言ってどうするんですか？」

リューはギャラリーの多さに、ちょっとびっくりしながら取り巻き生徒に反論した。

「ランドマーク、よく来たな！　その勇気に免じてイバル様に、黙って今ここで土下座して詫びれば殺されずに済むぞ。もちろん学校は退学、ランドマーク家も田舎に帰ってもらうがな」

ライバ・トーリッターが、取り巻き生徒の代わりに本題に入った。

それにイバル・エラインダーが続く。

「俺は大貴族であるエラインダー公爵家の嫡男だ。これまでの俺に対する不敬は万死に値するが、ギャラリーもいる。今回はトーリッターが言うように土下座して詫びな。それで成り上がりのランドマーク家の爵位もはく奪せずにおいてやる。それが出来ない時は……（チラッと隣にいる取り巻きが大事に持っている布が被せられたものを見る）これがお前の命を奪う事になる。さあ、跪いて土下座しろ、そして謝罪するんだ！　田舎臭いランドマーク！」

イバルは、勝利を確信して酔いしれたように言い放つ。

「……何の権利があって、爵位はく奪とかおっしゃっているのでしょうか？　さっきからランドマーク家を馬鹿にするような発言を聞いて、僕が芋引いて（怖気づいて）土下座するとでも？」

リューはランドマーク家に火の粉が降りかかるような発言を聞いて、穏便に済ませる気が吹き飛んでいた。

「え？」

イバルも今まで直接自分に反抗する者がいなかったのだろう。

すぐに土下座すると思った相手の予想外の反論に驚いた。

「さ、さっさと土下座しろ！　さもないとこの俺の切り札が火を噴く事になるぞ！」

イバルはそう言うと、取り巻きが持っている品を覆っていた布を取った。

そこには、お盆の上に置かれた一見すると銃口がやたらに大きい銃のようなものがあった。

一緒に加工された魔石も数個置いてある。

「それは？」

リューはその姿を確認して、おおよその予想はついたが、一応聞く事にした。

「驚くなよ？　これは、軍部が研究して生み出した魔石の魔力を打ち出す最新兵器だ！　この魔石をこの兵器に装填すると中位魔法、『火炎槍』が打ち出され、お前の命を奪うんだ！　びびったか！　びびっただろう!?　さあ、土下座しろ！　ギャラリーの前で俺に命乞いするんだ！」

「……ご丁寧にありがとうございます。まさか何が出てくるかまで教えてもらえるとは思ってなかったです。周りのギャラリーのみなさん。巻き込まれないように距離を取ってください。もしもの場合がありますので」

リューは相手が切り札の内容をあっさり教えてくれたので冷静になり、背後にいるギャラリーに注意喚起するのであった。

イバルは自分の脅しにひるまず、怯えず、恐れず、冷静に周囲を気遣って下がらせるリューに奇怪なものを見るような驚きの視線を送った。

「ライバ、お前が言っていたような反応をしないぞアイツ⁉」

「反応できない程、頭が愚鈍なのですよ、きっと。男爵の三男程度です。自分に何が降りかかるかの想像力が欠落しているのでしょう。イバル様の実力で思い知らせれば良いのです！　見せてやりましょう、最新兵器の威力を！　そして、あの世で後悔させてやりましょう、男爵風情が調子に乗った事を！」

ライバはリューの想定外の反応に歯噛みすると、イバルを煽った。

「お、おう……。そうだな！　男爵の三男如きが、このエラインダー公爵家の俺にたてついた事を後悔しろ！」

イバルはライバに励まされ、兵器の銃口をリューに向けた。

周囲を囲むギャラリーからは流石にこれは危険なのではと思ったのだろう、悲鳴が上がり、リューの周囲の者は特に慌てて逃げ惑う。

そのギャラリーの反応にやっと自分がこの男爵の三男に見たかったものを見て、それが自信に繋がり、イバルは「火炎槍！」と叫ぶとリューに向けて引き金を引いた。

銃口の先に赤い塊が生まれ、それが勢いよくリューに向かって槍の形状で飛んでいく。

「水流槍！」

リューは落ち着いて迎え撃った。

何が飛び出すのかわかっているのだ、相殺させる為に同程度の威力である反属性の水の中位魔法を、余裕をもってぶつけた。

二つの魔法は派手に衝突すると水蒸気を上げて一面を真っ白にする。

周囲からは悲鳴がまた起きてギャラリーは混乱し、蜘蛛の子を散らすように慌ててその場から逃げ出した。

「くっ！　やったか？　やったのか⁉」

イバルはリューが反撃したところを見ていなかったのか、状況が飲み込めずに隣のライバに確認する。

「失敗です！　次を装填してください、イバル様！」

ライバはイバルをせっついて次弾を装填するよう促した。

「失敗だと⁉　わ、わかった！　次は、どれを装填すればいい⁉」

「ひと際大きいその魔石を！　それならあいつの姿がここから見えなくても、周囲ごと吹き飛ばせます！」

「だがそれだとこっちも危なくないか⁉」

イバルは自分が怪我をしないかと身を案じた。

「ええい！　僕がやるから貸せ！」

ライバはイバルの決断の無さにいら立つと、イバルから兵器を取り上げて魔石を装填した。

一面蒸気で真っ白だった視界は晴れ、リューの姿が見えた。

ライバとリューの視線が合った。

リューの冷静な表情にライバは憎たらしさを覚え、中位の範囲魔法を唱えて躊躇なく引き金を引いた。

「ランドマーク死ね！　火炎領域！」

その瞬間、リューは土の魔法「大岩障壁」を唱え、四方に壁を作った。

ギャラリーが巻き込まれると思ったからだ。

そこに、いつの間にかリューの側に歩み寄っていたリーンが、風の魔法「大旋風」を唱え、ライバが放った「火炎領域」をその四方の壁に覆われた内側で迎え撃った。

ライバが放った炎の魔法は、その「大旋風」に巻きあげられ、火の竜が渦を巻いて天に昇って行くような光景が展開された。

ギャラリーはその光景に呆然とする。

突然現れた岩の壁の中で何が起きたのかわからないが、とんでもない魔法が使用された事はギャラリーにもわかった。

「イバル君、これ以上は死人が出ますがまだやりますか？」

リューがイバルに問いかけた。

「……お、俺はそんな事は望まない……」

目の前で起きた凄まじい魔法の応戦にイバルは呆然としたまま、どうにか答えた。

「イバル様！　このままでは奴が調子に乗ります！　放置したらイバル様の沽券(こけん)に関わるのですよ!?」

ライバ・トーリッターは髪を少し燃やして煤けた格好のまま、なお、抵抗しようとイバルを煽った。

「ライバ・トーリッター。イバル君を煽らず、自分でかかってきたらどうだい？　イバル君にはもう、その気はないようだよ？」

リューは冷静に、今回の件がイバル当人よりこのライバ・トーリッターが影の主犯である事が何となく見えてきた。

「……くっ！　少し魔法が出来ると思って調子に乗るなよ成金貴族が！　お前のような男爵風情の三男が順位で僕の上に立った事自体がおこがましいんだ！」

ライバはそう言い放つと、剣を抜いてリューに斬りかかってきた。

さすが受験で五位だっただけあり、その剣先は鋭くリューの急所を的確に狙って繰り出されてくる。

だが、的確であればある程、リューには次に狙ってくる場所が即座にわかり、寸前で躱していく。

そして、ライバの剣先が繰り出されるタイミングでリューは踏み込み相手の懐に入ると顔面を殴り飛ばした。

ライバはカウンターをもろに食らい、その一撃で壁まで吹き飛ぶと、白目をむいて気を失うのであった。


この昼休みの決闘はすぐに教師達によって収められた。

まるで、様子を見ていたかのようだ。

リューが作った岩の壁がリューによって撤去されると、「リュー・ランドマーク、職員室に来なさい！」と、一人の教師が険しい顔つきでリューの腕を掴んで連れていく。

「ちょっと！　あっちも、連れて行きなさいよ！」

リーンが茫然とするイバルを指さし、リューだけ連れて行こうとする教師に食い下がる。

「うるさい！　君も反抗的として、処分するぞ！」

言い方からすると、どうやらリューはもう処分対象のようだ。

「ええ、良いわよ！　リューを連れていくなら私も連れて行きなさいよ！」

リーンは教師の前に仁王立ちすると、道を塞いで言い放った。

「何!?　じゃあ、君も処分対象だ！」

教師は歯噛みするとリーンの腕も掴んで、職員室に引っ張って行くのだった。

職員室に連れていかれると、まず、リュー達の話も聞かず、職員達の前で盛大に説教をされた。

担任のスルンジャーが間に入って「生徒の言い分も聞かないと」と庇ってくれたのだが、イバル・エラインダークラスの担任が、そんなスルンジャーに食って掛かり、「やられたのはうちの生徒達ですよ!?　暴力生徒を庇うんですか!?」と強い口調で非難してスルンジャーを黙らせた。

「一旦、生徒指導室にこの二人の生徒は隔離して反省を促しましょう。他の生徒への悪影響があるかもしれない」

説教していた教師がもっともらしい事を言って、リューとリーンを今度は職員室の隣の各生徒指導室に一人ずつわけて、閉じ込めた。

「あの生徒達は厳しく処分しないと、エラインダー公爵側から、何を言われるかわからんぞ？」

「そうです！　エラインダー公爵からの寄付金は大きいですし、半端な処分では我々の首が飛びかねません」

「幸い、王女殿下が一切関わっていないのが救いですね。王女クラスの生徒とはいえ、地方の男爵家の三男程度だから退学処分でいいでしょう」

「問題は女子生徒の方ですな。エルフの英雄の娘です。処分が難しいかと……」

「彼女は手違いで補導した事にしましょう。重要な場面はあの岩壁で見えませんでしたから、関わりを証明できませんし」

「ちょっと待ってください！　そもそも、うちの生徒を呼び出したのは、イバル君達らしいじゃないですか！　みなさんもその事は承知しているはず。まして、軍の兵器を持ち込んだイバル君に処分無しで、抵抗したランドマーク君だけ退学とはあまりに……」

「スルンジャー先生、エラインダー公爵を敵に回せば、ここにいる全員が職を失い、その家族が路頭に迷う事になります。あなたもご家族がいるでしょう。大人になってください」

　教頭が、スルンジャーの肩を叩く。

「そうですよ。この国の重鎮であるエラインダー公爵家と、地方の男爵の三男。比べる事はできないです。まあ、優秀な生徒だったようなのでそこは残念ですが、生まれたところが悪かったという事ですな」

　担任のスルンジャーの顔は青ざめ、うな垂れると自分の席に弱々しく座り込んだ。

職員室から、そんな教師達のやり取りがすぐ隣の生徒指導室には聞こえていた。

……長い物には巻かれろ、だよね……。

リューは予想以上の格差社会の現実に落胆するのだったが、リーンが聞いていなくて良かった。

聞いていたら怒るだけでは済まないだろう。

正義感が強いし、リューの従者として自分が動かなきゃという使命感も持っている。

きっと、職員室が破壊されるだろう。

それを想像して、少し痛快な気分にもなるリューであった。

そこに、職員室の引き戸を開ける音がする。

「お、王女殿下！　どうなされました？　授業は自習のはずですが……」

教頭が突然現れた王女に慌てて対応する。

「うちのクラスのランドマーク君とリーンさんがまだ戻らないので様子を見に来たのですが、驚きました。私もイバル・エラインダー君との揉め事の現場を離れから見ていたのですが、ランドマーク君は身を守らないと殺されていた立場です。まさか先生達がその被害者である生徒を退学にしようと話し合っているとは思いませんでした。この事を私も深く受け止め、父に報告したいと思います」

エリザベス第三王女が言う父とはもちろん国王の事だ。

職員室の職員達は皆がギョッとした。

「お、お待ちください！　今、この問題は精査中でして、王女殿下が聞かれた話はあくまでもひとつの可能性の話です！　そう、可能性です！　先程、加害者生徒のランドマーク、リーン両名から話を聞いて反省を――」

「加害者生徒？　被害者生徒の間違いでは？」

王女が教頭の発言を遮った。

「あ、いや……。まだ、その辺りも精査中ですので、見方によってはそうとも言えるかもしれませんが……」

教頭にしたら、公爵家と王家に挟まれた状況だ。

願わくば、ランドマーク男爵家に全てを被せて終わりにしたい。

「……わかりました。精査とやらが正しく行われる事を祈ります。それではうちのクラスの生徒二人はすぐに解放してください。片方だけその扱いでは、平等を謳う学園の名にも傷が付きます」

「わ、わかりました。誰か、生徒指導室の二人を教室に帰してあげなさい。鍵？　ほら、ここにあるから早く！」

鍵を受け取った職員が慌てて閉じ込めてある二人を解放しに隣の部屋に向かうのであった。

リューとリーンは教頭による厳重注意の下、出張中の学園長が戻り、最終判断するまでは自宅待機という事になった。

学園側の言い分としては、ライバ・トーリッターという怪我人が出ており、暴力を振るったリューを見過ごすわけにはいかないらしい。

もちろん、ライバ・トーリッターにも問題があったので、そちらも自宅待機になっている。

どうやら、学園側はイバル・エラインダーの関与を無かった事にして、地方貴族のトーリッターとランドマークの問題にしたいようだ。

それならば、喧嘩両成敗として処分しやすいと思ったのだろう。

学園は平等な校風を謳っているのでこの形ならどちらも処分出来て、学園の名誉も守れる。

王女もこれなら文句を言わないだろうし、エラインダー公爵側も学園が子息を守ったと思ってくれるだろうという算段だ。

後は出張で出ている学園長が戻ってきたら、正式にこの筋書きで処分の判断をしてもらうだけだ。

教頭としては、かなり良い判断で問題を解決できたと考えていた。

王女が出てきた事で拗れそうだったが、一晩知恵を絞って出した結論が我ながら良い答えだったと思う。学園長もこの判断なら満足してくれるだろう。一時は自分の出世街道に暗雲がたれ込めたが、これなら全て丸く収まるはずだ。そして、次回の学園長選挙では、もしかしたらエラインダー公爵に支援してもらえるかもしれない。そうなれば、念願の学園長だ。ピンチをチャンスにする、やはり自分は有能だ。学園長にも相応しい。今の学園長も今回の私の判断で国から良い役職に就けてもらえるだろう。エラインダー公爵の後援があれば尚更だ。私の未来は明るいぞ！

教頭はそう確信すると自分に酔いしれるのであった。

「……で、教頭。処分についてどう判断する？」

学園長室で、出張から戻った学園長が、教頭の報告を聞いた上で、現場の最終判断を促した。

「学園側としましては、やはり厳正な処罰を下して二度とこんな事が起きないようにしなくてはいけないかと……。ですからトーリッター、ランドマーク両名は退学でよろしいかと思います」

「……だがそれで王女殿下側は納得するのかね？　この王立学園は王家の判断が優先されなければならないわけだが……」

学園長は自分の留守の間に起きた問題に渋い顔をした。

「王女殿下は喧嘩両成敗をお望みだった様子。これならば問題ないかと思います」

教頭は自信満々の様子だ。

「……まあ、エラインダー公爵からは多額の寄付を頂いているからな。最初から関係していなかった事にしたのは君の判断が正しいかもしれないな。……よし、ではその二人は退学にして今回の問題は終わらせよう。あ、あと、兵器に関しては生徒達の口止めを重ねて忘れるな。兵器開発の関係者でもあるエラインダー公爵側からも兵器に関して緘口令が敷かれているのだからな」

「はい、わかっております！」

教頭は、勢いよく返事をすると退室するのであった。


エラインダー公爵の執務室。

「……でうちのイバルはお咎め無しか？」

エラインダー公爵は執務の途中、報告を受けていた。

「そのようです」

「イバルはどこから軍の兵器を入手した？」

「今、調査中です」

「出処が分かったらすぐに関係者を厳重に処分しろ。このような事が二度とあってはならん！　後はイバルのことだが……、あいつは世継の座から外す。これほど愚かとは思わなんだ。このような小事で密かに開発していた兵器を持ち出すとあっては、大事を任せる事はできん。妾に産ませた子に期待するしかないな。我が公爵家の悲願もまだ先になるか……」

　エラインダー公爵は意味ありげな言葉を言うとため息を吐き、頭を悩ませるのであった。


「――というのが学園側の最終決定だそうです」

　エリザベス第三王女は、報告を聞いて表情を変える事はなかったが、

「陛下と会う手筈を取って頂戴。それとすぐにリュー・ランドマークの報告書を学園側に提出させて。どうやら学園側は、彼の才能を過小評価しているみたいだから、王家がそれを改めないといけないわ」

　と、側近に厳しい口調で伝えた。

「はは、承知しました」

　側近はすぐに部屋を退室すると部下に指示して伝令を各方面に飛ばす。

　こうして、リュー達の知らないところで度が過ぎた学生同士のトラブルが大事になっていくので

あった。

リューは学園側の処分を甘く見ていた。

こちらは明らかに正当防衛だったたし、あちらの行為に対してたったの一発殴っただけでは問題にはならないだろうと思っていた。

父ファーザもリューとリーンから話を聞き、担任からも説明をしてもらっていたので、いくら相手が大貴族とはいえ、うちの子達は処分らしいものは無いだろうと高を括っていた。

だから、自宅待機の間もリューとリーンにランドマークビルの仕事を手伝わせて気分転換をさせていたのだが、処分を伝えにきた担任のスルンジャーの口からリューの退学と、リーンは不問に付すとの報告を聞いて、ファーザは怒りに身を震わせながらも自制した。

「……先生。うちの子に何の非があったのでしょうか？　子供達やあなたの説明ではあちらが一方的に力を行使してきたから身を守る為に抵抗した、という話だったはず。ましてや、うちの子達が抵抗しなければ周囲にも被害が出たかもしれなかったそうじゃないですか。それが喧嘩両成敗でうちの子が退学とはおかしいでしょう」

「トーリッターが無差別な攻撃をした事はこちらも重く捉えました。ですからあちらも退学に……」

「名前が挙がってない子がいるでしょう？　うちの子はその子の分まで罪を被せられたとしか思えない！」

父ファーザは敢えて名前は口にしなかったが、もちろん、イバル・エラインダーの事だ。

「その事は私もこれ以上、何も言えないのです。申し訳ありません……」

担任のスルンジャーも苦悶の表情で父ファーザに謝るのだった。


こうしてリューの退学は正式に決定した。

ランドマーク家はこの決定に怒り心頭も良いところであったが、悲しいかな有名になろうが所詮は地方の下級貴族である、どうする事もできなかった。

いや、何かする暇すらないままの決定であった。

そんな中、なんと数日後にはそれが撤回された。

担任のスルンジャーがまた、ランドマークビルに訪問して父ファーザに頭を下げて、「退学処分は一旦取り下げられました。ですからまた、自宅待機という事でお願いします」と伝えてきた。

「……あの、何が起きたのですか？」

同席したリューが担任に率直な疑問をぶつけた。

「……ここだけの話、王家が動いているらしいのだよ。私もよくわからないが、上層部は今、混乱している。君の処分は多分正式に撤回されると思う。それどころか学園の人事が一新される可能性もあるらしい。そうなると私も失職するかもしれない……。今回、担任として君を守れなくてすまなかった……。今日はそれが言いたくて訪問したのだよ」

スルンジャーはそう言うと、ファーザとリューに頭を下げた。

「先生、頭を上げてください。先生が悪いとは全然思っていません。僕は先生が好きですよ」

リューは笑顔でそう答えた。

「……ありがとう。そう言ってもらえたら報われた気がするよ」

スルンジャーは少し安堵した表情を浮かべると、また、ファーザに謝罪してとぼとぼと帰っていくのであった。

「……何だか大事になってきたね、大丈夫かな」

リューが父ファーザに心配を漏らす。

「私にもわからん。王家が動いている時点でうちには何も出来ないからな。だが、リューの退学が撤回されそうで良かった。親としてはそれだけが嬉しいよ」

ファーザはホッとした顔をするとリューの頭を撫でて笑顔になった。

「そうだ、セシルにも伝えないといけないからリュー、お父さんをあちらに戻してくれ。お前はリーンに話してあげな」

ファーザはそう続けて言うと、すぐ領地に戻って行った。

「ファーザ君は、もう帰ったの？」

リーンは応接室の外で担任のスルンジャーを見送って、二人が出てくるのを待っていた。

「うん、お母さんに僕の退学処分が無くなった事を伝えにあっちに帰ったよ」

「退学処分なくなったのね⁉　良かったわ。じゃあ、私のこの退学届は出さないでいいみたいね」

リーンは懐から退学届を出してリューに見せた。

「そんなもの用意していたんだね……。でも、良かったよ。今回ばかりは理屈とは関係無いところで事態は進んでいたから全く予想がつかなかったから」

「本当ね。王立学園が酷いところなのは今回の事ではっきりしたわ」

リーンは思い出してまた、少し怒りを見せた。

「でも、スルンジャー先生の話だと人事が一新されるかもしれないから、これから変わるかもしれないよ」

「そうなの？　急にどうしたのかしら」

「何でも王家が動いているらしい。詳しくはわからないけど、王立学園は改革されるのだろうね。そのおかげで僕は助かったみたい」

リューは運が良かったと笑うのであったが、実際はリューを守る為にランス達の親を始め、各方面が動いた結果である事は想像だにしないのであった。

義理と人情で乗り切りますが何か？

学園内部は一週間ほど混乱が生じていた。

まず、国王自らの命令で学園内に監査が入った。

学園側はもちろん、〝王立〟学園だから拒否権があろうはずも無く、早々に学園長の予算の私的流用、帳簿の改ざんが発覚、教頭もその片棒を担いでいる事がわかり、すぐに拘束された。

職員達の調書も取られ、ここ数年の入学に伴う不正、教師の怠慢行為など証拠と共に押さえられた。

その結果、王立学園に過去に前例を見ない大ナタが振るわれる事となった。


この全ては、リューの退学処分がきっかけだった。

リューの才能を目の当たりにして評価し、国にとって必要な人材といち早く気づいたエリザベス第三王女は、リューを失うのは王家にとっても損失だと考えてこの大改革に至ったのだ。


エリザベスは当初、学園側に干渉する気はなく、興味を示す事も無かった。

エリザベスはただ、王族として自分の振る舞いを弁え、民衆の手本になる事、それだけを意識していた。

そこに才能ある同級生が現れた。だが、それはまぁある事で、それ以上は王女の興味を引かなかった。あくまでも将来の国の為の優秀な人材の一人という程度だ。

そこへイバル・エライングーの上級貴族として他者の模範になるとは言い難い行動が目に入った。聞けば王族である自分をも軽く見ているそうだ。それに対しては、流石にどうしたものかと思っていたら、リュー・ランドマークがそのイバル・エライングーに目を付けられた。

自分のクラスの生徒という事で、何かあったら最低限守ってあげようと思っていたら、イバル・エライングーの嫌がらせを返り討ちにするという事態に、密かに痛快な気持ちになっていた。何より、自分が感じていた以上にリュー・ランドマークに才能がある事もわかった。取り巻きに彼の身辺を調べさせたら、噂に過ぎないが試験の際に『次元回廊』を使ったらしい。

それが本当なら稀有な能力の持ち主だ。国にとっても王家にとっても貴重な人材だ。これは王立学園卒業時には、王家が直々に召し抱えても良いかもしれないと思っていると、イバル・エラインダーが直接、リュー・ランドマークを呼び出しての大騒ぎになった。

驚いた事に、その騒ぎの折、リュー・ランドマークは己の身の危険を顧みず、魔法で四方に岩壁を作って、兵器による無差別な攻撃から逃げ惑う生徒達を守ってみせた。民衆の模範となる事を第一に考えていた自分にとって、この行為は輝いて見えた。これこそ、私が目指すものだ。

己の身を顧みず民衆の盾となる、この同級生の咄嗟の行動に感銘を受けた。

彼はこの国にとって必要な人材だと確信し、リュー・ランドマークを擁護する行動に出た。

だが、驚いた事に学園側は彼を喧嘩両成敗を口実に退学にしようとした。

私が言った事を理解できなかったらしい。

そして、処分の理由は全て学園の名誉と彼らの自己保身の為だと察したので、優秀な人材を失ってはいけないと思った私は父である国王陛下に直訴して動いてもらったのだ。

その結果、発覚したのは、予想以上の王立学園の腐敗ぶりであった。

当然ながら関係者は全て拘束や左遷、解雇になった。

ただ、その為に、学園長から教頭、教師やその他職員に至るまで大きく人材を一新しなくてはいけなくなった。

父には他にもやる事があるのに仕事を増やしてしまい、娘としては申し訳ない気持ちでいっぱいになるエリザベスであった。

「リーン。学園が今、機能してないとなると僕っていつまで自宅待機になるのかな？」

「今は学校に行っても自習ばかりよ。そもそもみんないなくなって、残った先生や職員は毎日事務処理に追われているし、まともに話す事も出来ないからリューの事忘れられているかもしれないわね」

リーンが今の学園の状況を簡単に説明した。

「やっぱりそうだよね？　……でも、まあ、退学処分が無くなった事を良かったと思うべきかな。ははは……」

リューはランス、シズ、ナジンが親に助けを求め、そして王家に動きかけてくれた事で退学が無くなったと思っていたのだった。

リューが担任のスルンジャーから聞いたように、実際働きかけはあったのだが、一地方貴族の三男を助ける為に国王がそう簡単に動くはずがない。

だが、国王の娘のエリザベスがリューについて詳しく説明した事で、リュー・ランドマークが、あのカミーザの孫である事に国王はやっと気づいたのだ。

そう言えば、宰相が用意した推薦状にサインをしたのを国王は思い出した。

カミーザの孫と言えばジーロ・ランドマークを気に入って推薦しようとしたのだが、それが流れて残念に思っていたところにどこから入手したのか宰相がそのジーロの弟が受験するという話を持ち込んできた。

ジーロの代わりに推薦状を出してやろうと気楽な気持ちでサインをしたのだが、すっかり国王は忘れていただけに、エリザベスからの話を聞いてそんな逸材だった事に驚くと同時に王立学園の現状を知り、自ら動く事になった。

こういった裏事情があって、王立学園は大改革が行われ、リューの退学は無くなったのであった。

王立学園の混乱が一週間続いたが、王家によって新たな体制が敷かれた。

学園長には、宮廷魔法士団の元団長で引退して余生を楽しんでいた老師を国王の指名によって現場復帰させた。

この新学園長によって現役の騎士から、宮廷魔法士、官吏、研究所の研究員に至るまで多種多様な人材が選ばれた。

そんな中、特別クラスはそのまま維持される事になった。

当初、特別クラスを廃止する案も上がったが、今期はすでに学校が始まっていて、これ以上生徒達の学問の妨げになるような環境の変化は好ましくないという事になったのだ。

その王女がいる特別クラスの先生は、引き続きビョード・スルンジャーが担当する事になった。

幸い、スルンジャーは周囲が生き残りの為に新学園長へのゴマすりを行う中、教師としての本分を忘れず、混乱する生徒達の為に動いていたので、それが新学園長の目に止まり、一新される教師陣の中で数少ない生き残りになった。

担任のスルンジャーはまず、自宅待機状態だったリューの学校復帰を新学園長に働きかけた。

当初、新学園長はトラブルを起こした生徒の一人という報告だけ聞いていたので、問題のある事案を先に処理したいという理由から後回しにしようとしていたが、担任のスルンジャーが熱心に擁護してきた。

さらには、国王からも自分に全てを任せると言いながら、この生徒に関しては注視して報告を頼むと言うので興味を持つに至った。

「――では、トラブルの原因はイバル・エラインダーと、その取り巻きライバ・トーリッターに全面的に非があったと？」

「はい、詳しく本人達からも話を聞きましたが、学園内での自分の影響力を気にするイバル・エラインダーと、リュー・ランドマークに個人的な恨みを抱くライバ・トーリッターが暴走したのが全ての原因です。リュー・ランドマークに非はありません。彼は才能に溢れた素晴らしい生徒です。早く学園に復帰させてあげてください、お願いします！」

スルンジャーの熱意に打たれた新学園長は、この教師が嘘をついていない事は報告書と照らしてみても相違がない事から、信じる事にした。

「わかった。では、リュー・ランドマークの自宅待機は解き、学園への復帰を認めよう」

こうして、リューは学園に戻れる事になったのだった。

リューが学園に戻るとちょっとした英雄扱いだった。

リューは、その扱いに戸惑い、困っていたが、あのイバル・エラインダーを相手にして、無傷で戻ってきたのだから仕方がないだろう。

さらに、イバル・エラインダーは生徒の間では評判が悪かったし、現場でこの両者のやり取りを目撃していた生徒は多いから尚更だ。

そして、もう一人の主犯格であり密かに、頭が良く美少年という事で人気があったライバ・トーリッターはこの事件でその人気も地に落ちた。

この二人は今後、新学園長によって何かしらの処分がもたらされるだろう。

「お帰りリュー。この一週間、まともに授業していないから勉強が遅れてる事はないぜ？　まあ、リーンから聞いているか。はははっ！」

一週間ぶりのランスは相変わらずだった。

「……お帰りなさい、リュー君」

シズが珍しく自分からリューを出迎えた。

「リューはこの一週間何をしていたんだい？　僕達は自習ばかりだったから君に教わった魔力の変換法をひたすらやっていて、多少出来るようになったよ」

ナジンが目の前で基本の火魔法を手の平で出して見せた。

シズとランスも続いてやって見せる。

「おお！　みんなスムーズに出来るようになっているね！　僕は休みの間、実家に戻って地下に新たな三階を作っていたよ」

「実家？　実家ってランドマーク領の事だよな？　それに何で地下なんだ？」

ランスはリューの言う事の八割を理解できずに困惑した。

「もしかして、君の噂の一つになっている『次元回廊』が使えるというデマは……もしや本当なのかい？」

ナジンが普通クラスの生徒の間で噂になっている話を口にした。

「大したものじゃないけど、確かに使えるよ。試験ではそれをアピールしたしね」

リューは自分がどう噂されているのか興味をそそられながら答えた。

「じゃあ、本当に『次元回廊』が使えて、その魔法で実家まで帰れるという事なのか⁉」

ナジンは素直に驚いた。

それが本当なら、伝説級の魔法使いと言ってもいいだろう。『次元回廊』はそれだけ、貴重で凄い代物だ。

「制約も色々あるんだけどね。でも、便利なのは確かだよ。お陰でランドマークの王都進出が可能になったから。だからこれからもランドマークの成功と発展の為に頑張らないと！」

リューはそう夢見て笑顔で答え、自分に言い聞かせた。

……リュー君。『次元回廊』自体使える事が、とんでもないという話なんだよ？　君が思っている以上に大変な事出来ているからね？

シズが心の中でリューにそうツッコミを入れるのであった。

王立学園はやっと落ち着きを取り戻しつつあった。

新しい教師陣、職員が揃い、授業も事務仕事もスムーズに動き出していた。

そんな中、イバル・エラインダーの無期限停学と、ライバ・トーリッターの退学処分が発表された。

学院側はイバル・エラインダーより、そのイバルを背後で操り、兵器使用を促し、自らも無差別に使用したライバ・トーリッター側の責任を重くみた。

当初、兵器使用と傷害未遂で、犯罪者として警備隊に引き渡す寸前であったが、兵器そのものが研究中の極秘のものだったので、表沙汰に出来ないという国側の判断があった。

それに結果論とはいえ、被害者が出ていない事も大きい。

だが、もちろん行為自体はあった事であり、被害者生徒の機転が無ければ死傷者が出ていた事も考えられたので厳重な処罰は行われる事になったのだった。

これに伴い、ライバ・トーリッターは王都からも追放かと思われたが、意外な事に息子を操られ、家名も穢される事になったエラインダー公爵が自ら仲裁に入る事でその事態を回避、王都の他の学校にライバ・トーリッターを編入させる手続きも行ったらしい。

理由はわからないが、家名を穢された事を怒っていないというアピールだろうか？

ライバ・トーリッターは、このエラインダー公爵のはからいに、己の行為をとても反省したのか、編入先の学校では心を入れ替えて真面目に学校生活を送る事になる。

イバル・エラインダーは、上記の通り、無期限停学処分という事でその動向を知る事は殆ど出来なかった。

噂では自宅で大人しく反省しているらしいがそれも定かではない。

リューにとって今回の事があって、良い意味でランドマークの名が学園中に知れ渡った形だが、当のエラインダー公爵家からは、実のところ謝罪らしいものは全く無いのが不気味だった。

ライバ・トーリッターの件では動いているので、形ばかりでもリューに謝罪の手紙などがあるかもと思っていたのだが、一切なく学園側に謝罪があったのみであった。

リュー側としては別に謝罪を要求するわけでもないので別に良いのだが、あまりにスルーされ過ぎていて、実のところ何かしらの反感を買っているのではないかという、その一点が心配だったのだ。

相手はエラインダー公爵家だ。その当主の反感を買ったとしたらランドマーク家は本当に吹き飛びかねない。

心配が尽きないリューであったが、父ファーザは「なるようにしかならないだろう」と、達観していたのでリューもそれに倣う事にするのだった。


「隣のイバル特別クラス。今は、イバルの取り巻きだったマキダール侯爵の子息がリーダー格になっているらしいぜ」

ランスが、情報をどこから入手したのかリュー達に話した。

「ははは……。日が浅いのに、もうそんな事になっているんだ……」

リューは上級貴族の逞しさに内心呆れるのであった。

「でも、イバル・エラインダーが戻ってきたらどうするんだろうね？　無期限とはいえ停学だから解けたら戻ってくるんでしょ？」

「そうなんだけどな。変な噂があってさ……」

ランスが、声のトーンを落とした。

「噂？」

ナジンとシズも興味を引かれたのかランスの側に近づいてきた。

「あくまで噂だぜ？　……何でもイバルがエラインダー公爵家の世継から廃嫡されたらしい……」

「「「……廃嫡!?」」」

リュー達は、とんでもないワードに驚くしかなかった。

「そう。だから取り巻きのマキダール侯爵の息子がそれを知って、代わりにクラスのトップに立ったらしい。あ、でも、マジでただの噂だぜ。当のエラインダー公爵側からはそんな発表無いからな」

ランスが、念を押した。

「……公式発表が無いならそれは微妙だよね。エラインダー公爵家については、自宅待機の間に少し調べたけど、イバル君以外は、下は妹達が三人だから廃嫡される可能性は無いと思うよ」

リューが可能性の低い噂である事を指摘した。

「……いや。エラインダー公爵家レベルの家なら妾の一人や二人いてもおかしくない。その妾に子供を産ませている可能性はあるから、可能性は『0』ではないよ」

ナジンがリューの指摘を修正した。

「……そうか妾か。うちはお父さんがお母さん一筋だから考えた事なかったよ。そうなるとその噂が本当だったらイバル君どうなるんだろう……」

リューは他人事ながら、家族から見捨てられるかもしれないイバルに同情する気分になった。

「学校を自主退学するかもな。ただでさえ問題起こして廃嫡されたなら、この学校に行く理由が無くなるわけだし、行きづらいよ、実際」

ランスがもしもの話をした。

「リューもあんな奴の事、心配しなくていいのよ。それよりも今後の学園生活の過ごし方を考えないと。私達例年の生徒より、授業が遅れているのよ？」

リーンが急に現実的な話をしてきた。

確かにその通りだ。

噂の心配をしている場合ではない事をリュー達はリーンによって気づかされるのであった。


リュー達の心配は的中した。

学園側は生徒の遅れを取り戻す為に、特別編成を敷き、時間割は一限増え、さらには宿題が出されて家での勉強を余儀なくされた。

「授業が一限増えるのは苦痛ではないけど……宿題は嬉しくないなぁ」

リューはランドマークビル五階のランドマーク家組事務所、もとい自宅のリビングで宿題を前にぼやいた。

「本当よ。これでセシルちゃんが側にいたら受験の時と何も変わらないわよね」

リーンもあの悪夢を思い出したのかぼやいた。

「それに、うちではランドマークの商品開発もあるからね。タウロお兄ちゃんや職人さん達と話し合いたい事もあるのになぁ」

リューは兄タウロや職人達との話し合いや試作を重ねて一階のランドマーク『各種車』店の新製品を開発しようとしていたのだ。

現在、その製品がまだ試作段階で、商品化されるめどがまだ立っていないだけに、リューとしてはそちらに時間を割き、早く形にしたいと思っていた。

「今は遅れた分を取り戻さないとね。仕方ないわ。二人で協力して宿題をさっさと終わらせましょう。お互い違うのをやれば、半分の時間で済むわよ」

二人でやる事の優位性を説いてリューを励ますと、リーンはやる気を見せて腕まくりする。

リューはその言葉に納得し、宿題の山を片付ける事にするのだった。


リューとリーンは一年生の中でも特に優秀な部類である。

その二人が大量の宿題を短期間で完璧にクリアして提出してきた。

他の生徒は、まだ半分もクリアしていない。

担任のスルンジャーは王女をはじめ、このリューとリーンの優秀さはよくわかっていたので驚かなかったが、新任でスルンジャーら教諭をまとめる学年主任は驚いていた。

この宿題を提案し、作成したのは自分達だ。

量はもちろん、内容もわざと難しくしている。

沢山出して必死に解かせる事で勉強に集中させ、学園内の余計な噂や事実を有耶無耶にする狙いがあった。

もちろん生徒の本分である勉強に励んでもらう事で、遅れた分も取り戻し、尚且つ、成績も上げていくという新学園長の方針でもある。

学年主任の予定では、今月いっぱいはこの宿題で生徒は手一杯のはずだったのだが、まだ十日以上余裕を持って解いてきたのだから、本当に優秀なのかもしれない。

というのも、この学園の大改革に際しては、受験での順位は前体制での評価だったので当てにはできないという結論だったのだ。

報告書によれば、上位は特別枠扱いだったとあるし、実際、エラインダー家からは多額の寄付金が学園側に渡っていて、順位が操作されていた疑いが強い。

一位の王女殿下は優秀だという話もあるが、三位は王家推薦のこのリュー・ランドマークという生徒だし、四位はこちらもエルフの英雄の娘であるリーン、五位に至っては今回問題を起こして退学になった生徒だ。

まだ判断はできないが、このリュー・ランドマークとリーンという生徒は別格かもしれないと密かに思う主任教諭であった。


俺の名は、マジーク。

この王立学園の魔法の実技担当教師だ。

新学園長である老師に強く頼まれて、宮廷魔法士団から人事異動してきた。

本当は人に教えるより、自分の魔法を磨く事に必死だったので嫌だったが、老師曰く、「人に教える事で、新たな一面を発見できるから自分の為になる。それに凄い生徒もいるから、魔法研究の参考になるぞ」と、口説かれたのだ。

何でも王家が逐一報告を求める程の才能の持ち主がいるとか。

自分の王立学園時代にもいたが、少し才能がある奴は大抵それを鼻にかけて努力を怠り、学園を卒業する頃には人並みに落ち着いている者が多い。

聞けば、王家の推薦で学園に入ったと言うではないか、それも不正著しい前体制下でだ。

王家の命令で報告義務があるが、現役の宮廷魔法士団出身の俺からすると少し才能がある程度で威張っているであろう小童を、都合よく評価して報告してやるほど甘くはない。

この目で忖度なく評価し、それを容赦なく上に報告して、とっとと宮廷魔法士団に戻る事にしよう。

と思った自分が浅はかでした……!

どごーん！

魔法実技担当教師マジークが「手加減無しでやれ、自分が結界を張っておくから安全面は大丈夫」と保証した演習場はリューの大規模な土魔法で一帯が滅茶苦茶になった。

もちろん、マジークが張った結界も吹き飛んでいるから演習場という広い敷地のみならず、地割れで近くの施設にも被害が及んでいる。

マジークは、想像をはるかに超えるリューの実力に度肝を抜かれる事になった。

「こ、これは、宮廷魔法士団でも上位に位置する威力だ……。一学生の使う魔法じゃない……！」

マジークもエリートである現役の宮廷魔法士団の一員として、リューと同じレベルの魔法を使えないでもない。

だが、それには準備と魔力を補助するかなり高価な魔石が必要で、それらも無しに、ただ言われてすぐ使えるものではない事は、自分がよくわかっていた。

王家が目を付け、老師が言っていた魔法研究の参考になる凄い生徒か……。でも、凄すぎて参考にならねぇよ！

マジークは想像をはるかに超える才能を持つリューに内心、呆れるしかないのであった。


リューとリーンの二人は入学式以来、乗り合い馬車での通学を行っていた。

場違いな特別クラスに在籍する事になったので悪目立ちは危険と自社製の馬車による通学を避けての事だったが、クラスの第三王女殿下が寛容な人みたいだという事、そして、一年生の間ではもうランドマークの名は良くも悪くも知れ渡っていたので、気を遣う理由が無くなった。

そこでランドマークの最新技術が詰まった試作機である『乗用馬車一号改ＡＡＬ（仮）』に堂々と乗って通学する事にしたのだ。

ちなみに、ＡＡＬとは、Ａ（安心）Ａ（安全）Ｌ（ランドマーク）の略であり、こう呼んでいるのはリュー一人だけである。

「乗り心地はやっぱり今のより、断然良くなったよね？」

リューは現在絶賛人気販売中の『乗用馬車一号シリーズ』と比較した。

『乗用馬車一号シリーズ』は、従来の馬車と比べて乗り心地が断然良い事と、外装、内装のカスタム化が出来るという事で、シリーズとして展開している。

現在開発中の『乗用馬車二号改ＡＡＬ（仮）』は、乗り心地をさらによくしている。また、試作なので、外装、内装の華美なデザインは全く無く、見た目は流線型の無駄の無い近未来的な形になっている。

今のままでは派手なデザインを好む貴族には受けが悪いだろうが、開発中の試作馬車なのでそこは職人達との話し合いで調整されるだろう。

「そうね。一号シリーズに比べたら、衝撃後の緩やかに続く揺れも無いし、軽量化されているからスピードも出て二頭引きタイプとしては、かなり性能がいいんじゃないかしら」

リーンは従者としてリューの側にいつもついている事から、かなり詳しくなっている。

感想も的確であった。

「そうだよね？　こっちは性能特化にして一号シリーズと差別化しようかな……。本当はこれに装飾していくつもりだったのだけど、逆に無駄な物がないこのままのデザインが良いかな？　そうなると客層がどうなるかなんだけど……」

リューは、新たな可能性に悩みながら学園に通学するのであった。

学園に到着すると、貴族の華美なデザインの馬車が多く集まる玄関前にあって、ランドマーク製

『乗用馬車二号改ＡＡＬ（仮）』は異彩を放っていた。

その馬車から降りてきたのは、今、一年生の間で一番の注目を浴びるランドマークの子息と、エルフの英雄の娘で美女として人気があるリーンである。

派手なものを好む貴族の子弟にとって、この異彩を放つランドマーク製の馬車は不可解なものであったが、だが、あのランドマーク製である。

これからは、あれが流行るのか？　と、注目せずにはいられない。

貴族ではない商家の子息子女にも、この馬車は非常に興味をそそられるものがあった。

商人にとって、馬車は見た目より性能が第一である。

ランドマーク製の馬車の性能は従来のものに比べて格段に良いのはわかっていたが、この馬車はさらに無駄を省いて性能のみで勝負していると思われる見た目だ。

そういう意味で、この試作馬車は注目を浴びたのであった。

「……結構見られていたよね？」

リューが視覚探知系の能力を持つリーンに確認した。

「ええ。もの凄く見られていたわよ。みんな好奇心をそそられたみたい」

リーンはランドマーク製の馬車が注目されてかなり嬉しいようだ。

そこへ、普通クラスのト・バッチーリ商会の子息が話しかけてきた。

リューには、王都の最近の流行について教えた事もある仲だ。

とは言え、相手は貴族の子息だからこちらから話しかけるのも気が引けたが、興味の方が優った。

「リュー殿、おはようございます。あの馬車はやはりランドマーク製のものなのですか？」

「おはよう！　そうだよ。あ、でも、まだ試作段階の物だから売り物じゃないんだ」

「あれは、性能を重視した作りなのでしょうか？」

「そうだよ、よくわかったね！　今は詳しくは言えないけど乗り心地、軽量化によるスピードは格段にアップしているよ」

「おお！　あのフォルム格好いいですね！　発売されたら父さんに買ってくれるようにお願いしてみるよ！」

「ありがとう！　その時はぜひ！」

リューとリーンは早速の反応に喜ぶのであった。


「……今ランドマークとリーン嬢と話していたのは、ト・バッチーリ商会の息子だよな？」

「そうだな。リーン嬢と何を話していたんだ？」

「アイツ抜け駆けするつもりか！」

「俺だってまだ、リーン嬢とは話した事ないのに、あの野郎！」

「俺なんかリーン嬢の視界に入った事も無いぞ！」

「よし、何を話していたか締め上げるぞ！」

「「「おお！」」」

思いがけず、リーンファンクラブの面々の恨みを買い、この後、囲まれるト・バッチーリ商会の息子であった。

目立つ事を避けなくなったリューであったが、その事で一年生の間では急速に評価が上がっていた。

勢いあるランドマーク家の子息（三男）である事は置いておくとして、先日、実力を測る為に新任の教師が演習場でリューに魔法を使用させる出来事があった。

結果は、一年生生徒の殆どが知る事となり、昼休みの決闘も含めてリューが魔法使いとしてとても優れた域にあるらしいという評価になっていた。

急速に興味を持たれる対象になったリューは、特別クラスでも注目される事になった。

だが、それはランドマークが目立つ事が面白くないという、王女の取り巻き連中の意見によるものだった。

王女自身が言ったわけではないのだが、その取り巻き連中はイバル・エラインダーがいなくなって、自分達のグループが一番力を持っているという自覚があり、同じクラスメイトとは言え、地方の下級貴族の三男が目立つのは健全ではないという結論に至ったようだ。

だが、ランドマークの周囲には、エルフの英雄の娘、いくつかある貴族派閥の一つのトップに位置するラソーエ侯爵の子女、名門のマーモルン伯爵の子息、そして、王女の側にいないとおかしいと思われる名門であるボジーン男爵の子息もいる。

だから王女殿下の取り巻き連中でも、中々手が出せない雰囲気だ。

そこで、取り巻きは王女殿下のお手を煩わせる事になるが、直々にランドマークを注意してもらうのが良いだろう、という結論に至った。

「王女殿下、最近のランドマークは調子に乗り過ぎています。殿下を差し置いて目立つなど言語道断です。我々から注意しても聞くとは思えませんから、ここはどうか殿下の厳しい一言をもって彼奴（あいつ）の高くなった鼻をへし折るのが肝要かと思うのですが」

取り巻きグループを代表して有名侯爵家の次男である生徒が進言した。

エリザベス第三王女は普段、自分を取り巻く生徒達の行動について興味がなかったので干渉する気も無く、適当にあしらっていた。

立場を弁えてさえいれば、大抵の事は目を瞑っていた。

だが、どうやらイバル・エラインダーの存在がいなくなって、この周囲の生徒達は勘違いをし始めたようだ。

何時（いつ）私がランドマークの存在を不快に感じていると思ったのだろう。私は逆にその存在を王家にとっても好ましいとさえ思っている。イバル・エラインダーの暴走も止めてくれた。それを鼻にかけるところも私は一切見ていない。逆にこの生徒達の方が、イバル・エラインダーがいなくなってから、権勢を振るうようになっているとさえ思っていた。

「彼が何時、調子に乗ったのでしょうか？　詳しく聞かせてもらえるかしら？」

エリザベスは頭ごなしに言わず、生徒の顔も立てて、質問する事にした。

「え？　あ、その……そうだ！　イバル・エラインダーを返り討ちにした功績はありますが、その功績を盾に王女殿下を蔑ろにしています！」

「蔑ろとは、具体的に何をしたのかしら？」

「え？　具体的にですか……？　えっと……。そう！　奇抜な馬車で通学して悪目立ちし、殿下のお心を不快にさせています。これこそがその証拠かと！」

「それは、彼の家のランドマーク製の馬車の事を言っているのかしら？　我が王家でもランドマーク製の馬車に乗っているけども実に良い物よ。私も彼が乗る馬車を目にしましたけども、面白いデザインで興味を持ったわ。それがいけない事なの？」

「え？　いや……。殿下のご不興を買っているとばかり……。それに、彼の周囲には殿下の側に居なくてはいけないはずのボジーン男爵の子息もおりますし……」

「私がいつそんな事を言ったの？　それに私の側に居なくてはいけない決まりなど、この学校ではないのよ。彼の父親は陛下の近習だけど私は陛下ではないわ。そして、彼は私の近習でもない。あなたはソバーニ侯爵の次男だけども、ソバーニ侯爵ではないでしょ？　この学校ではみんな平等な扱いを受けないといけないわ。私は王家の者だからその義務と責任において特別扱いは仕方がないとは思っているけれども……。でも、他者にそれを強いる気は全く無いわ」

　王女殿下が雄弁にここまで語る事が無かったので、取り巻き連中は驚いて言葉に詰まった。

「それに、彼はただ、学園生活を楽しんでいるだけに見えるわ。それを目立つから大人しくしていろ、とは私の口からは言えないわ。みなさんも、私に気兼ねなく学園生活を楽しんでください」

　学園で一番偉いであろう王女殿下にここまで言われたら、自分達も貴族としての権威を振るう事は出来ない。

それをやれば、王女殿下の言を無視する事になる。

王女殿下の取り巻きグループはこの日を境に大人しくなるのであった。


リューの学園生活はやっと快適なものになりつつあった。

教室内でも、王女の取り巻きグループからのきつい視線が急激に減った事は察知系能力を持つリーンが教えてくれた。

もちろんこれは、王女の一声があったからだが、リューはそれを知らない。

余裕が出来たリューは、早速出来た時間を有意義に使う事にした。

ランス達、隅っこグループと魔法の練習を再開したり、ランドマーク領に戻っては父ファーザや、兄タウロ、職人達と新商品の開発についての話し合いも再開した。

その新商品に関しては、兄タウロが祖父カミーザと最近よく行く魔境の森で、新発見をしてくれた事が大きかった。

何を発見したのか？

それは、『ゴムゴム』の木であった。

リューが元々、魔境の森にならゴムの木があるかもしれないと兄タウロに話した事が発端であったが、タウロはリューの話を忘れておらず、祖父カミーザと魔境の森に入る度に注意して木々をチェックしていた。

その結果、『ゴムゴム』の木をタウロが発見、その報告を受けたリューはゴムの入手と栽培に着手する事にした。

一方でそのゴムで作るタイヤを使用する商品、『自転車』を作る話し合いが再開された。

再開というのは、以前、途中で開発がとん挫していたのだ。

幸いリューが前世の知識があるので骨組みの構造は完成されたものがある。

だから職人に形を伝えるのは簡単だったが、前世の自転車がいかに技術の塊であるかを痛感させられた。

そう、「今」の技術ではどうにもならない問題が多かった。

その為、以前から職人達とそれを含めた話し合いが行われ、試作品も作られていた。

だが、出来た試作品は、車体が重く、それでいて耐久度が低い。

フレーム部分を鉄と木で製作したが、軽量化すればすぐ壊れ、丈夫にすれば重いという欠点があった。

さらにはチェーンの製作もうまくいっていない。

それに、王都進出で各商品の売り上げが急激に伸びたので、職人達は忙しくなっていた。

だから研究開発部門の職人達も手伝いに駆りだされる事が増えていた。

そんな理由があり中断されていたが、ランドマークビルのオープンからやっと生産体制も安定して職人達にも余裕が生まれてきた事、リューも学園生活が落ち着き、兄タウロの『ゴムゴム』の木の発見があった事などが重なり再開されることになった。

「リューの言う『自転車』のフレームについて、提案があるのだけど。実は魔物の骨を加工してフレームに使用すれば、軽くて丈夫なものが出来ると思うんだ」

兄タウロが目から鱗なアドバイスをしてきた。

「おお！　タウロお兄ちゃん流石！　確かに魔物の骨は丈夫なものがあるから武器や防具にも加工されているものね！」

「うん。それに魔物の骨はおじいちゃんやリュー達が魔境の森に入って倒した魔物の処理場に沢山あるから材料はほぼタダだしね」

流石、頭の良い兄タウロである。

リューの悩んでいた問題の一つを解決してくれたのだった。


こうしてすぐに、『自転車』の試作のフレームは作られた。

車輪部分は鉄と木で仮に用意され、理想的な『自転車』の形は出来た。

「これがリューの言う『自転車』なんだね」

タウロが、弟の発想に改めて感心した。

「うん、でも、車輪部分を動かす為のチェーンがね……」

リューが試作品のペダルが無い『自転車（仮）』に跨って乗り心地を試しながら、ぼやいた。

リューは自分の足で地面を蹴って進みながら、車輪の回転具合、運転性、耐久性などを確認する。

「チェーンの事はよくわからないけど、このままでも十分便利な気がするから商品化できないかな？」

兄タウロがリューの乗っている様子を見ながら提案した。

「え？　それだと、『自転車』じゃなくて、『キックバイク』という子供の乗り物になるから……あ、そうか、別にそれでもいいのか！」

兄タウロの言葉にリューはまた目から鱗であった。

リューは完成型の自転車に目標を置いていたので、商品化が遠い先に感じていたのだが、兄タウロの言うように、製作過程のものが商品にならないわけではない。

実際、前世の世界ではペダル無しの「キックバイク」が子供用の乗り物として存在していた。

こちらの人は自転車を知らないのだから、「キックバイク」でも十分驚きを持って迎えられる可能性は高い。

「タウロお兄ちゃんの言う通りだよ。『自転車』じゃなく『キックバイク』として、商品化しよう！」

リューの悩んでいた表情は一気に明るくなった。

周りにいたタウロやリーン、職人などは、商品化の言葉に喜びの歓声を上げるのであった。

ランドマーク家の新商品『キックバイク』が、商品化に向けて本格始動する中、リューとリーンはテストが近づいていた。

受験以来の、学年で順位が決まるテストなので、リューは気合いが入っていた。

受験の時と比べて学ぶものは沢山増えていて、順位がどうなるかわからない。

その中でも、貴族の必修科目であるダンスや、音楽などはリューの不得意分野である。

特にダンスは、リューには難題であった。

お祭りの盆踊りなら、前世で地元住民との交流目的で覚えさせられたので出来るのだが、社交ダンスとなると勝手が違い過ぎた。

ダンスの先生にコツを聞くと、「先ずは楽しみなさい」と言うのだが、その前に相手の足を踏む、ぶつかる、テンポがずれる、と散々だ。

リーンはその点、ダンスも音楽もそして、苦手そうな礼儀作法の授業もそつなくこなしている。

本人曰く、礼儀作法を使う時は相手を選ぶらしい。

こうなると一番のライバルはリーンの気がしてきたリューであったが、「じゃあ、ダンスは私が相手してあげるから猛特訓しましょう」というリーンの優しい申し出に、リューはテストまでの間、ダンスを猛特訓するのであった。


「リュー・ランドマーク君、リーンさん、ちょっと職員室までいいかな？」

午前の授業の終わりに担任のビョード・スルンジャー先生がリュー達に声をかけてきた。

職員室のスルンジャーの席まで行くと、先生は言う。

「言いにくいのだが、テストの実技は、君達二人は少し控えめにしてくれと実技担当の先生から、お願いがあったのだよ」

「え？　それは、手加減しろという事ですか？」

リューは、生徒にそんな事を要求するのかと不正を疑った。

「いやいや、不正を頼んでいるのではなく、君達二人のずば抜けた実力を目の当たりにした他の生徒が自信を喪失させてしまう事と、施設が壊れると補修に予算が取られるという理由だよ。担当の先生曰く、『ランドマーク君の魔法の威力に耐えうる結界を張るには準備と予算がかかる』そうだ。二人の実力は以前の演習場で見せてもらったからその分は加点するとのお話だよ」

リューの疑念を感じた担任のスルンジャーは即座に否定して、ちゃんと説明した。

「……なるほど、そういう事ですか。わかりました。それなら実技試験は少し抑えてやりますね。リーンもそれでいい？」

「ええ、でもあの時、手を抜かないで全力でやれって言ったの、当のマジーク先生だったわよ？」

「ははは……。君達二人の実力が想定を超えていたから、対処に困っているのだよ。その辺りはよろしく頼む」

スルンジャー先生は苦笑いすると同僚のマジークを擁護して頭を下げるのであった。

リーンは担任のスルンジャーが頭を下げるので慌てて納得する。

「それでは失礼します」

リューとリーンは職員室を退室すると、教室に戻った。

「二人とも、今度は何をしでかしたんだ？」

ランスが、笑って二人を出迎える。

「いや、いや、何もしてないよ。ははは」

リューは笑って否定すると、そこにやってきたシズとナジンも含めた三人に、掻い摘んで説明した。

「なるほどな。あの時の施設、土台から壊れていたからそれに面した建物の壁や天井、床とかもヒビ入って内装にも影響あったらしくて、修繕費用が結構掛かると先生達が話していたの聞いたよ」

ナジンが学校側の裏事情を話した。

シズも一緒に聞いていたのかナジンの陰で頷いている。

「リューは規格外だからなぁ。ははは！　この学園では天才と名高い三年生の次期生徒会長よりもしかしたら上かもしれないな！」

ランスが有名な先輩と比較してリューを褒めた。

「そんな人がいるの？」

リューは初めて聞く上級生に興味を持った。

基本、王立学園は学年ごとに校舎と寮が別の為、他の学年の生徒と会う機会は少ない。

学校外の方が出会う確率は高いくらいだ。

「ああ、俺やナジンと同じ歳だからな。ナジンはシズに合わせる為にずらして受験したんだろうけど知っているよな？」

ランスが、ナジンに話を振る。

「ああ、だが自分は彼の事はあんまり好きではないな。彼は貴族至上主義で地位に拘りを強く見せていた。……そう言えば、彼の兄も優秀な事で有名で、確かイバル・エラインダーの家庭教師を務めていたはずだ」

ナジンの口から、思いもかけず、イバル・エラインダーの名前が出てきたのでドキッとするリューであった。

「そうなのか？　……あそこの家はエラインダー公爵派閥だったっけ？　それにしても、兄がイバルの家庭教師というのは初めて聞いたな」

ランスが、ナジンの情報に驚いた。

「ははは……。どうやら僕は、その次期生徒会長とは、遭遇しないようにした方が良さそうだね」

リューはこの二人の情報から自分が関わってはいけない人物らしいと考え警戒するのであった。


リュー達は七日間に及ぶテスト期間に入った。

日頃の成果か、リューは順調に各科目のテストをこなしていき、後半に集中している実技テストに入っていった。

こちらでも、ほぼ優秀な成績を残し、担任からの自粛を要請されていた魔法の実技もより正確で精密、それでいて手加減したものを見せる事で、試験官の教師を唸らせた。

「何という完成度の中級魔法だ！　この時期の一年生徒とは思えない！　いや、上級生でもこれ程のものは……」

そして、その後に続くリーンもリューに負けず劣らずの中級魔法を見せて同じく唸らせた。

ここで、さらに教師陣を驚かせたのが、ランス、シズ、ナジンの三人だ。

ランスは補欠入学であったし、シズとナジンは優秀な部類だがそれでも一年生レベルでの話だった。

それが、リューやリーン程ではないものの、この二人以外で、一年生は誰も使えないでいた中級魔法を使って見せたのだ。

このノーマークの三人が使った事で教師陣はまた、驚くのであった。

「あの三人は確か休憩中、ランドマーク君達とよく話している生徒だったはず……。という事は彼とリーン君が三人に教えたのか⁉」

教師陣にしたら、自分達の教え方の上を行かれた思いである。

他の生徒達はまだそんなレベルまで達しておらず、それどころか普通は卒業までに使えるようになればよいレベルなので今の時期で一人二人いたら神童扱いされるレベルだ。

それが五、六人もいたらそれはもう偶然とは言えないだろう。

教師陣は自分達の教え方について自問自答する事になるのであった。


順調なリューであったが、遂にダンスのテストになった。

「……大丈夫。あれだけ練習したんだ。リーンとの相性は、バッチリだから本番もあの通りにリーンと踊れればミスは出ないはずだ……」

ブツブツとリューは椅子に座って自分に言い聞かせていた。

「リュー大丈夫？　緊張し過ぎじゃない？」

リーンが心配して声をかけた。

「だ、大丈夫！　練習通りリーンと踊っていれば結果は自ずと付いてくるから！」

ガチガチに緊張しているリューであったが、リーンに気丈に振る舞った。

「それでは、ダンスの実技に入ります。名前を呼ばれた者同士組んで並んでください。リュー・ランドマークと王女殿下、リーンとナジン・マーモルン、シズ・ラソーエと――」

教師が名を次々に呼んでいく。

相手、リーンじゃなく王女殿下なの⁉　僕、終わったー！

リューは頭を抱えると内心で泣き叫ぶのであった。

「リュー！　早く王女殿下の手を取って並ばないと！」

リーンがナジンに手を取られながらリューに声をかけた。

リューは正気に戻ると、王女に駆け寄る。

王女はそんなリューに手を差し出す。

リューは軽く会釈して手を取ると王女をエスコートして指定された位置についた。

……王女殿下の足を踏んだら、テストどころか学園生活が終わりかも……。

リューは内心冷や汗をびっしょり掻きながら、王女に改めて笑顔で軽く会釈して手を取り、背中に手を回して準備する。

学校が用意した楽団が音楽を奏で始めた。

リューはリズムを取ると王女と踊り始めるのであった。

出だしは幸いスムーズだった。

さすが王女である、リューの緊張に影響される事なく踊り、それどころかリューに少し合わせてくれてもいた。

「上手ね。私、ダンスは得意じゃないけどあなたのおかげで苦になってないわ」

リューの緊張を解そうとしたのだろう、ガチガチのリューを褒めた。

王女はダンスが苦手のように言うが、明らかに上手い。

流石に緊張して視野が狭くなっていたリューであったが、王女殿下に気を遣わせている事に気づく事が出来た。

「ありがとうございます。僕こそダンスは不得手でここのところずっとリーンと練習していたのですが、相手が変わると駄目ですね。緊張しちゃいます」

リューは素直に今の心境を伝えた。

「その割に上手よ。ちゃんと踊れているわ」

王女殿下が珍しく笑顔を見せると改めて褒めてくれた。

その後もやり取りをしているといつの間にか音楽は止み、ダンスのテストは終了したのであった。


「王女殿下のおかげで無事に終えられた……！」

鬼門であったダンスを乗り越えられたのでリューは小さくガッツポーズをした。

「上手だったじゃないリュー！」

リーンがナジンにエスコートされながら戻ってきた。

「王女殿下が僕に合わせてくれたんだよ。そうじゃないと今頃、緊張で王女殿下の足を踏みまくってテストは落第点付けられていたと思う……」

リューは安堵のため息を吐くのであった。

「王女殿下はそんな気遣いが出来る方だったのか。これは、リューのテストの結果より、その点を知れた事が大きいな」

ナジンが感心して頷く。

「リューの事も褒めてあげなさいよ。王女殿下の足を踏んでいたら、点数どころじゃなかったかもしれないのよ？」

リーンが怖い事を言う。

「……そうだよね？　本当に踏まなくて良かった……！」

リューは、改めて王女が自分に合わせてくれた事に感謝するのであった。


中間テストの全日程は無事終了した。

リューは、鬼門のダンスが王女のお陰で乗り越えられた事が大きかったが、このリューと王女のダンスについてまたも王女の取り巻き達は快く思っていなかった。

地方の下級貴族の三男がなぜ王女殿下と踊る事になったのかと、先ずはそれを決めた教師を責め、そして、断らなかったリューにも当然ながら矛先は向いた。

「貴族は魔法や剣技は嗜み程度で良いのだ。そういう者は雇えば良いのだからな。だが、男爵程度の三男では成人すれば貴族でなくなるから必死だな！」

「卒業後、職に就けなければのたれ死ぬから仕方ない。我々とは違うのさ！」

「おいおい、みんな。学園内で人を見下すのは良くないぞ。卒業してからにしてやりなよ！　あははは っ！」

敢えて誰とは言わないところに厭らしさを感じたが、リューは気にしなかった。

言っている事も事実だからだ。

貴族は優秀な者を見出し、雇用してその才能を保護する立場だ。

必ずしも個の才能に優れる必要はなく、それを見ぬく知識と慧眼と財力を持っていればよい。

そして、三男の自分は成人すれば、家を出るのは自然な事なので、職を見つけなくてはいけないのもまた事実。

特別クラスの生徒は、上級貴族の子弟ばかりであるから考え方はそれで間違ってはいないのだ。

普通クラスだったら逆に自分と同じ立場の者がほとんどだろうが、この教室では仕方がない。

「何あいつら。遠回しにリューの悪口を言っていない？」

リーンが、リューの悪口にいち早く反応した。

ただでさえ、耳が良く、能力も相まって聞き逃す事が出来ないのだ。

「リーン落ち着きな。僕は気にしてないよ。それに、ランドマーク家の三男として僕は間違った事はしていないという自負があるからね」

リューは胸を張ってリーンを宥(なだ)めた。

無位無官のリューだが、この一か月後、まだ十二歳の生徒にも拘らず爵位の授与打診の話が持ち上がるとは誰一人として想像した者はいないのであった。

だがそれはまた、後日のお話。

テストの結果発表は、一週間後だがリューとリーンは手応えを感じていた。

それは、ランスやシズ、ナジンがテスト後の自己採点で二人が飛び抜けて良い事を指摘してくれたからだ。

ダンスは及第点レベルだが、それ以外はずば抜けて良かったリューと、全てをそつなくこなしたリーンは元々優秀だったシズやナジンから見ても頭一つ抜けている事は容易にわかった。

後はその対抗馬として挙げられるのは、まだ未知の部分が多い王女殿下くらいだろうか？

他にも優秀な生徒は数名いるが、際立っている者はいない。

今回目立ったところでは、当のシズとナジンだろう。

ランスも実技の剣と魔法では際立っていたが、筆記の方があんまりよくないらしい。

「王女殿下は本当に優秀だと思うよ。ダンスの時の王女殿下の落ち着きはただ者じゃなかったからね」

リューのこの数日での王女殿下株はうなぎ登りであった。

ダンスでの恩は大きいのだ。

「ははは。リューはダンスだけで評価が一気に上がったな」

ナジンがリューを茶化すようにツッコミを入れて笑った。

「義理と人情のランドマーク家だからね。ダンスの恩は大きいよ？」

勝手にゴクドー要素をランドマークに取り込むリューであった。

「義理と人情？　そりゃまた、変わっているな。ははは！」

ランスが笑う、かなり気に入ったようだ。

「おいおい、王家への忠誠じゃないのかい？　ははは！」

ナジンがまたツッコミを入れると笑った。

「……義理と人情。リュー君らしい……」

シズがクスクスと笑う。

「私、初耳だけど、ランドマーク家は確かに義理と人情よね。ファーザ君とセシルちゃんもそんな感じだもの」

リーンも遅れて納得するとみんなの笑いの輪に入るのであった。


テストから三日後、ランドマークビルの王都組事務所、もとい、王都自宅に王家からの使者がやって来た。

それは、ファーザ・ランドマークへの昇爵打診であった。

たまたまこの日、ランドマーク領から朝一番でリューの『次元回廊』でやって来ていたファーザは慌てたが、使者を丁重に迎えると用件を聞いてびっくりしたのだった。

以前、断って流れていた昇爵話が再燃したのだという。

理由として『コーヒー』や『チョコ』、革新的な『乗用馬車一号』など国の文化的発展に大きく貢献している事を王家が評価したのだという。

ファーザとしては前回断った事で、二度とそんな話はこないと思っていたから驚くしかなかったのだが、「お父さん、これは受けるべきだよ。王家からの正当な評価を断る理由が無いよ。それにランドマーク家の発展に繋がるよ」と、リューが後押しをした。

「……謹んでお受け致します」

二度目を断るのは流石に礼を欠くと思ったファーザは、リューの言葉もあって使者に深々と頭を下げ、正式に昇爵を受ける事にした。

こうして、ランドマークはこの二週間後、男爵から子爵に昇爵する事になるのであった。

出世頭ですが何か？

ランドマークの昇爵については、王家の思惑があった。

それは、リューへの爵位の授与である。

学園側からリュー・ランドマークのテストの結果報告も受けており、幻とも言える『次元回廊』を使えるどころか、全ての能力に秀でており、新しい教師陣がその才能を『逸材』と評価している。

そのランドマークと同級生であり、我が子の中でも優秀な子として目に入れても痛くないエリザベスが、この生徒を強く推薦している。

エリザベスはスキルにも恵まれ、女でなければ王太子として跡継ぎになれたのにと周囲から残念がられる程優れている。その娘が推薦するのだ。天才は天才を知るという言葉もある。

そんな高い評価の少年を今のうちに王家としては囲い込み、国に仕える忠臣に育てたいのは当然であった。

ならばと、考えたのが爵位の授与である。

報告では、この三男は家族や領内の民の為に尽くしているよく出来た子供であるというから、まずはランドマーク家の発展を考えるだろう。

こちらが無造作に爵位をやっても、親であるランドマーク家が男爵位と低いままで、その三男が爵位を素直に受け取るとは思えない。

そこで、前回、断られた昇爵話を再燃させる事にしたのだ。

父親であるファーザ・ランドマークが慎ましく、清廉潔白な人物で好感が持てて、その息子で次男のジーロも能力に優れ、父同様、心根の優しい男児である事もわかっているから、昇爵自体王家としては何の迷いも無く出来るというものだ。

それに、ランドマークが所属するスゴエラ侯爵派閥も、王家とは友好関係にある。

こうなると昇爵理由をもっと確実にしたいと思ったのだが、ランドマーク家は最近、自分も愛飲するようになった『コーヒー』や、公務の間の休憩時に口にする『チョコ』の開発者なのだという。

王家御用達商人が納めていた品なので出処まで気にしていなかったのだが、王家の御用達の品を扱っているのであれば、それも理由になる。

聞けば、王宮だけでなく王都市街でも評判になっているというから、なおの事だ。

ランドマーク男爵は、子爵に昇爵、領地の加増については要相談。

その三男のリューは、魔法の能力にとても長けているというから、王家から直接禄を出す宮廷貴族として魔法士爵を授与、その後の活躍次第でさらに昇爵するという事で決定したのであった。

「ランドマークの叙爵が楽しみだな。あそこの次男もとても良い風貌、優れた才能、そして、爽やかな性格をしておったが……。あの冒険者カミーザの息子も孫も皆、優秀で羨ましいわ。そうだ。ちゃんと三男を同行するように申し渡しておるな？」

「はい、陛下。長男もかなり優れた者と報告を受けておりますから、ランドマーク家は今後も重用して間違いないと思います。それでランドマーク領の加増の件ですが――」

宰相が書類を提出して内容を国王に読んでもらう。

「……ふむ。異例ではあるが、前例がないわけでもない。それで進めよ」

書類に目を通すと頷き、サインをしたのが、テスト結果の報告があった翌日の事であった。


自分の事で王家が動いているとは思いもよらないリューは、父ファーザの昇爵にこれ以上無い満面の笑みで喜んでいた。

そしてリューは、すぐに父ファーザを『次元回廊』でランドマーク領に連れて帰り、みんなへの昇爵の報告を促した。

ファーザは喜びを感じる前に妻セシルと娘ハンナに報告をすると、別邸に住む母ケイも呼んで報告をする。

父カミーザと長男タウロは魔境の森に出かけていたので、帰ってからの報告になるところだが、待っていられないので早馬を出す事にした。

あとは、派閥の長であるスゴエラ侯爵と、その街で勉強しているジーロ達にも報告しなければならない。

ファーザは丁度居合わせた領兵隊長のスーゴに次々に早馬を出させるのであった。

「落ち着きなよ、ファーザ様。後は俺とセバスチャンがやっておくから、今は奥方達と喜びを分かち合ってください。がははっ！」

スーゴにそう諭されるとファーザは苦笑いした。

「そんなに落ち着きが無いように見えたか？」

「男爵への昇爵の時と同じくらい落ち着きがありませんよ。がははっ！」

「そうか。今回は王都に行くのも楽だから、落ち着かないとな。ははは！」

二人は肩を叩き合って笑うと、喜びを爆発させるのであった。


テスト期間が終了した事で教室に緊張感は無く、とても緩く和んだ雰囲気に包まれている。

リュー達もあとは数日後の結果発表だけなので、いつものみんなとグループになり話し込んでいた。

そこへ教室の扉が勢いよく開けられ、数人の見た事がない生徒達がどかどかと入ってきた。

「我々は王立学園次期生徒会の者だ。エリザベス王女殿下に挨拶に来た。殿下はどちらに？」

眼鏡をかけたすらっとした長身に、青い髪と切れ長の青く鋭い目をした男性がそう告げた。

「あれが次期生徒会長予定のアタマン侯爵の次男、三年のギレールだぜ」

ランスが、すぐに気づいてリューに耳打ちした。

「……私ですが」

王女は席から立ちあがると答えたが、この急な訪問者にあまり良い印象を持たなかったのか、その面に歓迎する様子はなかった。

「これは王女殿下、初めてお目にかかります。と言っても殿下が小さい頃にパーティーでお会いした事がありますが、流石に覚えていらっしゃらないでしょう。ですから初めてとさせていただきます。今日は不躾ながらお願いに上がりました」

ギレールは、そう言うと王女と距離を詰める。

「……何でしょうか？」

王女はいよいよ警戒感を露わに聞き返した。

「王女殿下もこの学園ではまだ入学したての一生徒、とは言え、将来この学園の生徒会長になられるお方です。そこで、殿下には次期生徒会長になる私の下で私を参考にしていただき、将来の生徒会長としての心構えを学んでいただくのが一番だと思うのです。そこで私の選考する次期生徒会の役員の一人として入ってもらいたいのです！」

ギレールは、慇懃無礼な態度でそう言い放った。

「……生徒会長は選挙で決まるものと聞いています。その選挙はまだ行われていないと記憶していますが、私の記憶違いでしょうか？」

王女は冷静に、且つ皮肉を言葉に乗せてまた聞き返した。

「ははは！　歴代の生徒会長は、特別クラスの優秀者がなってきています。今年もそうなるでしょう。つまり、今の三年生で一年時からずっとテストで一位を獲得し続けている自分が生徒会長になるのは必然です。それに殿下が役員入りすれば、反対する者は誰もいないでしょう！」

まるで自分の下に王女も入るのがさも当然のように、ギレールは言うのだった。

「……申し訳ありませんが、私は王家の娘。あなたの個人的利益の為に選挙前からあなたの下に名を連ねるつもりはありません。それに平等を期するなら役員の選考は選挙後正式に生徒会長になってから行うべきではないですか？」

最早、気を遣う気も失せたのか自分を客寄せにする気でいる目の前の男の卑しい考えを指摘した。

「――な！　ふー……。これは、これは手厳しい。殿下はこの学園の慣習をまだよくお分かりでいない。先程も言いました通り、自分が次期生徒会長になるのは必然です。ですから、役員をこの時から選考して前もって公表しておく事も生徒達にはわかり易くて良いのです。殿下も再来年、生徒会長になる時に私が言った意味がおわかりになりますよ」

激情しかけたギレールであったが、深呼吸をして踏み止まると先輩としての余裕を見せて答えた。

「お言葉ですが、今年からこの学園の関係者が一新された事をご存知ですか？　これまでの方針や慣習も一新されると思った方が良いと思いますが？　もちろん、ギレール殿が次期生徒会長に一番近いのでしょうが、慣習に拘っていると足を掬われますわよ？」

王女は丁寧にだが、完全にギレールを軽蔑するように答えた。

「くっ！　……それは、それはご心配いただき光栄です。残念ながらその心配には及びませんが、次期生徒会長として心に留めておきましょう。それでは生徒会長になった折にまた、殿下を役員として指名させてもらいます」

そう言うと、ギレールは仲間を引き連れて教室を出ていく。

三年生が出ていく時、その中の一人の男がこちらを見てギレールに耳打ちし、ギレールが自分を鋭い視線で一瞥した気がしたが、リューは気のせいだと思う事にした。

リューとしては絶対に関わりたくない相手だ。

王女殿下とのやり取りからも自尊心が強く、相手にすると厄介そうだというのはわかったからだ。

「今の人、リューを見て出て行かなかった？」

リューの気のせいだと思いたかった気持ちを打ち砕く一言をリーンが発した。

「……止めてよ、リーン。僕も何となく気づいたけど、気のせいで処理するつもりだったのに……」

苦笑いするリュー。

「あ、そうだったの？　でも、気を付けるに越した事はないわよ」

「そうだぜ、リュー。俺でも気づいたくらいだから、お前、ギレールに目を付けられていると思った方がいい」

ランスが、冗談交じりに言ってきた。

「そうだな。リューはうちの学年で優秀な生徒の一人には違いないから、意識はされていると思った方がいいかもしれない」

ナジンもランスに頷いて言った。

シズもナジンの言葉に賛同して頷く。

「ははは……。僕は平穏な学園生活を送りたいよ」

リューはみんなにそう言うと、ため息を吐くのであった。


次期生徒会長を自負する三年生ギレールの王女クラス訪問の翌日。

今度は二年生の四人が教室を訪れていた。

連日の先輩生徒の訪問にクラスの生徒達は警戒感を強めた。

特に取り巻き連中にしてみたら、王女殿下への不敬と言ってもいいギレールの態度を咄嗟に糾弾できなかったのだ。

王女殿下にアピールのチャンスだった場面で、それが出来なかったのは実に痛いと思っていたので、挽回のチャンスとばかりに訪問してきた二年生徒と王女殿下の間に入って壁を作った。

「何の用ですか？　王女殿下に失礼な態度は許しませんよ！」

女子生徒が、二年生に言い放つ。

二年生は訪問してまだ、何も用件を言っておらず、礼儀正しく挨拶した後だったので、失礼な態度はこの女子生徒の方だった。

「……まだ何も言ってないのだが。その発言は上級生に対して失礼だと思いますよ」

二年生のリーダー格と思われる生徒が女子生徒の発言を注意した。

「そうよ、モブーヌさん。そちらの方々はちゃんと礼儀正しく挨拶してくれているわ。その物言いでは、あなたの方が失礼な態度をとっている事になるわ」

王女はそう指摘するとモブーヌ嬢に失礼を謝罪させた。

「あの四人は、二年生の四天王って呼ばれている連中だぜ」

ランスが、リューに耳打ちする。

「四天王？」

「ああ、二年生は全体的に優秀だが、突き抜けて優秀な生徒がいなくてな。成績トップをあの四人が争っているんだ。それで四天王って呼ばれるようになったらしい。代表して話しているのはその中でも現在テストで一位を取った回数が少し多いという事でリーダー格扱いになっているナランデール伯爵の嫡男ジョーイだ」

「王女殿下、今日は不躾ながらお願いに上がりました」

ジョーイは王女殿下を見つけると、恭しく頭を下げた。

他の三人もそれに倣って頭を下げる。

「お願いとは何でしょう？」

昨日の三年生と比べて礼儀を弁えている二年生の態度を見て王女は態度を和らげた。

「聞けば昨日、三年生のギレール殿が王女殿下に次期生徒会役員入りをお願いに参ったとか。こう言っては何ですが彼は自分の権威付けに王女殿下を利用しようとしているだけだと思います。ですから彼の誘いを断り、よろしければ……王女殿下自ら生徒会長に立候補していただきたいのです。

我々二年生は全面的に王女殿下を支持します。現生徒会の四年生は良い顔をしないでしょうが、あちらは数か月後には引退して就職活動ですから無視してよいかと」

「お待ちなさい、二年生のみなさん。例えばですが、あなたが立候補すればよいのではないですか？」

王女は急な申し出に困惑する事なく正論で返した。

「我々四人は良くも悪くも抜きん出た才能もカリスマ性もありません。立候補しても三年生のギレール殿には太刀打ちできないでしょう。ですが殿下は違います。我々二年生の大半は殿下が立候補されるならば、支持するつもりです。いえ、推薦も考えていますが、ちゃんと殿下には話を通しておくべきと愚考しました。お願いできないでしょうか？」

「三年生のギレール殿では駄目なのですか？」

王女は応じる事無く、聞き返した。

「聡明な殿下の目にはギレール殿がどう映りましたか？　彼は世間で言うところの天才ではありますが、それを鼻にかけています。その事に目を瞑るにしても、彼は最近王家を侮る発言もしています。誰の影響かはわかりませんが、この王国にあって王家を軽んじる者を学園のトップにする事が許せるわけがありません。そうなると他の三年生ですが、代わる候補が見当たらず、我々二年生では力不足。一年生とはいえ、王家の一員であり、成績優秀者でもある殿下をおいて他にはいないと思ったのです」

ジョーイは確信をもってそう王女に伝えた。

その光景を息を呑んで見物しているリューであったが、隣のリーンに話すつもりで、

「僕だったら一年生を殿下の下にまとめて、二年生をまとめ上げている彼を支持する声明を選挙前に出すけどな。そうすればあっちは何も出来ずに終わると思う。それならわざわざ入学したばかりの王女殿下に大変な役割を押し付ける必要はないよね？」

と言ったのだが、丁度、二年生ジョーイの話が終わり、王女殿下の返答を促す沈黙のタイミングであった為、リューの声は教室の全員に伝わった。

あ、しまった……！　なんでみんなこのタイミングで静かになるの！

リューは慌てて内心でみんなにツッコミを入れるのであった。

「……ありがとう、ランドマーク君。あなたの言う通りかもしれません。本当ならば、まだ一年生である私は次期生徒会長選挙に微塵も関わるつもりはありませんでしたが、二年生のみなさんが私を支持してくれているのであれば、そのお礼にリーダーのジョーイ・ナランデールさんを支持、応援する事くらいであれば協力したいと思います」

断るつもりであった王女は、リューの言葉に感謝するとそう答えた。

エリザベスにとっては公務もあり、学園での勉学以外の活動の余裕はまだなかったのだ。

だからリューの提案はエリザベスにとって文字通り感謝すべき言葉だった。

「……我々も入学したての王女殿下にばかり頼っていては駄目ですね。……わかりました、自分が出馬します。彼の言うように王女殿下に一年生をまとめていただければ自分にも十分勝機があります」

こうして、リューの一言で次期生徒会長選挙の運命が変わるのであった。

隣のリーンに話したつもりの一言で、王女と二年生の背中を押す事になったリューであったが、その後は何事も無く数日が過ぎ、テスト結果発表の日が訪れた。

結果発表は玄関から中に入ったところにある広いスペースの掲示板に張り出されていた。

誰もが目にする場所なので成績が振るわなかった者にとっては残酷なものだ。

「リュー、後ろでは見えないから前に行きましょう」

登校した生徒が掲示板前に大挙しているので遠巻きに後ろから覗くのは難しい。

リューも頷いてリーンと一緒に前に行こうと人混みの中に入ると、二人に気づいた生徒達が、

「おい、本人だ。道を空けろ。おめでとう」

「本当だ！　おい、前の奴、主役が来たから空けろよ」

「やるな君達！」

とリューとリーンに声をかけてきた。

「「？」」

二人は意味が分からなかったが、二人の前のスペースが空き、掲示板の前まで誘導された。

そして、掲示板の成績順位が目に飛び込んできた。

一位　リュー・ランドマーク
二位　リーン
三位　エリザベス・クレストリア
四位　ナジン・マーモルン

・・・・
八位　シズ・ラソーエ
・・・
四十九位　ランス・ボジーン
「おお！」

リューは、自分の成績はもちろんだが、隅っこグループであるナジンやシズも、上位五十位以内にいるのがすぐわかって喜んだ。

ランスの名をみつけるのには苦労したが、元が補欠合格だったのだから上の方にあったのは本人の努力の賜物だろう。

リューが喜びの声を上げたので周囲の者は、「おめでとう！」と祝福してくれる人が大半だった。

今やあの事件以外の意味でランドマークの名を知らない一年生がもぐりになった瞬間であった。

そんな中、生徒達には一つの疑問が残っていた。

それは点数の発表が無い事だった。

これまでの学校の方針では上位のテスト結果の点数は発表されていたのだが、今回から順位の発表だけになっていた。

これは、学園側の苦渋の決断の結果であった。

上位二人の特別加点が原因で、合計点数が満点を越えていたのだ。

学園側はリュー達に実技での手抜きをお願いした以上、加点しなければならなかったのだが、二人が全ての教科でほぼ満点を出してしまった為、加点すると満点を越えてしまい、点数を公表すると生徒側からは不可解にしか映らなくなる。

その為、職員会議の末、点数は未発表にしたのだった。

ちなみに、四位以下は急に点数が下がる。

テスト内容が難しかったのが原因だが、上位三人が優秀過ぎるので満点を取らせない為に問題のいくつかを難しくせざるを得なかった結果であった。

それでも、リュー、リーンが満点以上の点を取り、王女も少し離されるが高得点を叩きだした。

この結果はすぐに国に報告され、リューの爵位授与の話になるのだが、学園側はそれを知らず、この三人をどう扱うかについて頭を悩ませていた。

王家が成績報告をさせる程の生徒を預かっているのだ。

国内随一の学校として、普通に扱ってその才能を伸ばせなければ王立学園のメンツに関わる。

これは、特別扱いしてでもその才能を伸ばし、学園の面目躍如としなければならない。

その事が職員会議でも連日話し合われたが結局は良い答えは出ないのであった。

「これでやっと、一番になれた！」

教室でリューは改めて心から喜んだ。

リーンもこの結果に一緒に喜んだ。

私が仕えるのだ、このぐらいは当然だ。

リーンは自分の事はさておいてリューの結果に鼻高々であった。

「みんな凄いな。俺も意外に出来たと思っていたら四十九位だったぜ！　みんなとテスト勉強したお陰だ、ありがとうな！」

ランスが補欠合格からの好成績をリュー達に感謝した。

「自分もシズもまさかこんなに上位に入れると思っていなかったから驚いているよ。リューとリーンが勉強を教えてくれたお陰だよ」

ナジンがリューとリーンにお礼を言った。

「……みんなありがとう。私も自信がついた……よ」

シズも声は小さいが、確かに少し自信に満ち溢れている……気がする。

「うん、みんな好成績が出せて良かったよ。みんなおめでとう！　今度の休み、僕が奢るから喫茶『ランドマーク』に来ない？」

「おお！　今日、親父にその日手伝いを休めるか聞いてみるぜ」

ランスは学校の外でも忙しくしているので、最近ではランドマークビルには行く事が出来なくなっていた。

だから久しぶりのランドマークビルに行きたかったのであった。

「じゃあ、当日、個室を取っておくよ」

こうして、次の休みに初めて全員揃って喫茶『ランドマーク』で食事とスイーツを楽しんで過ごす事になったのであった。


授業がある平日。

リューとリーンは学校を休んでいた。

「結局、今日は来ないみたいだな、リューとリーン」

ランスが二時限目終了後の休憩時間に、ナジンとシズに言った。

「……病気かな？」

シズが心配して病気の可能性を心配した。

「どうだろう？　二人とも同時に病気になる可能性は低いんじゃないかな？」

ナジンが病気の可能性を否定した。

「確かに。リューが病気の場合、リーンが看病で休む可能性があるけど、そもそもリューは病気に罹りそうにないからなぁ。本人も「病気に罹った事ない」って、言っていたぜ。リーンが病気ならありそうだけど、それだとリューはちゃんと学校に来そうだよな」

ランスがナジンに賛同する。

「……じゃあ、何かあったのかな？　二人とも休むような出来事が……」

シズが他の可能性について考えると、また心配した。

「……可能性としてはそうなるかな。二人が学校を休む理由って、よっぽどの事じゃないとあり得ないと思うから。ランドマークビルで何かあったのかもしれない。放課後、寄ってみる？」

ナジンがシズに聞く。

「……うん。それに噂の『竹トンボ』も気になるし行ってみたい」

最早、二人の心配より、別の事に興味を引かれているシズであったが、ナジンに指摘されると、

「ついでだから……！」と、慌てて否定した。


その頃、リューとリーンは、父ファーザと一緒に馬車に乗り込み、とある場所に向かっていた。

「リーンは学校に行っても良かったんだぞ？」

ファーザが改めて車内でリーンに確認した。

「私はリューの従者だもの。リューも呼ばれているなら、私も同行するわ。テストも終わっているし一日くらい大丈夫よ」

リーンはそう答えると馬車の外を指さした。

「王城が見えて来たわよ」

リーンの言葉にリューは窓にかぶりついて覗き、近づいてくる王城を眺める。

「やっぱり、立派だね、お父さん」

リューは初めて近くで見る王城に感動しながら、目に焼き付けようとしていた。

良いところはマネしてランドマーク領の城館に取り入れる気満々だったからだ。

「リュー、そんなにかぶりついて見ていると顔に痣が付くから止めなさい。これから国王陛下に会うのだから」

父ファーザは苦笑いするとリューを窘（たしな）める。

「そうでした」

リューは素直に反省すると窓から顔を引っ込めて席に着く。

リーンも元に戻ると身だしなみを整える。

今日は父ファーザの昇爵の儀で王宮に呼ばれていた。

リューはそのお供として連れて来るように言われている。

ならば私も！　とリーンも付いて来たのであった。


王城の城門を馬車でそのまま通過すると、先程までの人の生活の喧騒は嘘のように無くなり静かになる。

一行は馬車でその厳かで静かな道を通り、王城の奥、王宮がある入り口の階段前まで行き、そこで降ろされた。

「……凄く豪華な階段だね」

リューはどちらかというと、その尊厳なる雰囲気に呑まれるというよりは、装飾などに目が行き、何かしら活かせないかという気持ちでこの階段を一歩一歩上がっていた。

「……リュー、お願いだからキョロキョロするな。まあ、私も初めて来た時は圧倒されて落ち着かなかったけどな」

先導する使者に付いて行きながらファーザが小声でリューに声をかけた。

「……ごめんなさい」

リューは小声で謝ると階段を登り切り、使者に案内されるまま、大きな扉を通過して、王宮内に入った。

複雑な道順で王宮内を進み、豪華な部屋に通される。

「ここで暫らくお待ちください。許可がありましたら、別の者がご案内致します」

使者は、そう言うと別の者に仕事を引き継ぎ退室する。

ものの十分ほど一行は待っていると、騎士がノックして室内に入って来た。

ファーザに向かって付いてくるように伝え、三人に準備を促す。

「……いよいよだ。私は三度目だから良いが、二人ともくれぐれも粗相がないようにな」

三人は騎士に案内されて大きな扉の前まで行き、待機する。

「ランドマーク男爵とそのご子息、従者の計三名が参りました！」

大きな扉の前にいる呼び出し係が扉の向こうの者に伝わるように大きな声で言うと、扉が重々しい音を立てて開いた。

その向こうには高い天井に色彩豊かで大きなステンドグラス、両側に威圧するような大きな騎士像、そして、玉座とそこに座る人物、そこまで伸びる赤い絨毯が見えた。

ただの一男爵の昇爵の儀に使われる場所ではないことをリューは悟った。

これは世間で言うところの玉座の間では？

リューは内心、かなり驚いていた。

ファーザも前回とは違う大規模な部屋に内心驚いていたが、おくびにも出さず、堂々としている。

ファーザとリュー、リーンは内心、この雰囲気に圧倒されながら、導かれるまま、玉座の間に通されるのであった。


父ファーザの昇爵の儀はあっという間だった。

国王が、側にいる宰相に耳打ちすると父ファーザの名が呼ばれ、子爵への昇爵の証明書が代理の官吏から手渡され、父ファーザが改めて王家への忠誠を誓って終わりだ。

自分達の両脇に官吏が見届け人として何人かいるが、何かするわけでもなく立っている。

居心地が悪いリューであったが、礼儀正しく片膝をついて下を向いたまま、終わるのをリーンと並んで待っていた。

「ところでランドマーク男爵、いや、ランドマーク子爵よ。そなたの息子ジーロは元気か？　以前あった時は才能溢れる礼儀正しい少年であったが」

おもむろに国王自ら声を発すると父ファーザに声をかけた。

突然の事に父ファーザは驚いた。

前回は宰相が代弁して話していたので直接声をかけられるのは初めてだったのだ。

そのまま、答えていいのかわからず、宰相の方をチラッと見て確認する。

「陛下からのご質問だ、お答えせよ」

「はは！　我が息子ジーロは元気にしており、現在も勉学に励んでおります」

「そうか、そうか。そなたの家は安泰だのう。――そう言えば、我が娘がそなたの三番目の息子と同じクラスなのは知っているか？」

「も、もちろんでございます陛下。恐れ多くも陛下のご息女と同じ学び舎で学ばせてもらっております」

「そう、堅苦しくするな。そなた同様、ワシも人の親だからな。ところでだ、我が娘エリザベスが言うには、とても優秀な同級生がいるという。ワシが言うのもなんだが、エリザベスはワシの子供達の中でもひと際優秀でな。男の子だったらいかに良かったかと思う程で、目に入れても痛くないと思っている。その娘が人を褒めるのは珍しい。聞けばそなたの息子だというではないか。そなたの息子のジーロも優秀だがそなたの子供はみんな優秀なようだ」

「恐れ多いお言葉です」

「その後ろの子が、その息子か？」

「はは。三番目の息子リューでございます」

「リューとやら面を上げよ」

リューは自分に話が及んでからは緊張しっ放しであった。

ジーロお兄ちゃんもこんな事体験していたの!?

緊張で内心は動揺するリューであったが、国王に声を直接かけられて素直に従った。

「……ふむ。良い面構えをしておる。あのジーロの弟だけあるわ。わははは！　――宰相。人物鑑定をしてみよ」

「はは」

宰相は短く答えるとリューに対して人物鑑定スキルを使用した。

「これは、これは……。報告通り……ゴホン！　いや、珍しいスキル持ちですな。そして、十二歳とは思えない熟練度。『器用貧乏』がこれ程成長するとは興味深い……。それを可能にしている『ゴクドー』スキルがまた面白いな……。『次元回廊』もこのスキルの関係か……。そう言えば野に下っている学者サイテンの論文にそんなスキルがあった気が……！　……うん？　隣のエルフの娘は……」

宰相が一人、リューの才能に驚き、感心し唸っていたのだが、隣のリーンにも鑑定が及んでまた、驚いた。

「むむっ⁉　もしや、そのエルフの娘はリンドの森の村の村長であるエルフの英雄リンデス殿の娘さんか……！　王女殿下からの報告はあったが、こちらも素晴らしい才能の持ち主ではないか……。これは驚いた……！」

宰相は鑑定結果にぶつぶつと独り言を言いながら頷いている。

国王も鑑定結果が気になっていたのだろう、宰相に声をかける。

「……宰相。落ち着かんか。……でどうだ？」

「素晴らしい才能だと思います。いえ、これ程の才能の持ち主はそうはいないかと思います。詳しくは後でご報告いたしますぞ」

「そうかそうか！」

国王と宰相二人で満足するように頷き合っている様は、父ファーザとリュー、リーンにとっては不可解であったが、それを口に出来ようはずも無く、ただただ、見守るしかないのであった。

その後もリューには国王自ら、そして宰相からも質問攻めにあうのであったが、それらに答えていくと増々、満足気になっていくので、意味が分からないリューにとっては不気味に思えてきた。

僕は何でお父さんそっちのけで質問されているのだろう……。

心配が募るリューであったが、官吏の一人が宰相に耳打ちするとその時間も終わった。

「陛下、そろそろお時間です」

「うむ、そうか。――それでは此度は楽しい時間であった。ランドマーク子爵、そして、リューにリンデスの娘リーンよ、また会う機会があろう。下がって良いぞ」

国王は満足顔でそう言うと、下がるランドマーク親子とリーンを見送るのであった。


「……どういう事だったのかなお父さん」

リューが、心配を口にした。

「……うーん、わからん。わからんが、ジーロの時も似たようなものだった気がする。気に入られたのは確かのようだから悪い事ではあるまい」

父ファーザは前向きに捉えると笑顔でリューの頭を撫でる。

「リューが国王陛下に評価されたのよ。良い事じゃない」

リーンもファーザに頷くとリューを励ました。

リューとしては父の晴れの舞台に自分が注目される事に納得がいかないのであった。


昇爵の儀の翌日。

領内では早速、お祭り騒ぎになっていた。

残念ながらリューとリーンは学校だったので今回はこのお祭りには参加できなかったが、前回の昇爵の際にいなかった兄タウロが嫡男として参加できたのは良かったとリューは思うのであった。

一応、朝一番にいつもの日課の通り、『次元回廊』でランドマーク領に行って商品を倉庫から回収し王都まで運ぶのだが、さすがに納品されるはずの商品が来ておらず、ランドマークビルも昇爵祝いで臨時休業する事にした。

この事でリューは改めて王都周辺にも大きな製造拠点が欲しいと思うようになったのだが、この問題も幸いにもすぐに解決しそうな話があちらから舞い込んできた。

あちらとは、国である。

昇爵の儀から数日後、王家から使者が来て、ランドマーク子爵昇爵に伴い王家が領地の加増を提案してくれたのだが、それが王都周辺の王家直轄の一つの街をランドマークに譲渡するというものだった。

これは思わぬ提案だった。

王都の側という事は、街として申し分ないだろう。

王都から近いなら交通の便も最高なはずだ。

どんな街か聞くとマイスタという職人の街だという。

使者が地図を広げて見せると確かに王都の近くにマイスタという街がある。

説明を聞くと、王都の近くだが王都を通る街道からは外れているので、人の流れが気になるところだ。

「これは陛下からの提案なのですか?」

と、リューは気になって使者に聞く。

「はい。ランドマーク子爵に、今後も国への文化的貢献をしてもらうには、職人が多い街を領地に欲しいだろうと仰せになり、官吏が適正と思われる街を選びました」

「それはありがたい。……ありがたいのですが、ランドマーク本領から片道一か月も離れた土地を治めるのは至難の業かと……」

父ファーザはリューの『次元回廊』の事は差し置いて現実的な話をした。

「それはご安心ください。王家直轄の街なので、優秀な者が街長を務めており、その者に任せておけば統治は容易です」

使者は断る素振りを見せる父ファーザに軽く驚きつつ答えた。

「そのマイスタの街はどんな職人がいるのですか?」

リューは父ファーザに代わって質問する。

父ファーザは乗り気ではないが、ランドマーク王都店の為には持って来いの話だ。リューは興味津々であった。

「先々代の国王陛下が職人の技術を高める為に作らせた職人の街で、各地からそれこそ料理人から鍛冶師に木工師、石工、服飾職人に宝石鑑定士などあらゆる職人が集められたと聞いております」

「そんな凄そうな街を頂いていいのですか？」

リューは素直に驚いた。

それはつまり、王家の肝いりで作られたという事だ。

集めた職人達も一流に違いない。

そんな街を地方の新興貴族によく与えようと思ったものだ。

官吏達が止めても良さそうなものだが、その官吏が言うには王の命令で選んだそうだから不思議であった。

「陛下のご命令ですから、我々に否はありませんよ」

使者は笑顔で答える。

「……お父さん。ランドマークビルの今後の運営を考えるとこちらに大きな製造拠点は欲しいよ」

「……だがな。今はリューがいるから良いが、今後の事を考えるとランドマーク領が飛び地になるのは災いの種かもしれんぞ」

父ファーザは将来の事を見据えて悩むのであった。

「先程も申し上げましたが、現・街長は先々代の王に命を受けてから街長という任を祖父、父、息子の三代に渡り務めており問題なく治めております。その街長もランドマーク子爵の配下になりますから問題はありませんよ」

使者の後押しに、父ファーザはこれ以上難色を示しては王家にも失礼だと思い直し、加増を受ける事にするのであった。

リューには断然この加増は喜ばしい事であったが、父ファーザはランドマーク本領から遠く離れた飛び地をちゃんと治められるか心配は絶えないのだった。

そんな嬉しい出来事が続く中、またもや王家から使者がやってきた。

この日は父ファーザが王都に来ていなかったので、リューはランドマーク領に呼びに戻ろうとしたが、使者はリューに用があるのだという。

「え、僕ですか？」

「はい。この度はリュー・ランドマーク殿に叙爵の話が持ち上がりまして……。今日はその事をお伝えに参りました」

「え？　……誰ですか？」

「リュー・ランドマーク殿です」

使者が念を押すようにはっきりとリューに伝える。

「叙爵……ですか？」

「はい、この度、リュー殿に王家から魔法士爵位をお与えになるそうです。つきましては――」

「ちょ、ちょっと待ってください！　僕は爵位を頂けるような事、何もしていませんよ!?　それにまだ十二歳で学校に通っている身です。そのような話はお受けできません！」

リューは使者へ即座に断りを入れるのであった。


リューは父ファーザに相談する事なく叙爵の話を断った。

最初、使者は断られると思っていなかったので戸惑い、リューの説得を試みたが、リューは一向に首を縦に振らない。

使者はどうやら本気でいらないらしいと悟るとため息を吐き、引き下がって帰っていくのであった。

「リュー、良かったの？　せめてファーザ君に相談してから結論を出した方が良かったと思うのだけど……」

リーンが、リューを心配した。

「将来の事はわからないけど、この歳で爵位は早すぎるよ。それに、今はランドマーク領の為に色々とやりたい事が多いのに、爵位を貰ったらそれも出来なくなるでしょ」

「……そうだけど」

リーンとしては自分の仕える主であるリューの出世は喜ばしい事だけに残念な気持ちは大きかった。

「あと、急に僕が爵位を与えられるとか変じゃない？　先日の王宮でのやり取りで気に入られたのかどうかはわからないけど、それで爵位を貰うのはどうにも釈然としないというか……」

リューは首を傾げて考え込む。

「……わかったわ。リューの判断を支持する。でも、ファーザ君に報告はしないと駄目よ。まあ、怒られると思うけど」

リーンはリューの考えを尊重すると悪戯っぽく笑って指摘した。

「……やっぱり？　でも、あそこでお父さんを呼べる余裕なかったし、断らないと話を勝手に進めちゃいそうな勢いだったからなぁ。まあ、済んだ事だし、お父さんにはちゃんと報告して怒られるよ」

リューは苦笑いしながらリーンに頷くのであった。


リューは『次元回廊』でランドマーク領に戻ると父ファーザへ自分に叙爵の話があった事を報告した。

最初、父ファーザは驚き、断った事に渋い顔をして考え込んだが、怒りはしなかった。

「言いたい事はあるが、リューは我がランドマーク家の功労者だ。だがまだ十二歳。お前の叙爵は親として嬉しい事だが、あちらの意図がわからない。だから私が直接面会を要請して真意を確かめてみよう」

ファーザはそう言うと翌日に早速、使用人を使者に立てて王宮に走らせた。

リューはリーンと共に、何事も無かったように学校に通学するのであった。


「え？　今、なんて言った？」

休憩時間の時、隣の席のランスが聞き間違えかと思ってリューに聞き返した。

「……だから僕に王家から魔法士爵授与の話が――」

「魔法士爵授与⁉」

リューが小声で話すのに対し、ランスは思わず声を上げた。

「ちょ、ちょっと声が大きいよ……！」

リューは慌ててランスの口を塞ぐ。

「どうしたんだ？」

ランスとリューがひそひそと話しているのでナジンがシズと共に近づいてきた。

ランスはリューに口を塞がれてもごもごしている。

そして、ついでに冗談で鼻も塞ぐ。

完全に息が出来なくなったランスはリューの肩をバンバン叩いて苦しさをアピールする。

「リュー、本当にランスが苦しそうだから止めてあげなさいよ」

リーンが呆れて止めに入る。

男子のこういうノリは嫌いなようだ。

「はぁはぁ！　鼻を塞ぐなよ、危ないから！」

ランスはリューの悪ふざけに笑いながら怒る。

「ごめん、ごめん！　でも、大きな声では絶対言わないで」

「わ、わかった」

ランスがそう答えると、みんなで円陣を組み、顔を突き出してひそひそ話を始めた。

「……で、何の話なんだ？」

ナジンがこの状況を確認する。

「……実は――」

リューが改めて一から説明した。

「凄い話だな……！」

話を聞いたナジンが第一声を上げた。

リーンとランスは知っているので口を噤んでいる。

「……この学園でも、個人で肩書を持っているのは、王女殿下くらいだと思うの」

シズがその凄さを口にした。

「そうだよな？　大貴族の嫡男でさえ、いくら家の事情があっても成人を待って継ぐのが普通だからな。十二歳でとか異例じゃないか？　それも、推薦とかじゃなく王家から叙爵打診とか有り得ないぜ」

ランスが興奮気味に早口でしゃべる。

「ランス、声を抑えてよ」

リューが、ランスを注意する。

「そして、それを断るリューの図太さな」

ナジンが声を落としつつ、半ば笑いながら指摘する。

「仕方ないじゃない……。突然そんな突拍子もない事言われたら普通断るでしょ……!?」

リューは苦笑いしながら答えた。

「いや、子爵の三男という立場を考えると自分なら承諾するな」

ナジンが即答する。

「俺も同じく。三男って成人したら平民だからな。貴族社会で生きてきた人間にとっては、それを手放したくないからこんな良い話、断らないぜ」

と、ランス。

「……私はよくわからないけど、チャンスだったと思う」

シズまで賛同する。

「……私はリューの味方だからね?」

リーンも内心はランス達と同意見なのだが、リューの判断を尊重して支持するのであった。

リーンありがとう……。というか僕が間違っているのか。……うーん、でも、家に貢献できなくなるのは嫌だからなぁ。

リューはみんなの意見に心揺れながらもその意思を曲げないのであった。


リューが叙爵を断り、父ファーザが国王への拝謁を求めて数日後。

国王も暇な身分ではない。

一地方貴族の拝謁に早々応じるわけもないのだが、思った以上に早くその許可が下りた。

父ファーザは指定された時間に王宮にすぐに赴いた。

リューも同行したいところであったが、「保護者であるお父さんが行ってくる。お前はリーンと一緒にちゃんと学校に行ってきなさい」と言われて引き下がった。

そしてリューはその日の学校の授業の間、父ファーザが叱責されているのではないかと気になってしょうがないまま、一日を過ごす事になったのであった。


リューとリーンが王都組事務所もとい王都自宅に帰ってくると父ファーザも戻っていて、コーヒーを飲んで一息ついているところであった。

「帰ったか。早速だが、結論から言おう。リューは王家から騎士爵位を賜る事になった」

父ファーザは簡潔にそう言った。

「え？　それじゃあ……僕は家を出なくちゃいけないの……？」

「いや、そうではない。リューはランドマーク家の与力として、ひとつの街の街長を任せる事にした」

「ランドマーク家の与力？」

父ファーザから意外な言葉が出て来てリューは戸惑った。

詳しく聞くと、父ファーザは一から事の顛末を話し始めた。

まず、拝謁が叶ったのは宰相であり、国王には会えなかったらしい。

そして、宰相から何か不満があるのかと聞かれ、リューの想いを改めて父ファーザが代弁した。

そして、話し合いがなされた結果、父ファーザとしてはまだ、子供であるリューを家から出すつもりはない事、リューもそれを望んでいる事で一旦、叙爵は流れそうになっていた。

だが、宰相の側にいた官吏の一人が、アドバイスをした。

「最近、ランドマーク子爵は飛び地の領地を陛下より一つ与えられる事になりました。そこは王都に近く交通の便も悪くありません。平日は学校に通い、休みの日にその街の街長をしてもらうのはいかがでしょうか？　子爵の与力として爵位を与えれば陛下の面目も保たれ、子爵も、まだ成人前のご子息を外に出さずに済み、ご子息の意にも沿う、これなら両者が満足できる結果になるのではないでしょうか」

この両者が納得できる提案に宰相も父ファーザも賛同するのだった。

そして、ひとつファーザがお願いしたのが、魔法士爵位ではなく、騎士爵位であった。

ランドマーク家は武で身を立てた家系。

リューは魔法ばかりが目立っているが剣の腕も確かでランドマーク家に相応しい男子に育っていると自負している。

それだけに、魔法士爵ではなく騎士爵位を求めたのだった。

地位的には同じであるが、どちらで身を立てたかの証明なのでこの父ファーザの親としてのこだわりに感じ入った宰相は頷いたのだった。

「——という事で、リュー、お前はうちのランドマーク子爵家の与力になり、臣下の一人として騎士爵位を賜る事になる。それに伴いマイスタの街の管理をお前に任せる。だが、学業が優先である事に変わりはない。学業との両立が出来るように、普段街の方はこれまで街長を務めていた者がうちに仕える事になったので、そのまま任せる予定だ。それに口を出すのも任せるのもお前次第だ」

父ファーザの言葉にリューは感情と頭がついて行かなかった。

断った事で処分されなかった事を安心していいのか、爵位を貰えた事を喜んでいいのか、街を一つ管理するという大任に責任を感じなければいけないのか、感情がグルグル巡って頭を抱えた。

「リュー、落ち着きなさいよ。あなたは騎士爵を得て一家を立てるのよ。胸を張って。私も助けるから安心して頂戴」

リーンがリューを励ました。

そうだ！　自分は看板を貰う事になるのだ。それにランドマーク家が家族である事にも変わりはない。何を悩む事があるのだろう。

リューはリーンに励まされ自分を奮い立たせたのだった。


後日、王家から使者が来て、父ファーザ、母セシル、祖父カミーザ、祖母ケイ、兄タウロが同席して見守る中、リューの簡素な騎士爵授与の儀が行われた。

それは本当に簡単で、リューの名前が読まれ、叙爵の証明書が渡されるだけのものだったが、立ち会った家族にとってはリューの晴れ舞台は感慨深いものだった。

一家の神童として一番期待が大きかったリューだが、こんなに早く名を上げる事になるとは思っていなかったのだ。

授与式が終わるとランドマーク家の面々は一人一人リューを抱きしめては祝福するのであった。

こうして、正式に爵位を得て、弱冠十二歳の騎士爵が誕生するのであった。

闇組織のシマですが何か？

爵位を弱冠十二歳で授与されたリューは、瞬く間に学園で知られる事に……は、ならなかった。

別に誰かが言いふらす事も無く、ランス達からは祝福されたが、それだけであった。

「ところで、リュー。家名は何になったんだ？」

ランスが早速、出世頭であるリューの新たな家名に興味を持った。

「……家名はミナトミュラー、ミナトミュラー騎士爵の名を与えられたよ」

「へー。不思議な響きの家名だな。いいじゃん！」

ランスが、素直に評価する。

「ミナトミュラーか。これから、ランドマークとその名が、王都でも有名になるかもな」

ナジンが、リューを評価して言った。

「……きっとみんなに愛される家名になると思うよ」

シズも頷いて小さい声で褒めた。

「みんなわかっているじゃない。私もミナトミュラーの名前が有名になるように頑張るわ！」

リーンは鼻息荒く気合いを入れた。

「みんなありがとう。個人的にはミナトミュラーの名より、ランドマークの名前が有名になればそれでいいんだけどね。僕はその為にこれからも助力していくつもりだよ」

リューはそう言って、気持ちを新たにランドマークの車輪のひとつとして励む事を誓うのであった。


学校が休みの日。

リューは早速、リーンと共に王都から馬車で一時間のところにあるマイスタの街に朝一番で訪れていた。

ランドマーク家への領地として譲渡手続き中なので、まだ、王家の直轄地だが、今日は下見する事にしたのだった。

先々代国王が肝いりで作った職人の街という事で、朝から忙しく活気に溢れ、親方が弟子を怒鳴りつける声などが街中で聞こえてくるのを想像していたのだが、それとは真逆であった。

鍛冶屋の職人が鉄を打つ音はまばら、活気溢れる声はないどころか、路地裏からは活気とはかけ離れた怒号や悲鳴が時折聞こえてくるという治安を疑う雰囲気であった。

リューとリーンはこの光景を目の当たりにして戸惑った。

そして、次の瞬間にはどうやら厄介な街を押し付けられたのかもしれないと思うのだった。

地方貴族の子爵程度に王都のすぐそばの街をあげる事に、この街の担当官吏が反対してもおかしくなかっただけに、それをしなかったのは価値が低かったからだろう。

実際、王都に続く道は整備が行き届いておらず、ランドマーク製の馬車でなければ、相当揺れたはずだ。

大切なインフラ整備が行き届いていないという事は、つまりこの街の優先順位はその程度に低いという事だ。

確かに、主要な街道からは外れている街だ。

だが、経緯はどうあれ、王都に近いという利便性はある。

城壁は高く、王都の周囲を守る一つの街として機能はしているはずだ。

リューは何かしら長所を見つけてこの街を評価する事にしたのだった。

「とりあえず、お店に入ってこの街の情報収集でもしようか」

リューはリーンに声をかけるとフードを目深に被って容姿を隠し、街を探索する事にした。

朝食もついでに済ませようと表の通りの食堂に入る二人。

すぐにその二人に気づいた食堂の女将が近づいて来た。

「いらっしゃい。よそ者かい？　こんな街に来るくらいなら王都に直接行った方が良いよ。この街は王都に続く主要な街道から外れているから、旅人もほとんどこない。治安も良いとは言えないから路地裏には入っちゃいけないわよ」

そう忠告してから二人の注文を取り、厨房に一度声をかけるとまた、戻ってきた。

どうやら、この女将は人が良さそうだ。

よそ者と一目でわかってすぐに忠告までしてくれるのだから。

「ありがとうございます。この街は初めてなので教えてもらっていいですか？　聞いたところでは先々代の国王の肝いりで作られた職人の街だそうですが……」

「ああ、それかい？　私の祖父の代の話だね。その時は、当時の国王からの命令で全国から職人が沢山集まり、活気に満ち溢れていたそうだけどね。結局のところ王都の職人達がこの街の存在を危惧して、仕事は王都のみで行われる事が多くて、すぐにこの街の職人達は仕事にあぶれてしまったそうよ。それに近いとはいえ、この街を訪れる者はいないからね。人の出入りってのは人間の体を流れる血と同じだから訪れる者がいなければ瞬く間に腐っていく。この街は、それが起きないように模索した結果、通常のギルドとは違う別の独自のギルドが出来上がったんだよ。それが、現在の闇組織の始まりさね」

「闇組織？」

リューとリーンは、不穏な単語に聞き返した。

「何だい？　そんな事も知らずにこの街に来たのかい？　王都でも幅を利かせている裏社会で暗躍する闇組織はこの街を本拠地にしているんだよ？　身を守る為に結成したギルドは仕事を求めて人がやらない事を進んでやり始めた結果、裏社会での活動に行き着いたのさ。そしてそれが、この街の一番の稼ぎというわけ。この街の街長も代々その事情を知っていて引き継いで来た人物だからね。だからわかった上で見ないフリをして、税さえ納めれば、余計な事は何も言わないのさ。——あんた、まだ、子供じゃないか。その歳でこの街に流れてくるのは早いよ。食事をしたら王都に行きな。あっちの方がまだ仕事はあるからね」

リューとリーンに特別な理由があると思ったのか、改めて忠告してくれた。

女将の話が本当なら、この街を治める事になるリューはその闇組織をどう扱うかが問題になりそうだ。

「……前途多難過ぎて、どうしたらいいのかわからないや」

リューは、食事中、頭を悩ませるのであった。


リューとリーンは食堂で食事を済ませた後も、情報収集に励んだ。

女将からの情報はおおむね正確で、この街の一番の産業は本当に闇組織による犯罪行為であり、税の大半はそこから納められるもののようだ。

表向きは、お店や、農業、林業、畜産業、鍛冶屋など職人で堅気の街民から徴収された事になっているが、それらの殆どの裏には闇組織が関わっているらしい。

このマイスタの街は闇組織に牛耳られ、維持されているという事が、調べれば調べる程わかってきて憂鬱になった。

「……闇組織を潰せばこの街を支えていた産業を失い街が潰れるし、かと言って闇組織に迎合するわけにもいかないし……。とりあえず、王都の裏社会でも暗躍しているらしいから、組織の大きさくらいは把握したいね」

リューはリーンに話しながら自分の考えをまとめる。

それにしても、前世では裏稼業で食っていた自分が、その裏稼業に悩まされる日が来るとは思ってもいなかった。

この世界の闇組織は話を聞く限り、前世のマフィアみたいなものだろう。

厄介だが、元同業者だから多少は手の内もわかる。

街を治める身として闇組織を解体させる方法を考えなくてはいけないだろう。

その為にも、敵に回す前に闇組織の内部事情を少しでも知りたい。

リューとリーンはマイスタの街を出ると、一旦王都に戻る事にするのだった。

「――それはマジですか坊ちゃん⁉」

ランドマークビル組事務所、もとい自宅に戻り、ビルの管理を任せているレンドに王都の闇組織について何か知っていないか聞いたら、第一声がそれだった。

レンドは冒険者を辞めた後、王都で商人として一旗揚げようと頑張っていたから、王都の表と裏を知っていても不思議ではない。

「闇組織については、知っていますが、まさか本拠地がマイスタの街にあったとは……。正直、良くも悪くも噂を聞かない街ですからね。それにマイスタの街まで行く理由がない。……てっきり自分はこの王都にあると思っていましたから盲点ですよ。にしても、よくそんな話聞けましたね。うーん……。意外に現地の街の人間の方がそういう秘密の情報についてしゃべっては駄目な事に疎いのかな……?」

レンドは重要な裏情報を簡単に漏らす地元民に呆れるのであった。

「あっちでは、当たり前の情報なのかも……。でも、人の流れが最低限あって、そこから普通情報が洩れるはずだから、それが無いということは人の流れが闇社会の関係者ばかりなのかもしれないね」

リューが、レンドに話しながら頭の中を整理していった。

「それにしても、まさかそんなヤバい街を与えられる事になるとは最悪ですね」

レンドが真剣な表情で唸るように言った。

「レンドには王都の闇組織の情報を何でもいいから教えてほしい。組織の大きさはもちろんどんな分野まで手を伸ばしているのか。噂話でもいいよ」

「……情報ですか？　王都でいくつかある組織の中でも一番でかい裏社会の首領ですね。でも、その組織の頭が誰なのかは知られていません。他にも悪い組織はありますが、『闇組織』は裏社会の組織としては別格です。自分が商人をやっていたころはショバ代をその『闇組織』から徴収されていました」

「レンドも被害者だったの⁉」

側で聞いていたリーンが驚いた。

レンドは商人としての才能は別だが、冒険者としては一流で、腕も立った過去があるのでそんな悪い組織の下っ端など相手にならないと思っていたから驚いたのだ。

「そういう組織の怖さは腕っぷしだけではないんだよ、リーンお嬢ちゃん。もちろん力にものを言わせる事もあるが、時にはその周囲の弱者を狙ってくるんだ。自分の腕に自信があっても、周囲を狙われたらどうしようもない。だからトラブルを避ける為にショバ代を払うんだ」

レンドが苦笑いして説明した。

「なんて卑怯な連中なの？　裏社会の連中って最低ね！」

リーンはレンドの話を聞いて憤慨した。

リューはその批判を聞いて自分の事ではないとわかっていても何となく反省するのであった。

「闇組織はそれこそ下っ端の自分のような商人から大きな商会まで影響力を持っていますよ。噂では一部の役人も買収されていると聞いた事があります。ランドマークビルがまだ狙われてないのは、ランドマーク家が貴族だから手を出して表沙汰になりたくないからでしょう。そういうリスクは裏社会の人間は鼻が利きますから」

「そんなに大きいの？　それだと潰すというのはほぼ不可能だね……」

リューはレンドの話を聞いて自分の中の案が一つ消える事になってため息を吐いた。

「坊ちゃん！　潰す気でいたんですか⁉　それをやろうとしたら、全面戦争ですよ！　ここの従業員も狙われかねないですから止めてください！」

レンドは責任者として、従業員を守る義務があるので反対するのであった。

「ははは……、全面戦争はやらないって。じゃあ、その闇組織の最大の資金源は何かな？」

「それはいっぱいありますが……。今、一番の稼ぎはやはり薬でしょう。高値で取引されている非合法なヤバい薬が裏で出回っていますが、闇組織がそれを一手に扱っていると聞いた事があります」

リューはそれを聞いて、穏便に済ませる気分ではなくなった。

前世でも薬には手を出さないという拘りがあったのだ。

それは若い頃、薬に手を出し駄目になった同僚組員を目の当たりにしていたからだ。それ以来、薬に手を出す事はご法度としていたのであった。

非合法な薬、駄目、絶対！

闇組織の存在を知ってから数日後。

マイスタの街が王家から正式にランドマーク子爵に引き渡され、そこの街長にリュー・ミナトミュラー騎士爵が就任する手続きも済んだ。

元々の街長は国で雇っていた現地人だったので、本人の希望もあり、ランドマーク家で再雇用し、リュー・ミナトミュラー騎士爵の街長代理として働いてもらう。

その説明も含めて、リューはリーンと共に、マイスタの街に就任日、初めて来たような素振りで訪れた。

馬車から降りてきたのがリューとリーンだったので、出迎えた男と側にいた使用人達は目を大きくして驚いているのがはっきりとわかった。

「――あ、失礼しました。私が、この街長、いえ、今回街長代理を務めさせてもらう事になったマルコと申します。――若いとは聞いていましたが、こんなに……とは思っておらず驚いてしまいました。申し訳ありません」

二人を出迎えた男、黒髪に黒い瞳、細目で口角が常に上がっているので微笑が絶えない人物にも見えたが、その細くて少しだけ覗く瞳でリューは確信した。

リューは前世でこのタイプを腐るほど見てきている。

この人は同業者だ。……あ、前世の自分、という意味で。

リューはこの街長代理が、闇組織におもねっているカタギの人物ではなく、闇組織側の人間だと判断した。

「いえ、驚かれるのも仕方がありません。僕もまだ、こんな事になって驚いているところなので……。この街のことは全く分からないので簡単に説明してもらっていいですか？」

「はい、では早速――」

街長代理のマルコがこの街の成り立ちや産業について簡単に説明する。

リューはあらかじめ学習して来ているので知っている事ばかりであったが、初めて聞くかのように感心し、頷いて見せる。

時折少しは頭が働くんだぞ、というところを見せる為に説明の合間に質問を挟む。

「――という事で、税も毎年きちんと納められる程度には安定しています」

「そうですか。ご説明ありがとうございます。マルコさんがしっかりした方のようで安心しました。僕は騎士爵になったとはいえ、まだ学生の身分なのでここには週末しか訪れる事は出来ません。勉強次第ではその週末も訪れる事ができるかどうか……。ですから、マルコさんには今後も代理として大部分をお任せする機会が多いと思いますが、よろしいでしょうか？」

リューはマルコを全く疑わずに信じている素振りをみせて聞いた。

「ええ、もちろんです。これまでも王家からこの街を任せられていましたので、問題なく管理する事ができると思います。ミナトミュラー騎士爵様には学業に専念してもらい、良い成績を残していただきたいですな」

マルコは笑顔でそう答えるとどこかほっとしたところを見せた。

そして、街長の邸宅にそのまま案内され、室内を見て回るとリューはその都度、説明を求め、マルコが答えるという形で時間が過ぎて行った。

「僕は学校に通う為に王都で過ごすので、こちらの邸宅は使えそうにありません。なので、マルコさんにここはお任せします。一応、週末は来るつもりなので、執務室だけは空けておいてください。それだけで十分です。今日は挨拶だけのつもりでしたが、長居してしまいました。それでは後をお願いしますね」

リューはそう言うと、リーンを連れて早々に馬車に乗り込み、街長邸を後にした。

リューが立ち去った後の街長邸内。

「……全く！　街長が若過ぎて焦ったぞ。まさか十二歳の子供とは！　ただの若い男なら女と酒をあてがい篭絡（ろうらく）すればよいと思っていたのだが……。あの歳で騎士爵になるという事はそれなりに頭も良く腕も立つのだろう。実際、的を射る質問も少しあったしな。だが、ほぼ私に任せるというからそれは良かった。これなら余計な事に気づかせる事なく、この街も今まで通り維持できるというものだ」

部下を相手に安堵の溜息をつくとマルコは続ける。

「連れていたエルフの従者、見た目から若くは見えるがあれの実年齢は四十五、六歳くらいだろう。きっと親であるランドマーク子爵が付けたに違いない。子供の方より、あっちに気を付けた方が良いだろうな。お前達も街長と従者がいる時は気を付けろよ」

「「はい！」」

部下達の返事が返ってくる時には、街長代理マルコの口元の微笑はすでに消えていた。

「リーンはどう見た？」

リューがリーンに街長代理の印象を聞いた。

「うーん。時間が短かったから何とも言えないわ。リューの質問もちょっと馬鹿っぽい質問ばかりだったから、その返答からは判断できないし。何か引っかかるの？」

リーンはマルコの印象について別段、悪い印象を持たなかったらしい。

何かと役に立つ能力を持つリーンの目も誤魔化すマルコ、やはり警戒が必要だろう。

「彼は、闇組織の中でもきっと上の方にいる人間な気がする。あの目には、裏社会で経験を重ねてきた者の冷たい光が宿っていたから」

「あの細い目ではどこを見ているかもわからなかったけど……。リューがそう言うなら気を付けるわ」

リーンは自分の目を細くして少しふざけると、リューの言葉に頷いて警戒する事を誓った。

「そうだ。そろそろ仕込んだものも王都に広がる頃かな」

リューはそう言うと意味ありげに微笑むのだった。

王都の裏社会では、数日の間にある噂が急速に広まり始めていた。

それは、王都の裏社会で最も勢力を持つ『闇組織』が、同じ王都の他の勢力グループの縄張りを狙っているというものだった。

それは特に真新しい情報ではなく常に囁かれている事であったが、その噂に加えて勢力グループの『上弦の闇』と『月下狼』のいくつかの縄張りが、正体不明の一団に襲われたのだ。

その直後にすぐ、勢力グループ同士の抗争という噂が両グループに流れた。

これに『上弦の闇』と『月下狼』は疑惑を抱いた。

相手を襲撃した覚えがない上に、噂が流れるのが早すぎる。

これは誰かが仕組んだのではないか？

そう考えた二つの勢力は、殺伐とした雰囲気ながらも会合を開き、お互い共に襲っていない事を確認した。

これはいよいよ、きな臭い感じがする。

そう考えたこの二つの勢力が何度か会合を開き、今後について話し合っていたところ、三つ目の最大勢力グループ『黒炎の羊』のリーダーが直接、『上弦の闇』と『月下狼』の会合場所に現れた。

その危険を冒して現れた理由が、『上弦の闇』と『月下狼』が同盟を組んで、『黒炎の羊』を潰す企みの為、会合を繰り返しているという情報を得たからだと言う。

『黒炎の羊』は、大勢力である『闇組織』という脅威があるのに、今、勢力グループ同士で争うのは危険だと、リーダー自ら説得しに訪れたのだった。

これには、『上弦の闇』、『月下狼』共に、糸を引いている者がいるのがわかった。

この三グループが王都では数少ない『闇組織』に対抗しうる勢力だ。

グループ同士、仲が良いとは言えず、小競り合いもよくあったが、大きな揉め事はこれまでほとんど無かった。

それを争わせ均衡を崩そうとしている者がいる。

自分は高みの見物で、その均衡が崩れたら得する者……。

「「『闇組織』以外にありえない……」」

三つのグループのリーダーがひとつの答えを思い浮かべたところに、報告があった。

「『黒炎の羊』の拠点が襲撃を受けて怪我人多数。情報では、敵は『上弦の闇』と『月下狼』の連合を名乗っていたそうです！」

「敵は、俺達が丁度、会合を開いているとは思っていなかったようだな！」

『上弦の闇』のリーダーである大柄な男は犯人が誰であるか確信して、立ち上がった。

「小細工が裏目に出たようね！」

『月下狼』のリーダーである頬に傷がある女性が、煙草を捨てて立ち上がる。

「お前さん達がここにいて一緒に会合をしている以上、やったのは誰か明白だな……！」

『黒炎の羊』のリーダーである初老の男が静かに怒りを見せると、二人に続いてゆっくり立ち上がった。

「「「『闇組織』が、仕掛けてきやがった！」」」

三勢力の意見が一致した瞬間だった。

「小細工を弄して俺達を争わせ、漁夫の利を得るつもりか！」

「舐められたものね、でかい組織だと思って調子に乗り過ぎたわ」

「……どうやら、意見は一致のようだな。ここに連合を組む事を提案する！」

「おうよ！　俺達の力を奴らに見せてやろうぜ！」

「「「おお！」」」

こうしてその場で三勢力の連合が出来上がった。

もちろん、『闇組織』に対抗する為のものである。

王都の裏社会は静かに危険な様相を呈してきたのであった。


「それにしても、うちの孫は恐ろしい事を考えたもんじゃのう。ははははっ！」

黒装束に身を包むリューの祖父カミーザが、その顔を覆う布を外しながら笑って言った。

「わははっ！　まさか裏社会の勢力同士を争わせる計略を考えるとはリューの坊ちゃんは末恐ろしいですな！」

同じく黒装束に身を包んだランドマーク領、領兵隊長のスーゴが、楽し気に笑う。

他にも黒装束に身を包んだ者達がいたが、それらはランドマークの領兵達であった。

カミーザとスーゴに鍛えられた精鋭達は、リューの考えた作戦の下、任務をこなしてランドマークビルの管理人レンドが用意した王都外れの隠れ家に集まっていた。

「おじいちゃん達ご苦労様です」

リューが、祖父達を労う為に現れた。

「死人は多分出とらんが、これでよかったのか？」

カミーザが、リューの作戦について成功の有無を確認した。

「裏社会の住人同士が争う方向に向かえば問題ありません。あとは『闇組織』の動向を監視して、次の策を練ります」

「なんじゃ、暴れ足りないんじゃがのう」

カミーザはウキウキしている。

「もし、三勢力が不利になったら助けて均衡を保ってください。それまでは、監視でお願いします」

リューは笑うと祖父カミーザを落ち着かせるのであった。


翌日の夜、王都にある『闇組織』の闇取引の拠点のひとつが、『黒炎の羊』、『上弦の闇』、『月下狼』の連合によって襲撃され、完全に潰された。

死傷者も『闇組織』側に数人出た。

連合はこうして、拠点の一つを破壊する事で、『闇組織』に対し、宣戦布告したのだ。

こうして今ここに、王都の裏社会を騒がせる仁義なき大抗争が、始まったのであった。

『闇組織』対『上弦の闇』、『月下狼』、『黒炎の羊』の三連合との抗争は静かに始まった。

すでに死傷者は出ていたが、その場に警備隊が駆けつけた時には、何も無く、被害を訴える者もいなければ、事件化のしようもない。

それに警備隊も上司から下手に関わるなと釘を刺されている。

だから、一切表沙汰になる事なく、両者の争いは水面下で行われていたのだった。

当事者同士も、この抗争で大騒ぎして国に介入されるとまずい事になるのはわかっていた。

お互い脛に傷を持っているので、相手が取り締まられる案件でも捜査に協力出来ようはずもなく、逆にこちらからも積極的に証拠を隠して自分達にも火の粉がかからないようにしていた。

そんなわけで、どんなに現場に大量の血の跡が残っていても、そこに死体は無く、さらには警備隊が公に動く理由になりそうな一般人の被害なども絶対に避け、もしもの場合は、すぐに買収していた。

普段なら脅してもいいのだが、今回はそんな手間はかけられない。

さっさと一般人は買収して静かにしてもらい、警備隊の介入の口実を無くすのであった。

だからお互い、一般人に被害が出ないように、事前に調べ上げていた相手の隠し拠点を襲撃して損害だけを確実に与えるという事に徹底していた。

だから、一般人も多い王都の通りなどで襲撃するという行為は以ての外だった。

お互いが相手に確実に損害を与えていく中、『闇組織』を監視し、情報を収集する集団がいた。

ミナトミュラー騎士爵率いる一団である。

ほぼランドマーク家の私兵だが、一応、ミナトミュラー騎士爵に助力している形だ。

リューはこの二つの大勢力を争わせる事で、双方の表から隠れている拠点を炙り出す事を目的にしていた。

普段、『闇組織』の拠点は一般に紛れてみつける事が難しいが、ここまで大きな騒ぎになれば普段から相手を警戒せずにはいられない。

警戒すれば人が動く。

人が動けば隠れていたものも浮き上がり、見えてくるものがある。

リューは『闇組織』を丸裸にする為に、徹底して争わせ、それを監視するのであった。

とても、姑息なやり方ではあったが、『闇組織』は、王都の裏社会の最大勢力だ。

三連合が束になってもまだ不利なぐらいの大きさだ。

そんな『闇組織』の勢いを封じるには、最大の収入源である違法な「薬」の元を叩きたい。

その為には炙り出す必要があるのだ、姑息であろうとも卑怯と言われようともこれが一番安全なやり方だと思っていた。

そして、勢いを封じたらマイスタの街での影響力を奪い、平和な街へと変えたかった。

理想を言えば、作られた当初の職人の街にしたいという希望がリューにはある。

ただし、『闇組織』を殲滅するとマイスタの街の経済への影響も心配される。

そこで、リューはもう一つ、考えている事があった。

それは、『闇組織』の乗っ取りである。

今のところ、ボスの顔どころか名前もわからないが、その人物を倒して『闇組織』を乗っ取り、そのシステムをマイスタの街に組み込んで、『闇組織』を潰した場合の経済への負担を軽くしたいのだ。

リューはそんな事を考えて、今後について祖父カミーザに相談したのだった。

「全くうちの孫ときたら……わはは！　──そこまで考えていたのか。どちらにせよ、ランドマークの領地内の事だ。出る杭は打たんとな」

と、納得してくれた。

父ファーザは当初難色を示したが自領の事なのでいつかはどうにかしないといけない問題なのは確かだ。

「いくらマイスタの街はお前に任せたとはいえ、そんな大掛かりな作戦を始めた後に報告しに来るとは……。はぁ……。もうやってしまったのは仕方がない、やるなら徹底してやれ」

リューの作戦を聞いてみれば、すでに動き出していたし、カミーザもスーゴも協力して動いていたので頷くしかないファーザであった。

そんなリューとリーンは、平日はもちろん学校に通っている。

まさか学校生活を満喫している十二歳の生徒が王都の裏社会をひっくり返そうとしているとは誰も思わないだろう。

それにまだ世間では、裏社会の大抗争は全く知られていないのが現状だ。

普通クラスの生徒が、

「最近、取引のある商売相手が突然、今後の取引をしばらくの間延期したいって言って来てさ。理由が別の取引先がしばらくの間、休業を宣言して流通が止まったかららしいんだよ。その商会の本店がマイスタって街にあるらしいのだけど、親父が困ってたな」

と何気ない事をぼやいているのがリューとリーンの耳に聞こえて来た。

あとでその商会の名前を聞いておこう。

こんなに早く影響が出るところは『闇組織』に近いはずだ。

今は、徹底して関係がありそうなところは調べ上げたい。

まだ、裏社会の出来事は誰も知らないが、表にもその影響は少しずつ出てきているのを実感するリューであった。


マイスタの街のとある屋敷。

暗がりの一室に四人の『闇組織』の幹部が集まって円卓を囲んでいた。

「どうなっていやがる！　俺達の王都の隠し拠点が次々と三連合に襲撃を受けているじゃないか！　どうして場所がバレている？」

「わからん。この時の為に奴ら、日頃から我々の情報を収集していたのかもしれねぇなぁ」

「そんな馬鹿な！　狙われている拠点はほとんど俺のところの『薬』関連の施設ばかりだぞ？　組

織の収入源として大きなところばかりやられているのは流石におかしいだろ⁉」

「まあ、落ち着け。奴らに先制されたとはいえ、こちらが本気を出せば、奴らも誰に喧嘩を売ったか理解し、後悔する事になるさ」

幹部の一人、マルコが宥めた。

「貴様は黙っていろ。この街の管理を任されているとはいえ、我々幹部の中では最弱の男じゃないか！　第一、どこかの地方貴族の息子にこの街の長を奪われる失態を犯しておいて、良く冷静でいられるな！　官吏を動かして未然に防ぐこともできたはずだろう！」

「くっ！　その話はすでに前回の会合で話しただろう⁉　この街をその貴族に下賜する選択をした官吏が国王の側近だったのだ。賄賂や脅しを下手にして国王の耳に入ったら、いくら我ら『闇組織』とはいえ、大きなダメージを受けざるを得ない。それならば、新領主を篭絡した方が安全だと決まったではないか！」

幹部中最弱の男と称されたマイスタの街長代理マルコは、蒸し返された事に反論した。

「はっ！　その篭絡も、相手が子供過ぎてとん挫していると聞いたが？」

幹部の一人は鼻を鳴らして馬鹿にすると、痛いところを指摘した。

「相手は十二歳の子供でまだ学校に通っている。だからこちらにも週に一度、休みの日にしか来ないから何とでもなる！　それに今、部下をやって周囲を調査させている、その結果が出たら、弱みを握ってあとはどうとでもなるさ！　それより、今は被害状況と反撃について会合が持たれているのではなかったのか？」

マルコはこれ以上自分の事で嫌味を言われたくなかったので、逸れた話を元に戻した。

「――ふん！　……ボスはこちらからも持っている情報を駆使して相手の拠点を徹底して潰せと言っている。そして、多少の被害が出てもいいから、場合によっては、敵のグループのボスの一人を暗殺してでも勢いを挫けという事だ」

「あら、使い捨ての刺客を出せって事かい？　アタシのところの若い衆は娼婦達の用心棒には向いていても暗殺に不向きさね」

暗がりで初めて口を開いた女性と思われる幹部が、難色を示した。

「その手の汚れ仕事は、あんたの仕事だろう、ルッチ。日頃から王都のごろつきを束ねているんだ。使い捨ての一人や二人どうにでもなるだろう？」

マルコがルッチを責める。

「馬鹿野郎！　使い捨てレベルの奴が敵のボスの一人を簡単に暗殺できるとでも思っているのか？　失敗すれば次は警戒され、もっと難しくなるんだぞ。最弱は黙っていろ！　それにルッチじゃない、ルッチさんだ」

ルッチと呼ばれた男は唾を地面に吐くとマルコを威圧した。

「なんなら、うちの兵隊に情報入手を怠った責任を全部押し付けて、刺客の役をやらせようかい？冒険者崩れの腕利きも混ざっているし、マイスタの住民でもない外様だからこっちの懐も痛まねぇ」

「そうだ、てめぇのとこの情報はどうなってやがる？　最近、商売の情報ばかりで裏の情報収集を怠っていたんじゃないか、ノストラ？」

ルッチがもう一人の幹部、ノストラに矛先を変えた。

「おいおい。うちは基本、表と裏の商売の情報とそれを使った商いで稼ぐ事が担当で、奴らの監視は専門外なんだけどなぁ。それを承知でうちの兵隊どもに責任を強引に押し付けて動かそうとしているんだから感謝してほしいもんだ。荒事と組織の一番の稼ぎである『薬』の扱いは、全てあんたのところが担当だぜ、無茶は言わないでほしいなぁ」

ノストラは肩を竦めると、ルッチの追及を躱してやり返した。

「……くっ。――わかった。それじゃあ、お前のところの冒険者崩れを使って、三人のボスの誰かを始末しろ。俺は反撃に備えてごろつきどもを編成し直す、お前らも兵隊を出せ、ボスは早い解決をお望みだ」

ルッチはそう言って立ち上がると、薄暗い部屋から一足先に出て行く。

「やれやれ。ルッチは頭も悪くないし腕っぷしもあるのに血の気が多過ぎていけねぇ。マルコ、あんたも絡まれて災難だったなぁ。……で、新しい街長は大丈夫なのかい？　聞けば、あの『コーヒー』で名を売り始めているランドマーク子爵ってところの三男らしいが？」

ノストラが、長い付き合いのマルコに同情して話を振った。

「子供の割には頭が切れそうだが、所詮子供さ。ランドマーク子爵も、所詮、地方の新興貴族。ここまでのし上がるのに、必ずどこかで手を汚しているはずだからな。いくらでも弱みは出てくるだろうから大丈夫さ。なんなら、ランドマークを潰してその『コーヒー』の商売の権利、そっちに丸々移譲させるように取り計らおうか」

「お、それはありがたいねぇ。貴族達の間では評判になってきているから、気になっていたんだよ。その時はよろしく頼むよ」

ノストラはマルコに感謝すると部屋を出て行く。

「今回はアタシのところには旨味が無い会合だったねぇ。仕方ない、今日は誰か強請って金を搾り取り、憂さ晴らしでもするさね」

女幹部はそう言うと部屋を出て行く。

「……抗争の真っ只中だというのに……これでいいのか？」

マルコは、まとまりの無い幹部連中を見送って一人、愚痴を漏らすのであった。


平日の夕方、リューとリーンが学校からランドマークビルの自宅に帰ってくると、ビルの管理を任されているレンドが丁度、自宅の玄関前に訪れていた。

家の中に一緒に入るとそこには祖父カミーザ、領兵隊隊長のスーゴもいる。

「戻ったかリュー、リーン。レンドも来たか、そこに座れ」

祖父カミーザとスーゴは、リューの帰りを待っていたのか、声をかけると一緒に入って来たレンドにも着席を促した。

そう言えば、レンドは祖父カミーザを恩人と言っていた。

どうやら、祖父カミーザに頭が上がらないのか腰を低くして会釈すると着席した。

「……領主であるファーザは領内の事があるからそっちに専念してもらって、こっちはこっちでやるとするかの。――それでじゃが、リューの睨んだ通り、街長代理のマルコはどうやら『闇組織』の幹部の一人だったようじゃ。言われた通り監視しておったら、代理としていくつか会合を開いていたんじゃが、その中に妙な組み合わせの会合があってのう。それがどうやら『闇組織』の幹部会合だったと見ている」

「妙な組み合わせですか？」

リューが聞き返す。

「ああ。一人はマイスタの街の農業ギルド会長の男、もう一人はマイスタの街を拠点に金貸しを生業にしている女、最後が商業ギルドの組合員じゃ。今はそこまでしか確認が取れておらんが、街長代理が会合するには奇妙じゃろ。一人だけ商業ギルドの平の組合員が混じっとる。絶対とは言えんが少なくとも何か企んどると見て、な。一人一人ワシが遠めから確認してみたが、どいつもこいつもただならぬ雰囲気を持っとったわ。わはは！」

祖父カミーザがその目で確認したのなら、十中八九当たりだろう。

自分の目でも確認したいところだが、それは今度にしよう。

「その中にボスはいると思う？　おじいちゃん」

リューは一番重要な事を確認した。

「ワシが見た限りだと、どいつも大組織のボスを務める感じはしなかったのう。どちらかといったら、小物感を出しつつそれなりの雰囲気を出しているマルコという男の方がまだ、ボスには向いてそうじゃったが、『闇組織』の規模を考えると、ちと力不足じゃな」

「自分もそう思います、リュー坊ちゃん。大物感を出しているのは農業ギルドの会長を務めるルッチという男でしたが、あれはボスが務まるほどの器は感じませんでしたね。腕っぷしで成り上がった感じでしょう。金貸しの女、ルチーナは裏の人間の雰囲気をかなり漂わせていましたが、ボスという感じではないです。気になったのは商業ギルドの平組合員のノストラ、こいつは飄々とした雰囲気を漂わせる細面の男ですが、あれはかなりのやり手と見ました。ですがボスという感じはないですね」

スーゴが祖父カミーザの説明を引き継いで詳しく観察内容を話してくれた。

「そうなると、ボスは相当慎重なのかもしれない。幹部は幹部で見張って、まだ知られていない拠点を暴きつつ、ボスの存在を炙り出してください。僕は僕で街長としての仕事の為に、また週末マイスタの街を訪れるので、リーンと一緒に探ってみます」

リューはそう言うと、『闇組織』と、三連合の抗争についての報告に移った。

「坊ちゃんの言う通り、どちらとも慎重に、だが確実に相手の急所をとらえようと相手の重要拠点を狙っています。両者ともその為に拠点を急いで移動させてバレないようにしていますが、我々にはバレているので、また、抗争を長引かせる為にもどちらともに情報を流しますか？」

リューのやり方に慣れてきた管理人レンドが質問した。

「『闇組織』は、まだまだ元気でしょうから、流すのは三連合の方だけにしておきましょう。『闇組織』の方が多少不利なところまで追い込めば、ボスの影も見えてくるかもしれないですし」

「了解しました、ところで最近、このビルにも監視が付いておりましたので、カミーザ殿が排除したのですが、良かったでしょうか？」

　管理人レンドは頷くと次の問題を口にした。

「排除とは言いがかりじゃぞ？　ワシはこっちを監視していた連中をちと少し痛い目に合わせて脅しただけじゃ。だから今、こうして集まっておられるんじゃぞ？　正当防衛じゃわい」

　祖父カミーザは当然とばかりに胸を張った。

「ははは……おじいちゃん。それ過剰防衛だから……。まあ、多分、僕の周辺の情報を集めているのだと思うけど、みんな気を付けてください」

「リューの弱みを握るのが狙いだろうから、最初に狙われるのは私ね！」

　リーンが謎の自信を見せて楽しそうに言った。

「ははは！　だからリーンも気を付けてね。幸いここからランドマーク領は遠いから大丈夫だと思うけど、家族が狙われたら僕も嫌だから」

　リューは、笑って答えると、気を引き締め直すのであった。


　王都の裏社会で抗争が静かに行われている頃。

　最近、新聞配達の少年や、ちょっとした食料品の配達をする若者などが奇妙な乗り物に乗って道を疾走する姿を王都内で見かけるようになっていた。

　王都の民達はその奇妙な、両足で支えないとすぐにも倒れてしまいそうな二輪の乗り物を文字通り奇異な目で見ていた。

若者達は必死に地面を蹴ってスピードを出すと勢いに乗ってバランスを取り、道を滑走して行く。見ている者にとってはよくあれで倒れないものだ、と思うのだが、見慣れてくるととても便利なものに見えてきた。

後ろには荷台が付いていて、配達の若者達はそこに商品を積んで軽やかに走って行く。徒歩で重そうに運んでいた時とはまるで違う。

毎日、ミルクを買っている商人が、乗っている子供に興味本位で聞いてみると、最初は転んだがコツを掴むと歩くより便利だという。

確かに見ている限り、勢いに乗れば歩くより断然速いし楽そうだ。

どこで買ったのかと聞くと、無料で借りているのだという。

「無料で⁉　色んなところで最近乗っている若者を見かけるが、もしかしてみんな無料で借りているのかい？」

「うん、無料貸し出し期間中だからね。期間中は無料で借りられるよ。貸してくれた人が言うには、乗ってみて今後も使用したかったら、安く貸し出しも検討するよって言っていた」

「無料でこんな珍しい物を……。返却せず盗む者もいるんじゃないか？」

「貸し出す時に職場や自分の名前、住所を聞かれるんだ。盗んだりしたら今働いている仕事を失う事になるから、そんな事はしないよ！」

「……なるほど。ちゃんと働いている者にしか貸していないのか。――ところで、君。この乗り物は何と言うもので、どこで借りたんだい？」

商人は子供から情報を引き出すのに必死だ。

子供も流石にそれがわかったのだろう、人差し指と親指で輪っかを作ってみせた。

「しっかりしている子だ。わかった、ほらよ」

商人は銅貨を数枚子供に渡した。

「毎度あり！　……この商品名は『二輪車』だよ。最初『キックバイク』？　って、言っていたのだけど、よくわからないってみんな言っていたら『二輪車』に変更するって。あと、これを扱っているところは、王都内に数か所あって商会名はランドマークだよ。『二輪車貸出店』って大きな看板が出ているからすぐわかると思うよ」

子供は銅貨を受け取って満面の笑顔で答えると、次の配達があるからと、その子供が言う『二輪車』に乗ってあっという間に走り去っていくのであった。

「……また、ランドマークか。あそこは地方の新興貴族だと聞くが、上手い商売しやがる。うちもあやかりたいもんだ」

商人の男は、走り去った二輪車の子供の後ろ姿を見送ると、朝の棚卸しの為に店内に引っ込むのであった。


場所は、ランドマーク組事務所――

「――という事で、坊ちゃんの作戦で『二輪車』の知名度は上がりつつあります。それと、その『二輪車』を借りた者から盗むという事案が数件ありました、ですが『二輪車』自体が珍しいのですぐに犯人を見つけ出し、きっちり焼きを入れておきました」

『二輪車貸出店』の管理業務を任せている領兵隊長スーゴの元部下で、レンドの下についている男はカタギとは思えない強面の男であったが、見た目通りの怖い報告をリューにした。

「ありがとうギン。盗人にかける情はないからね。誰の物に手を出したのかキッチリわからせる事が出来ればそれでいいよ」

リューはギンの報告に頷く。

すると一緒に報告会に参加しているレンドが肝心な事を聞いた。

「それにしてもリュー坊ちゃん。無料貸し出し期間が過ぎて有料になったら、ちょっと心配なんですが。借りる奴がいなくなる恐れがありませんか？」

レンドは、王都内に先行投資で数軒作った『二輪車貸出店』の投資分が回収できるか心配したのだった。

「レンド、人は一度便利な生活を知ると、それを手放すのは難しくなるものだよ。貸出料は安く設定しているからこれからもその便利さから借りる人は必ずいるさ。それに『二輪車貸出店』は、『二輪車』の知名度が上がるまでの繋ぎだからね。本命はあくまでも『二輪車』の販売業務だから、『二輪車貸出店』はそのまま販売店と兼務していく事になると思うよ」

リューは先を見通した考えをお披露目した。

本当は、当初、販売一本のつもりだったリューであったが、現在、開発中の『自転車』の心臓部分であるチェーン問題が解決したらそちらにシフトしていくつもりでいたので、販売する事に心が痛んだのだ。

将来、自転車が出るとわかっているのに半端な『二輪車』を売っていいものかと。

だから、最初、売り出す時に試乗会をして販売するつもりであった『二輪車』を、まずは、無料で貸し出して認知度を上げ、その後有料で貸し出し、それでも欲しい人には販売するという方法に切り替えたのであった。

本番は、チェーンが商品化に耐えうる品質になった後の『自転車』で勝負だ。

その為にも現在、街長を任されているマイスタの街に製造拠点を準備し、運営できる体制を作らないといけない。

そう考えるとまだまだ、道のりは遠そうだと思うリューであった。


学校の無い休日のとある屋敷。

リューはいつも通りマイスタの街に街長としての仕事をする為に、訪れていた。

もちろん、傍にはリーンが付いている。

訪れているのは、マイスタの街の職人を独自にまとめている男の屋敷である。

その長は、左目に眼帯をしていて左手の小指が無い男だった。

ぼさぼさの茶色の髪型に、同じく茶色の瞳、背は大きく逞しい。

一見するとカタギと言うよりは裏社会の人間に見える。

「それで、新しい街長が何の用ですかい？」

ぶっきらぼうな言葉遣いで新たな支配者にも媚びを売る気はなさそうだ。

「単刀直入に言うと、あなたはこの街の職人達の信頼が厚いと聞きました。そこで折り入ってお話があります」

リューは、目の前のこの男、ランスキーに用件を切り出すのであった。

「──実は、この地の新しい領主でもあり、我が寄り親であるランドマーク家は王都で事業を展開しています。ただ現在、製造拠点は自領に有る為、このマイスタの街にも製造拠点を作り、ここから王都に商品を卸したいと思っています。そこで、職人を独自にまとめているランスキーさんに職人達を紹介してほしいんです」

「それは、この街の職人に仕事をくれるって事かい？」

「ええ、僕はミナトミュラー騎士爵である前に、ランドマーク家の人間ですので製造について一任されています。ですからちゃんと仕事を保証できる立場なのでご安心ください」

「……あんた、街長なら自分の屋敷に俺を呼び出して、命令すればいいいんじゃないのか？」

ランスキーは美味い話に食いついて来ない。

「……それでは、あなたは首を縦に振らないでしょ。元街長であるマルコにそうしたように」

「……地方から来た貴族にしちゃ、情報通みたいだな、坊ちゃん。この話はマルコの野郎から聞いたのか？」

ランスキーはリューを見る目を鋭くすると、威圧してきた。

「そんなわけないでしょ。彼に相談したら今頃、自分の息のかかった職人のところに案内されていますよ」

　リューはランスキーの威圧をものともせず、ちらっとこの街の内部事情を披露してみせた。

「……ほう。マルコが何者か知っているみたいな口調だな」

「ええ、あなたほどではないですが、街長代理マルコの所属している組織とあなたが犬猿の仲だと言う事くらいは知っています」

「知っていて、うちに話を持ち込んでくるとは、頭がイカれているな、あんた」

　ランスキーは目の前の子供、リューを坊ちゃんからあんたに言い換えた。

「あなたが以前はその組織の幹部として所属していて、他の幹部と揉めて抜けた事でその目と、その指を失った事も聞いています。その為、この街でも少し生きづらい状況だとか。あなたに付いて来た職人の為にも、僕やランドマーク家の為にも契約してもらえたら助かります」

「……そこまで知っていてうちの職人達と契約を結ぼうとかあんた正気か？　あんたがどうなろうが俺の知ったこっちゃないが、うちと組めば組織の連中が黙ってないぞ？」

「あははっ。それはないですよ。だって今、それどころじゃないみたいですから」

　リューはランスキーの警告を笑い飛ばした。

「驚いた……。そんな情報まで掴んでいるのか……。確かに今は組織の連中も、うちやあんたに構っている場合じゃない。だが、組織はデカい。すぐに敵を壊滅させてさらにでかくなり、圧力をかけてくるぞ」

　ランスキーは改めて警告した。

「それはどうなるかわかりませんよ。聞けば相手の方々は善戦して互角に渡り合っているとか。今後どうなるかはわかりませんが、職人のみなさんには手を出させないようにミナトミュラーの名にかけて守ってみせます」

リューは、誓いを立てようとした。

「自分の身は自分で守るさ。俺達職人はそうやって生き残ってきた。相手が元身内であってもだ。俺が言いたいのはあんたとその家族だ。奴らと揉めたらタダじゃすまないぞ？」

ランスキーはリューの申し出を断ると、逆にリューを心配した。

「揉めるつもりは基本、ありませんよ。今日は〝ランスキーさんの希望で面会して契約を結ぶに至った〟そういう話でお願いします」

「は？　……それは別に構わんが、街長代理のマルコが黙っていないだろ？　あんたの弱みを握ってあれこれ圧力掛けてくる可能性は高いぞ」

ランスキーは目の前の子供の曲者ぶりに呆れながらも三度目の警告をする。

「それもご心配なく。うちも自分の身は自分で守ります。——そうだ！　この後時間がおありでしたら、職人さん達のいる現場を案内してください。技術面の確認もしたいですし」

リューもランスキーの心配をよそに仕事の話を進める。

「……別に構わんが、うちの職人達の技術は一級品だぞ？　元々マイスタの街は——」

ランスキーはこの街の由来について話し始めようとする。

その話を耳にタコが出来る程聞いているので現場に行く事を促すリューであった。

リューはマイスタの街の職人を取り纏めるランスキーの案内で現場に赴き、直接職人達と話して回った。

ランスキーの仲介とリューがこの街の街長である貴族である事から、職人達は表向きだろうが快く応じてくれた。

リューは『器用貧乏』スキルで元々鍛冶師の適正があり、真似事程度なら出来たところに、ゴクドースキルの能力、『限界突破』で鍛冶師としての腕も確かなところまで高めている。

職人は職人を知る。

リューは職人達もビックリの、現場の知識と技術を披露した事で、あっという間に頑固な者が多い職人達のハートを射抜いたのだった。

こうして、早速リューはマイスタの街に製造拠点を持つ事に成功し、王都に供給する道筋を作ったのだった。

リューはランスキー達と現場で別れるとリーンと二人、街長邸に赴いた。

すでにお昼を回っているので、二人を迎えたマルコは、「今日も朝から来られると思っていましたが、学業の方がやはり大変ですか?」と、軽く皮肉を言ってきた。

勉強との両立が大変ならこっちにわざわざ来なくてもいいぞ、という事だ。

「今日は直接、面会して契約を取ってきたので遅くなりました」

リューはその軽いジャブのような皮肉には反応せずに、こちらからも軽くけん制してみせた。

「……面会に契約ですか？」

マルコは不審な面持ちで聞き返す。

「ええ。職人をまとめているという方が面会を〝求めて来た〟ので会いに行きまして、その方と意気投合して、その勢いでランドマーク製品の製造契約を結んで来ました」

「え？　──そのような話を私は聞いておりませんが？　ちなみに面会相手というのはどこの誰でしょうか？」

「えっと……リーン、名前なんて言ったっけ？」

「ランスキー代表よ。口は悪いけど、感じは悪くなかったわね」

リーンはリューがとぼけた芝居を始めていたので付き合う事にした。

「ランスキー⁉　奴はこの街の厄介者です！　そのような奴の手下達と契約を結ぶなどミナトミュラー騎士爵の名に傷が付きますぞ⁉　悪い事は申しません、契約は破棄した方がよろしいかと。職人がご入用でしたら私が知っている職人達を紹介しますよ」

「会って話しましたが、良い人でしたよ？　紹介してもらった職人さん達も技術は確かでしたし。彼らならランドマークの製品作りに大いに貢献してもらえると思いました。それにミナトミュラーの名は、誰も知らない名。傷など付きようはずもありません」

「……くっ！　ですが、ミナトミュラー騎士爵様の寄り親、ランドマーク子爵家は今や王都でも名が知られてきているとか……。ランドマークの名にも傷が付く事になります。それに、そのような大口の契約、ランスキーなどにやるのはこちらの損……」

マルコは、思わぬ展開に慌て、口を滑らせた。

「どちらの損なのですか？　与力であるミナトミュラー騎士爵家としては寄り親のランドマーク家の利益は我が家の利益です。あなたの言う損とは誰の損なのですか？」

リューが何も知らないけど気になるー！　というような表情でマルコに言い寄る。

「あ、いや……。もちろん、街長であられるミナトミュラー家と、寄り親であるランドマーク家ですよ！　……えー、そ、そう！　札付きの悪党であるランスキーとの契約は信用できません。愚の骨頂です！　あんな奴に大口の契約を与えるなど、ルッチが何を言うか……」

「なるほど、ランスキーと契約を結んだ僕は愚の骨頂ですか」

「あ……。いやいや、それは言葉の綾というものでして……」

マルコは泥沼にハマったようにぼろが出ていく。

「それとルッチとは誰ですか？　あ、聞いた覚えが……。あ、そうそう、確かこの街で農業ギルド長を務めている方ですね。仲が良いのですか？」

リューはまた、無垢な顔をして好奇心で聞いていますよ？　という顔をしてマルコを問い詰める。

「いいえ！　あくまで同業……ではなく、仕事柄会う機会が多いだけでして……」

「でも、変ですね？　農業ギルド長が畑違いの職人関係の契約に口を出すのですか？」

「違います！　ランスキーと農業ギルド長ルッチは仲が悪いので文句が出るという話で……」

マルコは最早、嘘をついて誤魔化す事も出来なくなってきた。

「なるほど、マルコ殿はルッチ殿を贔屓にしているからランスキー代表を悪く言っているのですね。それは困ったなぁ。どちらかに肩入れして仕事をされているとなると、僕もマルコさんの扱いを考えなくてはいけません」

「ち、違いますから！　ランスキーはごろつきでマイスタの街の病巣なのです！　ルッチ殿はこの街に多大な貢献をしているギルド長、比べようが……」

「なるほど、つまり話をまとめると、僕の見立てが間違いで、そんな僕の行為は愚の骨頂だという事ですね」

「いえ、そのような事は！」

「ははは。冗談ですよ。ですが、僕はランスキー代表という方を気に入りましたので契約は破棄しません。書類はこちらで整えますので、マルコさんは普段通りお仕事をお願いしますね」

リューはそう言うとリーンと共に、執務室に入って行く。

「……リュー、やり過ぎよ」

リーンが、小声でリューの耳元で呟く。

「ははは。ちょっとからかい過ぎたね。でも、これでマルコはこれ以上反対できないでしょ。後から色々準備してきて反論されるよりは、今のうちに話を通しておいて良かったじゃない」

リューは小さい声でそう答えるとクスクスと笑うのであった。

職人をまとめるランスキーと手を結んで数日後、リューの元に国からある許可が下りた。

それは、マイスタの街から王都までの道の整備許可である。

国側はこの時期に予算は割けないと渋っていたのだが、こちら側で負担するので道の整備許可だけを願い出ていたのだ。

王都までの道である。

途中までは自領なので道は引けるが（というか途中まではすでにリューとリーンが道を引いている）王都と周辺は王家直轄地、許可を取らない事には勝手に道を整備するわけにもいかなかったのだ。

マイスタの街までの道は正直放置されて長い間整備されていないので、不便極まりないくらいに荒れていた。

リューとしてはせっかく近いのだから便を良くしておくに越した事はない。

許可が下りて、早速リューとリーンは、ランスキーと職人達にもお願いして道の整備にあたるのであった。


「これは驚いた。うちの街長は、鍛冶に詳しいからただの子供じゃないと思っていたが、魔法にも造詣が深いらしい。あっという間に街道顔負けの道が出来て行きやがる！」

ランスキーが感嘆する中、リューが一度、土魔法を唱えると、ドミノが倒れるように地面が波打ちながら石畳の道が出来て行くのだ。

文字通り魔法の力であっという間であった。

そして、リューの従者として付いているリーンも反対側から同じように土魔法で道を作り、職人達の度肝を抜く。

「これでは職人を名乗る俺達の名が廃る！　土魔法が得意な奴ら、エルフの嬢ちゃんに負けないように石畳を作るんだ！　細かいところは他の職人が整えるから、スピードを重視しろ！」

「「「おう！」」」

職人達はリューとリーン程ではないにしろ、職人のプライドをかけて王都までの道を急ピッチで作って行くのであった。

いくら、王都からマイスタの街までが馬車で一時間ほどの道のりとはいえその距離は何キロにもわたる。

通常なら何日もかけて作るところだが、あらかじめマイスタ領内の道はすでにリューとリーンが作っていた事、そして、王都までの間をそのリューとリーン、そして今回は石工職人達も参加していた事でわずか半日足らずで整備し終えたのであった。

「……まさか半日でやっちまうとは……な」

ランスキーは魔力回復ポーションを飲んで魔力の回復を行っているリューとリーンを傍らで見ながら、こいつは本当にマイスタの街の救世主かもしれない、と期待に心を躍らせるのであった。

「今回は短かったから楽勝だったね」

「そうね、それに、職人さん達も中々良い働きしていたわよ」

リューとリーンの会話を聞いていたランスキーは
え？　これが楽勝な作業なのか⁉　と、内心度肝を抜かれるのであった。

そして、次の瞬間、「ミナトミュラー騎士爵殿！　俺をあなたの部下に取り立ててください！」と、自然にその言葉がランスキーの口から洩れていた。

そう自分で言って、びっくりするランスキーであったが、それと同時にこの人にならけいていける、命を預けられると納得する自分もいた。

「急にどうしたんですか⁉　もう、ランスキーさんとは契約結んでいますよ？」

リューは突然のランスキーの言葉に意味を飲み込めず、聞き返した。

「そういう事じゃないんです。俺は騎士爵殿になら仕えてもいいと思いました。いや、仕えさせてほしいんです。あなたがマイスタの街を変えてくれるかもしれないと思えたから、自分の勘に従いたい」

ランスキーは自然に正座をすると頭を下げていた。

「……ランスキーさん。頭を上げてください。僕としてもマイスタの街を変えたいと思っています。そして、その為には信用できる部下が沢山欲しい。ランスキーさんはその信用できる部下になってくれますか？」

リューはランスキーの真剣な眼差しに真面目に答える事にした。

「もちろんです。身命をかけてお仕えさせていただきます！」

ランスキーはまっすぐにリューを見つめて誓うのであった。

そのランスキーの姿に職人達は呆気にとられていたが、誰と言わず、みなが次々とランスキーに倣い、地面に正座してリューに頭を下げた。

「……わかりました。みなさん僕が面倒をみます。これからはみなさん、ミナトミュラー騎士爵家の家族です。僕が親であり、みなさんは僕の子供です。僕の父親はみなさんの大親分になります。これからはそう思って付いて来てください」

「「「へい！」」」

夕陽を背に、ランスキーと職人達はリューへの忠誠を誓うのであった。

若ですが何か？

ランドマークビルの前には、朝早くから物々しい雰囲気の黒塗りの馬車が綺麗に四台並んで止まっていた。

リューとリーンを学校まで送迎しようとランスキーと部下達が黒一色に統一した服を着て整列している。

前世の極道映画にある、組長の出迎えシーンのようだった。

「リュー、あれが昨日報告してくれたランスキーとその職人達か？」

父ファーザが、五階の窓から下を眺めてリューに聞いた。

「あはは……。お父さんにもあとで紹介しておくね。うちのミナトミュラー家の家族だから」

リューは苦笑いして答えるのであった。

父ファーザとリュー、リーンの三人で下りて行くと、ランスキーがみんなを代表して朝の挨拶をする。

「若、リーンの姐さん、おはようございます！　そして、大親分、初めまして。俺は若の下で子分になる事になりましたランスキーと申します。この命ある限り、若の下、ランドマーク家に忠義を尽くす所存です！」

完全に前世の極道映画状態だ。

父ファーザも戸惑っていたが、リューの報告通り、信用は出来そうだと思ったのだろう、「うちの子はしっかりしているが、まだ十二歳だ。お前達が上手く盛り立ててくれよ」と、ランスキー達にお願いするのだった。

「もちろんです！　若を盛り立て、命を懸けてお守りします！」

ランスキーが頭を下げると、部下達も揃って頭を下げる。

「……それはいいけど、ランスキー。朝からこの規模で、家の前に押しかけられるとカタギのみなさんが勘違いするから、送迎はしなくていいよ？」

リューは、一番肝心の事を注意した。

「しかし、若！　ミナトミュラー家の看板はまだ、新興なので舐められやすいかと。やはり、最初が肝心、学園の生徒にはっきりとわからせるのが重要かと……」

ランスキーはリューの事を思っての事らしい。

元々『闇組織』の幹部の一人だったので、そういう事に敏感なのだろう。

自分の主が舐められる事が嫌なのだ。

「さっきも言ったけど、カタギのみなさんが勘違いするから止めなさいって。ランスキーには後でお願いするつもりだったけど、表と裏の顔はちゃんと使い分けてね」

裏と言っている時点で何かやる気なのは確かなリューであったが、ランスキーが暴走しないように注意するのであった。

「……わかりました。若の言葉は絶対です。……じゃあ、途中までは？」

一旦、承諾するランスキーであったが、チラッとリューの顔色を窺ってダメ元で提案する。

「だから、駄目。みんなはランドマーク製の商品の生産に今は集中してください」

リューがそうランスキーに厳命するとランスキーは残念そうにした。

「それに、その恰好はどうしたの？」

リューは黒一色に統一された服装を指摘した。

「これはうちの仕立屋の職人に作らせました。若が目立つように俺達は地味な黒が一番良いだろうとランスキー達みんなで話し合って考えたらしい。

「……ははは。逆に目立っているから止めてね？」

リューの言葉に、がっかりするランスキーと部下達であった。

そして、その部下達にランスキーは、「マイスタの街に帰るぞ」と言って馬車に乗り込む。

「じゃあみんな、週末にまたそっち行くから生産ライン、言った通りにちゃんと整えておいてね」

「「「へい！」」」

リューの言葉にランスキーと部下達は返事して帰って行くのであった。

「……良い奴らそうだが、腕の方も大丈夫なんだな？」

ファーザは苦笑いしてそう聞くと、続けて「いや、この件はマイスタの街長であるリューに任せているから、私の口から言う事じゃないな、頼んだぞリュー」と、隣のリューの頭を撫でると、ビルに引き返していく。

そこには従業員達が興味本位で階下のリュー達を眺めていたので、「みんな開店時間にはまだだが、色々と支度はあるはずだぞ。大丈夫なんだろうな？」と、父ファーザが言うと、みんな慌てて忙しく朝の支度に戻るのであった。

「……それにしても、リーンは姐さんになっていたね」

リューは笑ってリーンをちょっとからかってみた。

「リューがオヤブンなら、その従者である私は右腕的存在だから、ゴクドー用語でのワカガシラがいいんだろうけど……。リューが若って呼ばれているから、私は姐さんが妥当じゃない？」

リーンはリューから聞いているゴクドー用語を持ち出して説明する。

自分では姐さんと呼ばれる事に抵抗は無いようだ。

「それならいいんだけどね」

リーンが柔軟に適応している事に、感心して頷くリューであった。

ランドマークビル前でのちょっとした騒ぎがあったが、ランスキーとその部下達はミナトミュラー家が抱える職人としてその力を存分に発揮した。

『乗用馬車一号シリーズ』を始めとし、各車の生産もリューの指導の下、すぐにコツを掴んで作り始めた。

こうして街のあちこちで鍛冶屋の鉄を打つ音が鳴り響き、活気ある声がそれに花を添えた。

鍛冶屋だけではない。

道の舗装で火が付いた石工職人は城壁の補修に乗り出し、ついでにと、近所の修繕が必要な家々も屋根職人達と一緒に直して回る。

他の職人達もリューの役に立ちたい一心で、リューが学校のある日は、手間をかけさせまいとランドマークビルにランスキーと職人の代表者数名が赴き、リューの帰宅と同時に、ランドマーク家の職人達と一緒にビル事務所で会議を行った。

マイスタの職人達はまず、ランドマークビルの作りに感心した。

そう、リューが設計し一晩で作った鉄筋入りのビルである。

リューがそれを教えると職人達は驚き、「さすが若だ！」と、絶賛する。

中に鉄を入れるという発想がそもそもなかったのだ。

そこで、ランスキーから提案があった。

「若、それならば建設関係の商会を作りませんか？　若の発想のこの作りで、今までせいぜい二階建てや三階建てが主流だった王都の建設業界にも新風が巻き起こりますよ。我々がその第一歩になりましょう！」

これにはリューも驚いた。

そっち方面の事は全く考えていなかったのだ。

「あ、もちろん。このランドマークビルより高い建物を作る気はありません。四階建てまでにしましょう」

これにはリューも苦笑いだったが、当分の間はこの技術を真似される事はないものの、念の為商業ギルドに登録しておこうとリューは考えるのだった。


会議の間、仕立屋の代表は自分の出番がないまま会議が終盤に差し掛かろうとしていたので焦っていた。

一時は職人達の黒服を仕立てて面目躍如を果たしたが、親分であるリューに却下されてしまった。

ここで、何か提案をして仕立屋代表としてアピールしたいのだが、何も思い浮かばないのであった。

そこへリューが、「そうだ、建設関係の商会を作るなら制服が必要だね。あと、作業服のつなぎも欲しいなぁ」と、思い付きを口にした。

「「「制服に、ツナギ？」」」

ランスキーや職人達はリューの聞き慣れぬ言葉に「？」が頭に浮かんだ。

「そう、うちの商会の人間だと一目でわかる為の統一した服だよ。そして、作業時にはみんなが着るつなぎ。動きやすいよ」

リューが簡単な説明をした。

「なるほど。若の立ち上げる商会をアピールする為のものですね！　つなぎの方はよくわかりませんが――おい、仕立屋代表。格好いい制服と『つなぎ』を作れるか？」

ランスキーが、端っこで小さくなっている仕立屋に話を振った。

出番がなかった仕立屋代表は自分の出番が来た事に表情を明るくすると、「も、もちろんです！　若、その制服と『つなぎ』について詳しく教えてください！」と前のめりになりながら、今日一番の出番に力が入るのであった。


こうして、マイスタの街に火が灯ったのであった。

これには『闇組織』に所属する職人達もそわそわし始めた。

元々ランスキーは職人達の頭的な存在であったが、非合法な薬の生産販売で力を付けた今のボスと、直属の部下であるルッチが台頭してきたので、そりが合わなくなり衝突、その折にランスキーは左目を失い、『闇組織』を抜ける代償として職人の命である小指を一本落としたのだ。

その時にランスキーを慕う手下である職人達も一緒に抜けたのだが、今後の生活の事を考え残った職人も少なくない。

マイスタの街にとって、『闇組織』は絶対なのだ。

子供の頃から、この街のシンボルとして、当然の如く所属して活動してきた者がほとんどだ。

だが、現在、『闇組織』における職人達の扱いはそれほど良くない。

以前の職人達は『闇組織』の創立に関わっていたので尊敬の対象であったが、『闇組織』の収入の中心が非合法の薬になってからは、それが農業ギルド長ルッチとその周囲に移ろうとしていた。

そこに、ランスキーの脱退でいよいよ職人の立場は弱くなっていったのだ。

『闇組織』によって守られていた職人の街が、『闇組織』によって斜陽を迎えていた。

時代の移り変わりと言われれば仕方がなかったのだが、ここにきて街長が『闇組織』の幹部であるマルコから、地方から来た新興貴族の子供に代わった。

これだけでも驚きなのに、死に体同然だったランスキー一派の職人達に急に活気が戻り始めた。

いや、戻り始めたどころか、勢いに乗って商会の立ち上げまでするという。

今や『闇組織』の仕事が本職で、職人としての仕事が仮初めの姿になりつつあった職人連中は羨望の眼差しでランスキー一派に視線を送るのであった。


リューが私生活で忙しくしている中、王立学園では生徒会選挙の期間に入ろうとしていた。

リュー達隅っこグループには関係がない行事のようにも思えたが、王女の特別クラスである。

一年生の票をまとめるのに王女の取り巻きグループが中心になって動いていた為、クラス内は慌ただしくなっていた。

うちのクラスは、二年生の四天王グループ代表であるジョーイ・ナランデール先輩を支持する事になっている。

他の普通クラスにおいても王女クラスの取り巻きグループと王女自身が休み時間や昼休みに回って演説した事で、二年生のナランデール先輩に支持が集まりつつあった。

あとはもう一つの特別クラスだが、このクラスは表面上、イバル・エラインダーの取り巻きであったマキダール侯爵の子息が、イバルに取って代わりリーダーに納まっている。

だが、ちゃんとまとまっているとは言えないようで、時折このマキダールの陰口が王女クラスにも聞こえてきていた。

「マキダール君は、良くも悪くも今の貴族の典型を形にしているね」

リューが噂から感想を漏らした。

「まあ、大人だったらあれが普通だろうけどな。貴族として持つ者の責任と、それに伴う優遇で庶民とは違うと考えているんだろう。この学校では平等を謳って改革も行われたのに、特別クラスはそのままだから、自分達が特別なのは変わらないと思っているんだよ」

ランスが、呆れたように首を振る。

「他の生徒達は以前より開放的な雰囲気に慣れてきたのにマキダールはイバルがいなくなって違う意味で開放的になっているな」

ナジンがシズと一緒にリュー達の元に来て指摘した。

「……最近のマキダール君はかなり偉そう」

シズが何かあったのか小さい声で不満を漏らす。

「ああ、シズの言う通り、王女殿下に敵対する態度こそ取ってないけど、一つの勢力を作ろうとしている感じだ。でも、うまくいってないみたいだけどな」

ナジンがシズの言いたい事を付け足した。

「他の一年生は王女殿下の下にまとまる感じだから、あのクラスだけ浮きそうね」

リーンが感じた事をそのまま口にした。

「あのクラスの他の生徒もいい迷惑だろうな。イバルがいなくなって雰囲気良くなると思っていただろうに、次はマキダールだからな」

ランスが今度は他の生徒に同情して首を振る。

「イバル君は無期限停学処分から、クラスに戻ったらどうなるんだろうね」

リューが心配するような口調で言った。

「おいおい、イバルに同情しているのか？　アイツは自業自得だぜ。まぁ、トーリッターの操り人形になっていたところはあるから、そこは同情するけどさ。……確かに嫌なやつだったけど廃嫡される噂が最近、本当に広まり始めているから大変だろうな」

ランスは一旦イバルを批判する姿勢を見せたが、彼の今後を考えると同情的になった。

「うちの方でも、廃嫡の話が聞こえてきているよ。何でも派閥傘下の貴族の養子に出されるんじゃないかって話もある」

ナジンが親から聞いたのか驚くような情報を提供してきた。

「……！　それは流石にないんじゃない？」

リューは自分がきっかけで転落人生を歩む事になるのかもしれないイバルが心配になってきた。

「それ、俺も聞いたよ。エラインダー公爵が相当怒っているらしいぜ、例のアレ。兵器の出処が判明して公爵の部下の数名と、軍部の関係者数名、イバルの教育係の一人であった公爵の腹心が、内密に処刑されたってさ。それで、イバルは廃嫡だけでなく、他所に養子に出されるって聞いたぜ、本当にただの根も葉もない噂だと思っていたけどナジンの耳にも入っているのか……」

ランスは相変わらず情報通なところを見せた。

「未だ退学の話は出ていないから、あのイバルって子は、この学校に戻るつもりでいるのかもね」

リーンが、驚くような指摘をした。

確かに、イバルの自主退学の話は未だに聞かない。

本当なら、自主退学して噂に備えてもいいようなものだ。

「この学校で一番エラインダー公爵家の内情に詳しいのは今回の生徒会選挙に出馬するギレール・アタマン先輩だろうけど」

ナジンが話を少し選挙関係に戻した。

「……先輩のお兄さんが、イバル君の教育係の一人なんだよね？」

「そういう事。例のアレには関わってなかったのか、処分された中に名前は出てきてないみたいだ。それらの一部始終を近くで見て来た人間になるだろうからギレール先輩も何かしら話は聞いているとは思うんだけどな。イバルが廃嫡となると先輩のお兄さん、教育係の仕事はクビか」

ナジンは話しながら神妙な面持ちでリューを見る。

「え？　という事は僕のせい!?」

イバル廃嫡のきっかけ作りになったのは確かなのでリューはナジンの視線に合点した。

「リューのせいではないけれど、逆恨みされる可能性はあるかもしれないから気に留めておいた方がいいだろうな」

ナジンが忠告した。

「だな」

ランスも頷く。

「……気を付けてね、リュー君」

シズも同情的な表情で励ます。

「リュー、大丈夫よ。私が守るから」

と、恨まれるのが決定したかのように話すリーン。

がーん！

「そんな……。僕が目の敵にされるのが決定事項みたいに言わないでよ！」

仲間の言葉にリューは慌ててツッコミを入れるのであった。

王立学園の次期生徒会選挙がついに始まろうとしていた。

二年生のジョーイ・ナランデールが正式に生徒会長候補として出馬が決定。

それと同時に、王女殿下が一年生を代表して支持を表明した。

これには、学園中がどよめいた。

もう、選挙とは関係なく就職活動が活発化する四年生もこの情報には驚いた。

「おいおい、慣例では三年生の特別クラスの成績優秀者が次期生徒会長のはずじゃないのか？」

「別に絶対ではないみたいだぜ？」

「これで負けたら、出馬する三年は大恥だな」

「流石にそれはないだろ。恒例の当て馬が同じ三年からじゃなく二年生から出るだけだろ？」

「馬鹿、何聞いていたんだよ。一年生の王女殿下がその当て馬を支持するって事は、全体票の約三分の二が二年生の立候補者に流れるかもしれないって事だぞ！」

最早、他人事である四年生でもこの騒ぎである。

そうなれば、特に三年生は、騒がずにはいられない。

みんな同級生の成績トップである特別クラスのエリート、ギレール・アタマンが選挙期間に入る前から選挙の出馬を早々に表明していたので、慣例通り、ギレールが生徒会長に内定していると思っていたのだ。

だからあとは、毎年恒例の誰を当て馬に出馬させるかで盛り上がっていた。

二年生が出馬する噂はあったが、みな、今年の当て馬は二年生の生徒か、というくらいにしか思っていなかったのだから、一年生の王女殿下がそのどこの誰だかわからない二年生の支持を表明した事に、驚かずにはいられなかった。

そして、当の次期生徒会長の予定であったギレール・アタマンは顔を真っ赤にして怒っていた。

「王女殿下を生徒会役員に指名するつもりでいたのに、この仕打ちはなんなのだ！　本当に二年生のどこの誰だかわからない奴を支持しているのか⁉」

ギレールは、特別クラスで、取り巻きに確認した。

「さっき先生からも確認しました。『エリザベス第三王女殿下は二年生のジョーイ・ナランデールを支持すると声明があった』だそうです。一年生の大部分は王女殿下の声明発表に伴い、これを支持しているそうです」

「なっ……！　くそっ！　――大部分という事は俺の支持に回った一年生もいるのか？」

ギレールは瞬間的にカッとなり物にあたりそうになったものの、踏み止まり落ち着いて聞いた。

「王女殿下の特別クラスとは別の元イバル・エラインダークラスは、ギレールさんを支持するそうです」

「……そうか。元エラインダークラスはこっちか！　今のそのクラスをまとめているのは？」

「マキダール侯爵の子息だそうです」

「それならばよく知っている。エラインダー公爵派閥の一人で、うちの親とも親しい間柄だ。そのマキダールに一年生の普通クラスの票を切り崩すように言っておけ。普通クラスの連中はエラインダー公爵の影響力が大きいのがわかっている者は多いだろう。イバル様があんな不幸な出来事に巻き込まれたのも王女クラスの生徒のせいだし……。その辺りを強調して王女殿下の支持には疑問があると噂を流すんだ！」

ギレールの中では、イバル・エラインダーの無期限停学は不当なものだと思っていた。

そして、そこまで追い詰められる事になったのは、新興貴族の三男坊の悪知恵に落とし入れられたからだと思っていた。

イバルの教育係をしている兄からは、イバルが聡明で、才能に溢れた嫡男であると聞いている。

それだけに、無期限の停学処分になったイバルが一番の被害者であると思っていたから、一年生は王女殿下の権威の前にそれが言えず大人しくしているのだと勘違いをしていた。

リュー・ランドマークにしても、成績優秀者ではあるが、下級貴族である以上、公爵家の嫡男を無期限停学処分に陥れた罪は大きい。

余程、悪辣な人物に違いないのだ！

もちろん、ギレールの分析は元からずれていた。

それは尊敬する兄の言葉を信じているからで、そんな兄が褒めるイバル・エラインダーを貶めた事になっているリュー・ランドマークが、ただの巻き込まれただけの被害者であり、そのリューがまさか一年生の間ではすでにちょっとしたヒーロー扱いをされているとは夢にも思わないのであった。


「……寒気がするのだけど」

リューは何か感じたのか教室の隅っこでみんなと話している最中に身震いした。

「それ、以前もイバルに絡まれる前に言ってなかった？」

リーンが前回を思い出して言う。

「止めてよ、リーン。不吉な事言わないで……。流石にもう、僕に絡んでくる人はいないから……いないよね？」

リューは苦笑いすると否定するのであったが、イバル絡みで恨みを買われている可能性を思い出し、それを口にはしないが否定してみるのであった。

生徒会選挙期間に入って三日目の昼休み。

普通クラスの男子生徒代表が王女クラス教室にやってきて、深刻な顔つきで、ある名前を指名した。

「ランドマーク君に、お話があります！」

ちなみに、リューはすでに爵位を持つ当主としてミナトミュラーに家名を変更していたのだが、普通クラスはおろか、王女クラス内でも名前が変わった事を知っているのは隅っこグループの仲間と、王女、担任くらいであり、誰も家名で呼んでくれない為、知られる事がなかった。

その為、せっかく一年生の間で有名になっていたリューは、まだ旧家名であるランドマークの三男扱いであった。

「あ、普通クラスのオリジール君だよね。この際だから言っておくけど僕の家名は、もうランドマークではなく、ミナトミ――」

教室の出入り口に近づきながらリューは自分の新たな家名をアピールしようとした。

「自己紹介は良いよ、ランドマーク君の事は有名で知っているから！　それよりも大変なんだ！

直接、王女殿下に声をかけるわけにはいかないから君に報告して間接的に王女殿下に伝えてほしいのだけど……。普通クラスの生徒達にマキダール君の特別クラスから、ギレール・アタマン先輩に投票するように圧力がかかっているんだよ！」

普通クラスの生徒、オリジールはリューの話を遮ると用件を伝えた。

……それって、特別クラスで一番話しかけやすい僕に王女殿下への伝言をしに来ただけだよね？

これでも僕、前例がほとんどない十二歳の爵位持ちだよ？　意外と凄いと思うんだけど……。

リューは心の中で愚痴をこぼして泣きながら、応対する。

「……それ、具体的にはどういう事かな？」

「僕のところだと、親の商会の取引相手に手を引かせるぞ、とか。隣のクラスだと社交界デビューできなくすると脅された下級貴族の子女もいるよ。そして、言うんだ。『そうなりたくなかったらクラスの他の連中にもアタマン先輩に投票するように言っとけ』って。それに、まるで王女殿下が普通クラスのみんなに圧力をかけているような言い種だったよ」

オリジールは、心配そうに王女殿下の方をチラチラ見ながらリューに報告する。

「……なるほど。マキダール君はギレール・アタマン先輩支持に回ったって事だね。――大丈夫。マキダール君の脅しはただのハッタリだよ。彼にそんな力があるなら当の昔に偉くなっているよ。もし、次も来たら……。――王女殿下、どうしましょうか？」

リューは教室の中央の王女殿下に直接声をかけた。

オリジールと、リューの会話は、すでに教室内の生徒達には筒抜けであった。

オリジールの声が大きいからであったが、みんなに聞こえている以上、二度手間を避けてリューは勇気を出して、直接王女殿下に声をかける事にしたのだった。

「……その時は私が直接話を伺うと言っていたとマキダール君に伝えてもらって構わないですよ。リュー・ランドマーク君。いえ、あなた自身が騎士爵を得て家名が変わっていましたね。リュー・ミナトミュラー君、お手を煩わせました」

王女殿下は席から立ちあがると教室のみんなに伝わるようにそう告げた。

「……え？　ランドマーク君、騎士爵を貰って家名変わったの!?」

「――という事は十二歳でもう当主なのか!?」

「……じゃあ、この教室では王女殿下の次に偉いって事じゃない？」

「確かに……。俺達は、親が偉い貴族とはいえ、まだ爵位なんて貰ってないからな……。たかが騎士爵でも、今の地位はこの教室で二番目だ……」

教室がざわめく中、普通クラス代表で来たオリジール（伯爵家の七男）は、自分に失礼があった事に気づくと、「す、すみません！　まさか騎士爵位をすでにお持ちとは知らず、失礼しました！」と、リューから距離を取ると頭を下げた。

「……あはは、いいよ、別に。みんな知らなかった事だし、この学園ではそういうのは無しでしょ？」

またも、王女殿下に助けられた形のリューであった。

王女殿下には、イバル君との事でもどうやら動いてもらったみたいだし、テストのダンスでも助けられたから、今回の事も含めて何かお礼をしないといけないな……。

リューがそう考えていると、オリジールは再度リューに謝り、慌てて教室を出て行くのであった。

「リュー・ランドマーク君、じゃない、ミナト……ミュラー君？　か。ただ者ではないと思っていたがその歳で一家を立てるとは思っていた通り、凄い人物だよ」

「ホントそうね。私が知っている者でも十二歳で爵位持ちはいないわよ」

王女クラスの貴族の子息子女達は、学年一位の成績とはいえ、クラスのピラミッド的なヒエラルキーでは一番下と思われていたリューが実はすでに爵位持ちの立場である事がわかると手のひら返しするのであった。

とは言え、彼らもいずれ大貴族である。

王女殿下の手前、現在の立場を弁えてリューを立てているだけではあったが……。

どちらにせよ、この日を境にリュー・ランドマークから、リュー・ミナトミュラーの名前も一年生の間で浸透していくのであった。


生徒会選挙活動期間五日目。


翌日が投票日という事で、学園内の慌ただしさはピークを迎えようとしていた。

リューと隅っこグループはこの期間、王女殿下が休憩時間を返上して動いている中、クラスで協力姿勢を見せていないという事で、白い目で見られつつあった。

だから、自分はともかく、ランス達も浮いてしまうのは良くないと思ったリューは王女殿下に直接協力を申し出る事にした。

「殿下、僕達にも出来る事はありますか？」

「……うーん。——そうだわ。隣の特別クラスのマキダール君がまだ、普通クラスの生徒相手に良くない活動をしているみたいだから、それを止めてもらえたらみんなの役にも立てていいかもしれない。……どうかしら？」

王女殿下の提案は何気にハードルが高いものだったが、「……わかりました。早速行ってきますね」とリューは頷くとその足で隣の特別クラスに向かった。

王女殿下の取り巻きは、難題を突き付けられたにも拘らず、簡単に承諾したリューを呆然と見送る。

リーンもその後に付いて行った。

「マキダール君、ちょっといいかな？」

リューはマキダール特別クラスに直接乗り込むと、教室でクラスメイトを叱りつけている本人に声をかけた。

「なんだ⁉　あ、お前はランドマーク！　何しに来た！」

マキダールは敵意剥き出しだ。

「君達、ギレール・アタマン先輩の支持に回っているみたいだけどそれでいいの？」

リューが神妙な面持ちでクラスの全員に聞こえるように言う。

「ど、どういう意味だ……！」

マキダールが意味を測りかねて語調を少し抑えて聞いた。

「僕達はまだ、一年生だよね。あちらのギレール・アタマン先輩は三年生。確かに二つ上で偉いし、天才の呼び声も高い人だけど、すぐ卒業だよね。その後みんなはどうする気？　残りの三年間、王女殿下に反抗したクラスとして後ろ指さされながら学園生活を送る気かい？」

「だ、誰を支持しようが自由だろ！」

「もちろん、選挙は誰に投票しようが自由なんだけど、君達の場合、王女殿下が他の生徒に無理強いしているなんて出鱈目を吹き込んだり、三年生に投票するように脅したりしているじゃない。みんな王女殿下の耳に入っているよ？　王女殿下は寛容な方だけど、その周囲の僕達はそうは見てないよ。普通クラスの生徒達も君達の事を快く思っていない生徒は多い。そんな中で、残りの学園生活をどんな風に送るつもりなのか心配なんだよ」

リューは温和な態度で優しく脅しをかけていた。

「……お、脅す気か⁉」

マキダールは食い下がる。

「脅す？　違う、違う！　君達の事を心配して忠告しているだけだよ？　残りの学園生活、王女殿下との間に波風を立てて生活するとか、僕なら考えられないと思ったのさ。それに想像してみなよ、卒業後の事。王女殿下の次は王家に睨まれる事になるんだよ？　そんな中、この国で安泰に生きていけるのかな、いくら派閥に入っていても王家に睨まれるような人物を派閥も積極的に守ってくれるのかな？　僕なら、厄介払いするなぁ」

リューは学園生活のみならず、社会に出た後の現実問題についてマキダールとその周囲に理解出来るように説明した。

これには教室がざわつき出した。

「……確かに、マキダールさんの言う通りにしていたら今後、俺達も王家から睨まれる事になるんじゃないか？」

「エラインダー様もいないのに、何に義理立てして王女殿下を敵に回す必要があるんだ？」

「そうだよ。まだ、学園生活も長いのに王女殿下に盾突いて過ごすなんてまずいだろ」

マキダールの命令に従っていた他の生徒達も言われるがままやっていたが、リューの言葉で現実に引き戻された。

「お前達、惑わされるな！　こいつのただの妄言だぞ！」

マキダールの否定こそが妄言のようなものだったが、本人はとにかく否定して自分にみんなを従わせないといけなかった。

「マキダール君。それとも君は王家に何か含むところがあるのかな？　そうなってくると、学生の問題どころではなくなってくると思うのだけど」

リューはここで、クラスの全員がマキダールの言動に疑問を持たせるように言った。

「ち、違う！　そんな気は毛頭ない！」

「でも、王女殿下を貶めるような噂を流しているよね。これ以上否定されると僕も庇いきれないなぁ」

リューはマキダールを庇う気も庇った事もなかったが、まるで味方のように言う。

「お、俺は、アタマン先輩に一年生の票の取りまとめを頼まれただけなんだ！　噂も先輩に言われた通りにしただけなんだよ！　王女殿下にはその辺りの事をしっかり説明してくれ！」

心理的に追い詰められたマキダールは目の前の唯一の味方？　にすがりついた。

「そうか！　マキダール君も被害者なんだね。それにクラスのみんなも大変だったね。僕から王女殿下にはちゃんと説明しておくよ。これが投票日の前日で良かった……。これがその後だったら君達を庇う事が出来なかったよ」

まるで王女殿下からマキダールクラスを必死に守ってきたかのようにリューは言うとマキダールの肩を軽く叩いて続けて言った。

「これからの学園生活もこれで快適に送れそうだね！」

リューは笑顔でそう言うと背後で呆れているリーンにだけ見えるようにVサインをするのであった。

「……心理的に追い込むとか流石に怖いわよ」

リーンが背後でボソッとリューにだけ聞こえるようにツッコミを入れるのであった。


生徒会選挙投票当日。

二年生のジョーイ・ナランデールと、三年生のギレール・アタマンの一騎打ちになったこの選挙は、体育館での全校集会で演説合戦が行われた。

そこで優位にたったのは三年生のギレール・アタマンであった。

さすがにこの日の為の準備は万端で、天才と言われるだけあり、その演説は堂々として理路整然と展開した。

対するジョーイ・ナランデールは緊張のあまり、途中で頭が真っ白になると言葉に詰まり、用意した原稿を見直す事態になった。

その為、三年生のギレール・アタマンは勝利を確信した。

全校集会が終わると生徒達は各教室に戻り、投票に移る。

演説合戦では圧倒的にギレール・アタマン優位であったので、どのくらい票が流れるかが今回の目玉になりそうな予感であった。

票は各学年の選挙管理委員が回収し、教師立会いの下、開票作業が行われる。

王女の取り巻きがその作業を遠巻きに監視して、各クラスの結果が出ると教室に駆けこんで生徒に報告する。

——結果。

一年生票の九割がジョーイ・ナランデール、残りの一割は無効票が半分で残りがギレール・アタマンであった。

二年生票は、団結力を見せてほぼ全ての票がジョーイ・ナランデールに入っていて、ごく一部の数票は無効票であった。

そして、三年生票、ここはギレール・アタマンの独壇場である。

……はずだった。

なんと、ギレール・アタマンに投票したのは四割で、残りはジョーイ・ナランデールに票が流れていたのだった。

そう、投票結果は、圧倒的な差でジョーイ・ナランデールの勝利であった！

「くそっ！　なぜ三年生の票が六割もあちらに流れているんだ！　それに一年生はマキダールに任せていたはずだぞ！　何で数票分しかこちらに入っていないんだ！」

いつもならカッとなっても我慢するギレールであったがこの時ばかりは、恥辱に顔を真っ赤にし、周囲に当たり散らすのであった。

リュー達の特別教室では――

「王女殿下、おめでとうございます！」

「流石殿下のご威光です、見事に大勝ですね！」

「偉そうに次期生徒会長を名乗ってこの教室に来たのに、この投票差は痛快です！」

王女の取り巻き連中は拍手をすると王女を讃えるのであった。

「リューのあれが効いたわね。あのおかげで一年生の票も完全に二年生の先輩に流れたわ」

リーンが痛快とばかりに喜んで自分の主を讃えた。

「でも、圧勝だと禍根を残しそうだなぁ。アタマン先輩、王女殿下を恨まなきゃいいけど」

「リュー、本気でそれ言っているのか？　恨まれるとしたら、一年生の票を全て王女殿下支持に回したお前だぜ？」

ランスが笑ってリューの肩を叩く。

「なんでさ！　僕はマキダール君達の分の票を削ったくらいだから！」

「マキダールは元、エラインダー派の取り巻きだ。その影響力は流石に多少あったんだよ。まあ、マキダール本人が思った以上に最低だったからそんなに支持を集められてなかったかもしれないが、アタマン先輩はそうは思ってないだろう」

ナジンがリューの思い違いを訂正した。

確かにギレール・アタマンはエラインダー派の影響力は大きいと踏んでいたので、一年生票は沢山流れてくると考えていた。

それが、リューのマキダール説得で流れは完全に変わってしまったのだ。

その上に、二年生の団結力が凄かったのも大きい。

ジョーイ・ナランデールが言っていた通り、二年生は元々王女殿下支持派だったのでその王女殿下が支持表明したジョーイに全て票が集まったのだ。

それらの結果、思わず同情したくなるのが、三年生票だ。

これも王女殿下の支持表明が大きかった。

それと、ギレールの人望の無さであろう。

特別クラスの生徒と、その影響下にある生徒はギレールに投票しても、大半の普通生徒は天才である事を鼻にかけ、普段から身分の差を口にするこの男を快くは思っていなかったのだ。

そこに、王女殿下が二年生の立候補生徒を支持表明した。

これでは、表向きは表情に出さないものの、入れる相手はもう、一人しかいなかった。

王女殿下の良い評判は最近一年生の間から聞こえてきていたから、その王女殿下が支持する二年生の方が、まだマシだと判断した者が続出したのであった。

特別クラスの貴族は貴族至上主義であり、この学園の慣習に従い優秀な成績のギレールを選んだが、他の生徒はそうはいかなかったのだった。

「今度はギレール・アタマン先輩に!?　そんなに恨まれている暇ないのになぁ……」

リューはため息を吐く。

「リューが王女殿下の代わりに恨みを買ったのなら恩が一つ返せたと思いな」

ランスが笑って指摘する。

エラインダー、トーリッターの件で王女殿下がリューの為に裏で動いてくれた事を聞きつけたランスが教えてくれた。

だから、王女殿下には沢山の借りがある。

「そうだね……。そう思うとこれは恩返しが一つ出来たと思っておこう！　……でも、恨まれるのは重くない？」

切り替えるリューであったが、やはり恨みを買うというのは嫌なのであった。

『闇組織』の幹部達は、『上弦の闇』『月下狼』『黒炎の羊』による三連合の思った以上の抵抗に苦虫を噛み潰したような面持ちになっていた。

予定では、最初の反撃で大ダメージを与えて降伏させ、今頃、こちら側の傘下に入れる話し合いが行われるはずだった。

だが、その反撃がことごとく失敗したのだから、その手はずを整えた中心人物のルッチは特に不機嫌であった。

まず、敵の一角であり最大グループである『黒炎の羊』のボスの暗殺計画が実行された。

潜んでいる場所も金をばら撒いて調べ上げ、外出時間もわかっていた。

だから、出てきたところを冒険者崩れの腕利きに襲撃させて、仕留める手はずであった。

だが、冒険者崩れは襲撃寸前で雲隠れした。

そこで急遽王都のごろつき数人を代役で用意したのだが、敵は襲撃を察知して影武者を用意しており、全員見事に返り討ちに遭った。

そして、反撃の狼煙になるはずだった『黒炎の羊』のボス暗殺は未遂のまま、他のグループ襲撃も開始されたのだが、こちらもどこからか情報が漏れており、返り討ちに遭うのだった。

散々の結果に、『闇組織』幹部会合はルッチが一人恥をかく羽目になった。

「そもそも、ノストラのところの冒険者崩れが雲隠れしたのが原因だぞ⁉」

「おいおい、そりゃないなぁ。その男の負債はあんたのところが肩代わりした時点で責任者はルッチ、あんただよなぁ？　こっちはもう関係ないって。逃げられたのはあんたが何かその男に言ったんじゃないか？　多少の事でビビるような奴じゃなかったよ、その冒険者崩れはさぁ」

ノストラはルッチの怒りをひらりと躱すと反撃する。

「――それに襲撃が明らかに奴らに漏れていたぞ！　影武者を立てるわ、兵隊を周囲に伏せているわ、完全にこちらの襲撃情報を知っていた反応だ。まさかこの中に情報を漏らした奴がいるんじゃないか⁉」

ルッチの怒りは収まらず、幹部にそれは向けられた。

「ちょっと止めるさね。アタイ達はあんたが襲撃するのは知っていたさ。でもね、細かい事なんてあんたからは何一つ聞かされてないよ？　そんな状態でどうやってあっちに情報を漏らすっていうのさ。冗談も休み休みにしな！」

　女幹部ルチーナがルッチに怯む事無く怒気をはらませて言い返した。

「……ぐぬぬ。では俺の兵隊に裏切り者がいるとでもいうのか！」

　ルッチはなお怒りを抑えず、ぶちまける。

「声を抑えろ、ルッチ。いくらこの部屋が防音でも、そう魔物みたいなデカい声で吠えられたら外に聞こえちまう。それにお前のところの兵隊は、金をばら撒いて集めたごろつきが中心だろう？このマイスタの街の連中ならともかく、よそのごろつき連中なら口の軽い奴が混ざっていてもおかしくないだろ」

　マルコがルッチの最近のやり方を暗に非難しながら指摘した。

　ルッチはマイスタの住人よりも、王都のごろつきの方が使い易いと重宝し始めていると噂になっているのだ。

『闇組織』はこのマイスタの連中が中心の組織だ。

　それを蔑ろにし始めているルッチにマルコは反感を持っていた。

「……くそっ！」

　ルッチは言い返せず、机を強く叩く。

　そして続けた。

「……こうなったら小細工はなしだ。大枚をはたいてごろつきを大量に集めて大々的に正面から奴らを叩き潰す！」

「止めときな。それをやると収拾がつかなくなって王都の警備兵や騎士団が駆けつけちまう。そうなったら奴らを潰すどころか『闇組織』が国から潰されちまうだろうよ」

ノストラが止めに入った。

「そうさね。そんな事をしたら、一巻の終わりさ。ボスも流石にあんたを庇えなくなるよルッチ」

ルチーナがボスの存在を出してルッチに自制を促した。

「こっちが圧倒的に体力はあるんだ。消耗戦になればこっちが必ず勝つ。今は我慢した方が良いぜ？」

マルコが冷静に戦況を分析した。

「……うるせい！　最弱は黙っていろ！　──とにかく圧倒的に被害が出ているのは俺の縄張りなんだ。俺は好きにやらせてもらう……。それが嫌なら、お前らもちっとは手伝わねぇか！」

ルッチがまた、力に任せて机を叩いて他の幹部を威嚇する。

「……はぁ。あんたが今回の抗争、仕切るって言いだしたんじゃないか。別にいいさね。うちの用心棒連中も暇しているからたまには仕事させるさ」

女幹部ルチーナが重い腰を上げた。

「仕方ない……。うちはそんなに数は出せないが、こんな時の為の処理をさせている兵隊がいるからそれを動かすよ」

ノストラもため息交じりに兵を動かす事を約束する。

それに対してマルコは沈黙する。

ルッチ達の視線がマルコに集中した。

「――おいおい！　街長の時ならともかく、今は街長代理だぞ、俺は？　さすがにその状態で領兵を動かしたら、いくら街長がガキだと言ってもすぐバレちまう！　それに最近、街長はランスキーの野郎と仕事で契約を結んで親しくなっているんだ。今、目立つと厄介な事になる！」

「ランスキーだと⁉」

ルッチがランスキーの名前に強く反応した。

「何で奴の名が出てきやがる⁉」

ルッチがマルコに噛みついた。

「奴が街長に接触してきたらしい。今じゃ奴とその手下達はランドマーク子爵が経営する商会の商品の製造を任されているようだ。今はそれしか知らん」

「くそ！　こんな時に！　――マルコ！　貴様のところは兵隊を出さなくていい。だがランスキーをどうにかしろ！　奴が息を吹き返すと厄介な事になる！」

ルッチは歯噛みしながら天敵であるランスキーの勢いが戻る事を恐れるのであった。


『闇組織』の幹部達が本格的に動き出すと、形勢はあっという間に『闇組織』側に傾く事になった。

『上弦の闇』『月下狼』『黒炎の羊』の三連合はすぐに窮地に陥った。

そんな中の、とある新月の夜。

『上弦の闇』グループは『闇組織』の組織だった兵隊の襲撃を受け、危うく『上弦の闇』のボスも命を失うところであった。

しかし、突然現れた灰色装束の一団にギリギリのところで命を救われた。

襲撃した『闇組織』の兵隊はこの灰色装束の一団に逆に反撃されて大打撃を受けると、残りの者は逃げ散った。

「大丈夫かお前ら？　ワシらが偶然来なかったら死んどったぞ？」

一団のリーダーと思われる男がそう言うとボスの男の腕を掴んで立たせる。

「た、助かった……。お前らは一体どこの連中だ？　やはり黒炎の爺さんのところの兵隊か？」

「なわけあるか。ワシらはお前らのところに情報を流してやっとる情報屋じゃわい。今回はタダにしとくが、次はお金を用意しとけよ、こっちもタダ働きはしたくないからのう」

一団のリーダーは尤もらしい事を言った。

だが、『上弦の闇』のボスの腰にあったお金の入った袋に気づくとそれを取り上げ、「やはり、今、もらっておくかの」と言って立ち去るのであった。

「……一体何者なんだ、あいつらは。……ともかく助かった。——お前ら、警備兵が来る前に死体をさっさと片付けろ！　急げ！　今、介入されたら厄介だ！」

ボスの男は動ける者を集めると急いで隠ぺいを始めるのであった。

三連合の『月下狼』も、襲撃を受けたが、灰色装束の一団に救われていた。

「なんだ、少し期待したが、そこまでは強くなかったな。わははっ！」

一団を率いていると思われるがっちり体型の男は笑った。

「あ、あんた達は、一体何者だい？」

現場に兵隊を率いて駆けつけた『月下狼』の女ボスは、目の前の一団に救われた事に感謝したが、どこの者かわからず困惑した。

「俺達は情報屋だ。いつも情報を買ってもらっているからな。今回は格安にしておくぞ？　わははっ！」

「……そうかい。怪しいがうちのもんが助かったのも確かだ。それに私らが怪しいなんて言うのも筋違いだね。——誰か、礼金をこの人らに渡しな。借りは作らないよ」

「わかっているじゃないか。わはは！」

一団のリーダーはそう答えるとお金を受け取り、去っていくのであった。


『黒炎の羊』の拠点の一つも襲撃を受けていた。

こちらは大規模な戦闘になり長引きそうになったので、警備兵が駆けつける前に痛み分けで死体を回収後、両者とも撤退した。

「……俺の出番は無かったな。おい、みんなビルの管理業務があるからとっとと帰るぞ」

灰色装束の一団を率いていたリーダーは気の抜けるような事を言うと撤収を指示した。


こうして三連合は『闇組織』の反攻に多大な被害を受けたが、灰色装束の一団の救援で痛み分けに終った。

もちろん、この灰色装束の一団は、祖父カミーザ、領兵隊長スーゴ、ランドマークビル責任者レンドの三人が率いるものであった。

「何じゃレンド。お主は何もしなかったのか？」

灰色装束が全く汚れていないレンドに気づいて祖父カミーザが、聞いた。

「『黒炎の羊』は、良い兵隊がいますね。ルッチの兵隊と互角だったので救援する必要はありませんでしたよ」

レンドは飄々と答える。

「坊ちゃんが消耗戦になるのを望んでいますからな。それなら仕方ないな。わはは！」

領兵隊長スーゴがレンドの返答に反応して笑うのであった。

「それは残念だったのう。――で、情報収集の方はどうなったんじゃ？」

祖父カミーザが今回の襲撃が察知できなかったので、リューの新しい部下の男について暗に聞いたのであった。

「坊ちゃんの下についたランスキーという男は、人望もあるみたいですし、これからでしょう。今、手下の連中を編成している最中で、引継ぎがうまくいってなかったところにこの襲撃だったみたいです」

レンドが新入りを庇う。

「そうか、タイミングが悪かったのう。まあ、リューの部下になったからには、これから嫌でも忙しくなるじゃろうから、今回は大目に見とくかの」

　祖父カミーザは、そう言って笑うと灰色装束を脱いで、着替え始めるのであった。


「……若、今回の事は本当にすみませんでした！」

『闇組織』の大規模襲撃の翌日。

ランスキーが朝一番でランドマークビルにやってくるとリューに土下座していた。

「大丈夫だよ、今回は仕方がないから。それより、ルッチが大規模に兵隊を動かしたから撤収後の動きは観察できたよね？」

「それはばっちりです。現在の『闇組織』の収入源である『薬』の原料である葉っぱの出処が分かりました」

「本当に⁉」

　リューは思わず立ち上がる。

「はい！　マイスタの街の北に大きな森があるんですが、その中を切り拓いて畑を作っていました。周囲は壁で覆われ厳重に守られていますので中は確認できませんでしたが、葉っぱを運び出すところは確認できました」

「マイスタの街の北側って城門無いよね？」

「はい。地下を掘ってそこから運び込んでいるみたいです。多分城内の民家のどれかに繋がってると思いますが、そこまではまだ確認できていません」

「それだけわかれば十分だよ。でかしたランスキー。あとはカチコミするだけだね」

カチコミ？

ゴクドー用語にまだ慣れないランスキーは頭に「？」が浮かぶのであった。


『闇組織』にとって、非合法の薬は多額の収入源になっている。

取引相手は基本的に貴族や富裕層であるが、一般のチンピラなども大枚を叩いて購入する者はいる。

薬は高額で取り引きされていて、その作用が幻覚や興奮であることからも明らかなように、神経を鋭敏にして刺激を与える反面、常習性を伴い、使い続けると神経をやられ、廃人になる者までも水面下で増えていた。

この薬はもちろん、その危険性から取り締まられなくてはいけないものであったが、贅沢な嗜好品の一つとして貴族も愛用し、時には薬を使って言う事を聞かせるのに都合が良い事から、色んな階層の人物が顧客に名を連ねており、表立って取り締まられるところまではいっていない。

『闇組織』の幹部であるルッチはその薬の元締めをしていて、その原料である葉っぱの生産から薬への製造を一手に担っており、幹部の中でも多大な力を握っている。

現在のボスも、その薬による資金力で今の座に就き、この十年近くはルッチにのみ指示を出し、他の者にはその姿を伏せる事で組織の中で神格化されて、ボスに反抗する者はほとんどいない。

その下であるルッチに反抗する者は少なからずいたが、ルッチはその剛腕で反抗する者を叩き潰してきた。

リューの部下に収まったランスキーは痛み分けながらそのルッチと対立して組織を抜ける事になった稀有な例だ。

ルッチに反抗した者は、基本、行方不明になるのがほとんどだったからだ。

ランスキーは片目を失ったが、ルッチもお腹に大きな傷を残した。

噂ではランスキーの名を聞くとお腹の傷が痛むらしい。

ランスキーは、職人として大事な自分の小指を切り落として正式に組織を脱退したが、度々命を狙われる事があった。

だが、ランスキーを慕う職人達に守られ、時には自分でその刺客を返り討ちにしてきた経緯がある。

「自分は組織を抜けた身、組織には関わらないように生きてきましたが、若がその組織にちょっかいを出しているのには驚きました」

ランスキーは自分が若と呼んで従っている、リューの大胆さに驚かされていた。

「裏社会には裏社会のルールがあるから口出す気はなかったんだけどね。薬だけは手を出したらいけない。それが僕の信条なんだ。ましてその薬でカタギのみなさんを食い物にしているとなったら、それは最早、外道。そんな奴が僕の預かっている街でのさばっているのを見過ごすわけにはいかないよ」

リューはランドマークビルの管理事務所でランスキーにそう答えた。

「……若。自分も奴らのやり方が嫌で抜けたんです。必ず、奴らの薬の大元を叩いて打撃を与え、壊滅に追いやりましょう！」

ランスキーはリューの考え方に納得すると気合いを入れるのであった。

「——敵の拠点襲撃は僕達ミナトミュラー一家だけで行います。つまり、僕とリーン、ランスキーとその手下の中で土魔法が使えるメンバーです」

リューがビルの管理事務所で言った。ランスキーと職人代表の数人、そして、管理者のレンドがその場にいた。

「リュー坊ちゃん。そこはカミーザの旦那達にも手伝ってもらった方がよくないですか？」

レンドが心配して指摘した。

「おじいちゃん達は今、『闇組織』の攻勢で不利な三連合の支援で忙しいからね。それに北の森は僕が任されたマイスタの街の領地内、ミナトミュラーのシマだから。自分ちの庭先で違法な『葉っぱ』を作られている事だけでも恥なのに、潰すのを人任せにしたとあってはミナトミュラー一家の沽券に関わるよ。ここは僕やランスキーの顔を立ててもらわないと」

リューは自分のところの部下達の体面を口にした。

「……ははは。坊ちゃんが、裏社会の人間に見えてきましたよ。まあ、ランスキー達にしたら地元の事は地元の人間でケリをつけたいというのはわかる話です。確かに坊ちゃんもランドマーク家を離れて与力とはいえ、ミナトミュラー家の当主ですからね、部下達の名誉もあるのはわかりました。報告は俺がしておきますよ」

レンドはリューの言い分を聞き入れると、父ファーザや、祖父カミーザへの報告を代わりにしてくれる事になった。

「ありがとう。それじゃ、さっきの続きだけど、土魔法を使えるメンバーを選んでね」

「若、それなら葉っぱを焼き払うのには火魔法の方が良いと思うんですが？」

ランスキーがリューの人選に疑問を持った。

「焼くと有害な物質が周辺に漏れるからね。だから畑の葉っぱはそのまま地中深くに埋めてしまうよ。それに、土地は無傷で残さないとマイスタの街の損失になるから。その後の活用法も考えているし」

リューがランスキーの疑問について明確に答えた。

「活用法……ですか？」

「うん、そもそも『葉っぱ』は育成が困難なのにそれをやってのけている技術は大したものだよ。今は悪い方向に使われているけど良い方に使えれば、マイスタの住民にも僕やランドマーク家にとっても喜ばしい事だと思うんだ」

リューは笑顔で答える。

「若……そこまで考えていただけているとは……。わかりました。早速、土魔法を使える奴らと腕っぷしに自信のある奴ら、揃えます！」

ランスキーは職人代表の手下達と一緒に、名前を出し合って確認をし始めた。

「これで『闇組織』に大ダメージを与えられれば、こっちのものね」

活気づく事務所内でリューの背後で大人しくしていたリーンも気分が高まるのであった。

カチコミですが何か？

リュー率いるミナトミュラー一家の面々は、夜中、マイスタの街の西門から迂回して北の森に向かった。

ランスキーの情報通りその森の中には、壁に囲まれた一角が存在した。

出入り口はその壁に囲まれた南の門の一か所だけで、見張りもその出入り口に集中している。

リーンの察知系能力によれば、人員は門内部の建物に集中しているようだ。

それを聞いたリューは、「合図があったら、見張りが減るのを確認後、正面から襲撃して」と、告げるとランスキー達を南門の近くに待機させておいて、ここでも西側からリーンと二人で迂回して、見張りのいない西の壁にやって来た。

「どうするの？　壁を壊したら人が集まってくると思うけど？」

リーンは強硬策を取る気満々であった。

「壁は壊さないけど、派手に音を立てて侵入はするかな。そうでないとランスキー達の合図にもならないし」

「どうするの？」

リーンは、リューの答えに疑問符だらけになった。

「簡単だよ、階段を作るんだ」

リューがそう言って土魔法を使うと、派手に音を立てながら地面が盛り上がっていき、西側の壁に上り下りできる階段が現れた。

ちゃんと下りの階段も作ってある。

「何だ今の音は⁉　西側から聞こえたぞ！」

「誰か西側を見て来い！」

「全員を起こせ！　三連合の襲撃かもしれない！」

「念の為にルッチさんに伝令を出せ！」

この森の隠れ生産拠点の者達は慌てていろんな命令を飛ばす。

ルッチへの伝令は、森を抜けて北の城壁の傍の大岩に向かった。

その傍に小さい小屋が建っていて、その中に隠し階段があり、城内に続いているのだ。

小屋の前には見張りの者が二人いて、伝令が現れた事に驚く。

「どうした？　今日はお前、畑の見張り当番だろう？」

「何者かが畑を襲撃したみたいだ。俺は今からルッチさんにその事を報告する！」

「何⁉　わ、わかった、早く通れ！」

見張り二人が急いで小屋の鍵を開ける。

そして、隠し階段に向かう鉄の板を開けようと二人がかりで持ち上げて、伝令を通過させようとした。

伝令がその隠し階段から下りようとしたところ、ランスキーの配下達が背後から音も無く近づき見張りと伝令を殴り付け、気を失わせて取り押さえた。

「よし、若の言う通りに、隠し通路も押さえられたぞ！」

こうしてルッチが畑の襲撃を知るのは、翌日の朝、日が上がってからになるのであった。

その間に襲撃中のリューとリーンは——

自分で作った階段から中に侵入すると、そこに広がっていたのは規則的に並ぶ平屋の大きな建物群であった。

どうやらその中で、薬のもとである葉っぱを栽培しているらしい。

前世で言うところのビニールハウスの代わりだろう、これなら温度管理は容易だ。

天井はガラス張りになっている。

リューはリーンと別れて建物内に侵入すると、見張りが到着する前に畑を土魔法で掘り返し、葉っぱが青々と生い茂った違法薬の素を地中に埋めて回っていった。

「こ、これは⁉　——このガキ！　この畑一面でいくらすると思っているんだ！」

駆けつけた見張りは、畑が台無しになっているのに驚き、そしてその原因がその傍にいた子供だと知って手にしていた木の棒で殴りかかった。

リューは軽々と木の棒を躱すとその男の腕を掴みそのまま投げる。

男は短く「ぎゃっ」、と叫ぶと地面に叩きつけられて気を失った。

「このガキ、強いぞ！」

あとから現れた見張り達がどよめく中、今度は南の出入り口付近から喊声が上がり激しい剣戟の音が響いて来た。

「な、何だ⁉　こっちのガキは俺が捕まえるからあっちを見て来い！」

男が連れに命令して振り返るとそこにリューの姿はなくなっていた。

「どこに行きやがったあのガキ⁉」

男が驚いていると、「相手から目を離すとか素人でもやっちゃ駄目」と、右側から声がしてそちらを見た瞬間、眼前にリューの拳が迫っていた。それがその男の最後の光景だった。

リーンとリューはランスキー達が見張り達と戦っている間に畑を全て潰して回った。

止めに入った見張り達も倒しながらだったので多少骨は折れたが、二人を止められる者はほぼいなかった。

ほぼというのは、リーンが最後の畑を潰そうとしているところに、用心棒と思われる男が現れ、リーンに斬りかかったのだ。

そこに割って入ってリューが剣を抜き、その男の斬撃を受け止める。

「……やるな、小僧。俺の斬撃を受け止めた奴は久しぶりだ」

「うちのおじいちゃんに比べれば楽勝だけど、おじさん、強い人と戦った事ないんだね」

リューは相手に対し、素直な感想を漏らした。

「小僧、俺を挑発した事を後悔しな！」

用心棒は一旦背後に飛ぶと、また上段に構えてリューに斬りかかった。

「いや、本当におじいちゃんよりは遅いよ」

リューは一歩、左半身で踏み込むと、用心棒の上段からの斬り下ろしを紙一重で躱していた。

それと同時にリューは左手に剣を握ったまま、渾身の右拳でカウンターを用心棒のお腹に叩き込む。

用心棒は衝撃波と共に壁まで吹き飛ぶとその壁も壊して外に飛んでいくのだった。

「リュー、私一人でも大丈夫だったのに」

リーンが、最後の畑を土魔法で潰すとリューにそう言った。

「一応、見せ場も大事だから」

リューは笑ってリーンにそう答えると、気絶している用心棒を放っておいて、南の門で激戦を展開しているランスキー達の応援に向かうのであった。


マイスタの街、北の郊外の森。

まだ、夜も明けない内にリューとリーン、そしてミナトミュラー一家は『闇組織』の最大の資金源である畑を完全に制圧、土魔法で全てを潰してしまった。

それこそ、収穫保存していた葉っぱから、苗や種まで全て土に返した。

だが、施設自体はあまり破壊していない、後でリューが活用するつもりだからだ。

「制圧したのはいいけど、街長としてはどういう理由でこの土地を没収するの？」

リーンが、事後処理をどうするのかリューに聞いて来た。

「それはもちろん、違法植物の栽培とそれを使った薬物の製造の疑いだよね。街長である僕が自ら乗り込んで潰したのだから証拠もいらないし。証拠を残しても街長代理のマルコがルッチに通じて横流しするのは目に見えているからほぼ全て現場で処分という事で」

そう言いながら、証拠の葉っぱと書類はちゃんと確保してある。

「ここから『闇組織』に責任を問うのは難しいだろうけど、ここで捕らえたチンピラ達は厳罰に処せられるだろうね」

リューは続けてそうリーンに教えると、そのチンピラ達に視線を送った。

縛られたルッチの部下達は、まだ、ことの重大さをわかっていないのか、それとも自分達のボスであるルッチが何とかしてくれると思っているのか、動揺する事無く太々（ふてぶて）しい表情でリュー達を睨みつけている。

「お前ら、まだ自分達がどうなるかわかってないな？　若はお前らを王都の司法に突き出すつもりなんだよ。マイスタの街と違って、あっちではルッチの影響も無く裁かれる事になる。つまり、極刑が待っているんだよ」

ランスキーがルッチの部下達にわかり易く説明すると、にわかにチンピラ達はざわつき始めた。

「僕がわざわざ手間暇かけてこの地元で君達を裁くと思ったの？　それよりも王都に違法薬物を蔓延させている犯罪者を裁きたがっている国に引き渡さないわけがないじゃない」

リューが笑顔でそう答えると、ルッチの部下達はいよいよ動揺して命乞いを始めた。

「君達、そもそもこのマイスタの住民じゃないよね？　僕はこのマイスタの街長だよ、他所者の悪党に慈悲をかけると思う？」

リューがそう答えるとルッチの部下達は絶望に打ちひしがれてガックリとうな垂れた。

「じゃあ、みんな連行して頂戴」

リーンが手下達に命令すると、「へい、姐さんわかりやした！　みんな帰るぞ！」と手下達は頷いて従うのであった。

みんなリーンの事、本当に姐さんで徹底しているのね……。

リューは苦笑いでその光景を見送るのであった。

「若、これからどうするんですか？」

ランスキーがリューに声をかけて来た。

「次は製造工場に向かうよ。もうすぐ夜明けだから『闇組織』の地下通路を使ってそのまま乗り込む事にしよう。そこで今回の全ての落とし前を付けさせてもらうよ」

そう言うと、リューは、手下達が押さえた地下通路の入り口に向かうのであった。


こんこん。


「……？　こんな朝早くあっち側から誰だ？」

マイスタの街側の地下通路の出入り口。

そこの外観は民間の大きな倉庫であったが、内部は違法薬物の製造工場であった。

その一角に、地下通路が繋がっており、外からマイスタの街内に誰にも咎められず葉っぱを運び込む事が出来た。

「……合言葉は？」

見張りが扉の向こう側のノックをしてきた相手に聞く。

「……マルコは四天王最弱、ルッチさんは四天王最強」

正確な合言葉が返ってきたので、見張りは厳重な扉の鍵を開けて相手を迎え入れる。

「……誰だよ、こんな時間に仕事増や――。誰？」

見張りが扉を開けるとそこに立っていたのは薄明りに照らされた一人の子供と美女のエルフ、その背後の闇に紛れて大男が立っていた。

それを確認した次の瞬間には見張りは気を失っていた。


ズドーン！

ゴゴゴゴ……！

マイスタの街に朝早くから、大轟音が響き渡った。街の北の城壁付近の倉庫通り付近から大きな煙が上がっている。土煙のようだから火事では無いようだ。住民達は、土煙を指さして何事かとつぶやき合った。

「あっちの方角は倉庫通りか。ならば倉庫が壊れたのかもしれないぜ？」

「手抜き建築かもな……」

「どこの商会の倉庫かはわからないが最悪だな。場合によっては手伝いに行ってやった方がいいかもしれない」

そんな会話が成されて住民が現場に向かうと、土煙の傍には子供と美女のエルフ、そして、マイスタの街の昔気質の職人達の代表を務めているランスキーが立っていた。

倉庫は跡形も無く残骸の山になり、倉庫通りの一角でなければ、元が大きな倉庫であった事を想像できない有様であった。

「ランスキーの旦那、怪我してないかい？　――巻き込まれていないようで良かったな」

状況を理解できない住民達が野次馬も兼ねて駆け付け、現場の傍に立っていた顔役のランスキーに声をかけた。

「この倉庫、誰が持ち主かわかるか？」

ランスキーがその野次馬に聞き返す。

「ここは確か……農業ギルドの倉庫かな？　いや、今は確か払い下げされてカモネ商会のものだったな」

「カモネ商会？」

「他所の領地からの輸入品を扱っている小さい商会さ。あれ？　よく考えたらそんな商会がよくこんな大きな倉庫所有していたな……」

野次馬が疑問を持つ中、リューは隣のリーンやランスキーと視線を交わすと、これまで聞いた事がない初めて出てくる商会名に、『闇組織』の中枢の存在を感じるのであった。

非合法の薬の製造工場として使われていた大きな倉庫の所有者であるカモネ商会をランスキーと手下達に聞くと取引実態はあるものの不可解な商会だった。

まず、存在を知っている者はいるのに、商会本部が存在しない。

この、リューが倒壊させた大きな倉庫以外に所有する建物が無いのだ。

その商会の代表はイル・カモネ。

実在はしているはずなのだが、正体がよくわからない。

カモネ商会を知っていた者達から代表のイルの特徴を聞くと、みなが言う特徴が違っているのだ。

白髪混じりの年配男性という者もいれば、先代から事業を引き継いだ熱心な若者だと言う者もいる。

中には、中年のやり手女性だと証言する者までいた。

容姿の違いはまだわかるのだが、それどころか性別まで違う事にリューは首を傾げるしかない。

「……そのイル・カモネって人物は、幻惑魔法の使い手なのかもね」

走る馬車の中、リーンがリューに進言した。

「幻惑魔法？」

「ええ、正体が定まっていないのは、見る相手の想像に任されているから。それならば幻惑魔法の特徴に一致するわ。見る人全員に同じ幻を見せるものは変身魔法によるものだろうけど、相手によって一々正体を変える必要性がないもの」

「幻惑魔法か……。確かかなり珍しいよね？」

「そうね。時には人ではなく物や風景に溶け込む事もあるから、戦闘では厄介な魔法よ。まあ、『追跡者』のスキルを持つ私には通じないけど」

リーンが自慢げに言う。

リーンに見抜けるのなら、まずは一安心だ。

そんな能力を持つ人物が『闇組織』で無名のはずがない。

だが、ランスキーに聞くと思い当たる人物はいないという。

「……そのイル・カモネという人物が、『闇組織』のボスの可能性があるね」

リューは一つの仮説を告げた。

ランスキーによれば、幹部のルッチ以外、ボスの顔を知る者はほとんどいないと言われている。

その理由が幻惑魔法による認識阻害なら、一人一人証言する特徴が違うから自分が見たのがボスだと思う者はいないだろう。

極端な話、『闇組織』の末端のチンピラに紛れ込んでいる可能性だってあり得る。

そうなると、正体を暴くには、数少ないボスの顔を知る男、ルッチを捕らえ特徴を聞き出すしかなさそうであった。

「じゃあ、どうするの？　『闇組織』の収入源に大ダメージを与えたとはいえ、これまでに貯め込んだ財力はあるだろうから、ボスを叩かないと止まらないわよ？」

「大ダメージを与えたから、今後、僕達にも直接的に攻撃を加えてくると思うんだよね。その時、ルッチ自ら動いたら、捕らえるチャンスがあると思う」

「その時に、捕らえてボスの特徴を聞き出すのね？」

リーンが、目を輝かせて聞いてくる。

「まあ、そんな感じかな。あとはボスが今回の事で焦って表に出てくる可能性もあるからね、そうなったら絶好のチャンスだけど」

リューは希望的観測を口にした。

「今後も『闇組織』の動向を監視するしかないわね。地元であるランスキー達に任せていれば何か気づく事もあるわよ、きっと」

リーンはリューをそう励ました。

そこに、御者から、到着が告げられる。

二人は馬車から降りるとそのまま、学校に登校するのであった。


「何⁉　製造工場がやられた、だと⁉」

朝起きると、ルッチは部下から最悪の報告を知らされていた。

「何であの場所がバレやがった⁉　——見張りは？　ブツはどうなったんだ⁉」

部下は申し訳なさそうに、「……跡形も無く奪われたようです」と告げる。

「誰がやった⁉」

「野次馬の証言では、ランスキーと少年、エルフの女が現場に居たそうです。特徴からその子供は、この街の街長ミナトミュラー騎士爵かと……」

「何ー⁉　ランスキーはともかく、街長だと？　マルコの野郎は何してやがった⁉　街長が俺達に歯向かうなんて聞いてないぞ！」

ルッチが怒りに任せて目の前の円形の机を蹴り上げていると、さらに他の部下が慌てて室内に駆け込んできた。

「大変です頭目！　葉っぱ畑が、うちの街の領兵に押さえられています！」

新たな報告にルッチは顔を真っ赤にしたが、怒りを通り越したのかふっと無表情になった。

「……畑はどうなった？」

「朝から葉っぱ畑で働く為に訪れた連中によると、畑は完全に潰されていて、収穫物も全て消えていたそうです。そこにやってきたほとんどの者が、その場で領兵に取り押さえられたようです。ですがこっちはマルコさんに手を回してもらえばすぐに釈放されると思います」

と、部下が最悪の報告をした。

「捕まった奴の事はどうでもいいんだよ！　問題は葉っぱ畑が潰された事だろうが！　収穫物までやられたとなったら、今後の収入がゼロになるという事だぞ、わかってんのか！」

ルッチは再度怒り狂うとその矛先を部下に向け、殴って発散する。

部下の男は殴られた勢いで壁に吹き飛ぶと、鈍い音を立てて血飛沫を上げた。

「くそー！　マルコを呼び出せ、領兵が動いているという事は、畑も街長のガキ達が原因だろう……。ガキのお守りは奴に任せていたんだ。落とし前つけさせてやる！」

「は、はい！」

ルッチの大邸宅は、朝から大騒動に陥るのであった。

『闇組織』の大きな資金源を潰されたルッチは自宅にマルコを呼び出すと、大いに八つ当たりをした。

街長であるリュー・ミナトミュラー騎士爵の監視はマルコの担当であったから全く無責任というわけではないので、それも仕方がない部分はある。

「……こちらにも責任があるのは認めるが、相手はただの騎士爵とはいえ貴族だ。寄り親はランドマーク子爵。実の親子でもある。それを考えると力ずくで潰すのは反対だ。それに相手は、この街を直々に国王から与えられているのだ。そんな相手に対して正攻法はまずい。となれば俺達は裏社会の人間。俺達には俺達のやり方があるだろう？」

マルコがルッチを落ち着かせると、意味ありげに言った。

「……弱みを握るのか？」

ルッチが聞き返す。

「ランドマーク子爵は遠い地方から最近王都に商売で進出して来たばかりの成金貴族だ。領地から離れたこの王都で商売するには仕入れ先があるはずだろう？　うちはその仕入れ先を潰すなり、追い込むなりすればいいのさ」

「今度はこっちが奴らの資金源を叩き潰すわけだな？」

「そういうことだ」

マルコの言葉に、険悪なムードが一転、ルッチは機嫌が良くなった。

「じゃあ、その役はお前に任せる。俺は汚名返上する為にも三連合を潰さないといけないからな。ミスるなよ？　それが成功したらボスにも良い報告してやるぞ」

こうしてルッチとマルコは仲直りするとお互いの仕事に戻るのであった。

が、しかし。

マルコの予想は元から間違っていた。

そう、ランドマークビルの商品の納入は、リューが『次元回廊』で、ランドマーク本領から直接やっている。

つまり、マルコの言う仕入れ元を潰すやり方は不可能なのだ。

そうとは知らず、マルコは必死になってランドマークの仕入れ元を部下を使って一週間調べるのであったが、もちろん出てくるのは、マイスタの街での製造を任されているランスキー一派の名前だけであった。

もちろん、ランスキー一派は、マルコの脅しに屈するようなその辺のカタギの商売人ではない。

それどころか、マルコが寄越した部下のケツを蹴り飛ばして追い返す連中である。

マルコは全く結果が出せないまま、ルッチに報告せざるを得なくなるのであった。

「何ー!?　この一週間何も出来なかったのか！　この役立たずが！」

ルッチはマルコの報告に怒りを露わにした。

「ランドマークの仕入れ先がこの王都やその周辺に全くないんだ、仕方がないだろう！　唯一あったのはこの街のランスキー一派の職人達相手だけだ」

「くそっ！　また、ランスキーか！　こうなったら、ランスキー達を潰すしか『闇組織』のメンツは保たれない！　奴らを叩き潰す！」

「おい、待て。ランスキー一派は、この街の住人だ。いくら反目しているとはいえ、潰すとなると『闇組織』内部も分裂する可能性がある。そいつは駄目だ！」

「そもそも、貴様が使えないのが問題なんだぞ⁉　もうお前に任せていられるか！　俺が力ずくでランドマークとミナトミュラーを潰してやる！」

ルッチは目を血走らせて憤る。

こうなると狂黒鬼と呼ばれる程、キレると危険なのがこのルッチである。

マルコに止められるものではない。

だが、貴族に直接手を出して『闇組織』が無事でいられるはずもない。

マルコはその場で知恵を絞り出すしかなかった。

「ルッチ、薬の取引相手には貴族もいるのだろう？　そっちを動かせな――」

「黙れ、マルコ。もうそういう遠回しの手を使う段階は過ぎたんだ！　裏社会の人間なら最後は力にものを言わせるのが俺達の世界だろう！」

ルッチはそう言い放つと、部屋を出ていく。

「兵隊を集めろ！　王都のランドマークビルを今晩、襲撃する！」

ルッチの怒号が屋敷内に響いた。

マルコが頭を抱え込む中、ルッチの部下達は兵隊を集める為に慌てて駆け出すのであった。

ルッチの屋敷を後にしたマルコは、部下に言う。

「他の幹部のノストラ、ルチーナに急いで連絡だ。ルッチを『闇組織』から追放する提案をする。今、追放して単独の犯行にしないと暴走したルッチのせいで『闇組織』が崩壊してしまうとな」

マルコはそう言うと職場である街長邸に向かうのであった。

マルコが街長邸に到着すると、そこにはランスキーが待っていた。

「何でお前がここに居やがる！　ガキに取り入って街長の部下気取りか⁉」

マルコがランスキーの姿を見て悪態を吐いた。

実際ランスキーはリューの部下なのだが、その辺りはまだマルコは知らないようだ。

「お前に見張りを付けていたからな。おかげで何もかも筒抜けさ。若の寄り親であるランドマーク子爵の建物に殴り込みを掛けるとなると街長代理であるお前も終わりだな」

「……何が言いたい？」

マルコは何か察したのか、怒りを抑えると質問する。

「ルッチを捕らえるのに協力しろ。若はこうなる事を予想してすでに対抗策を打っている」

「ルッチを裏切れと？」

「ルッチを切り捨てるつもりだろう？　お前達のボスが何と言うかは知らんがな」

「そこまで筒抜けか……。ルッチ単独の責任にしてくれるのか？」

マルコは早々にルッチを見離すと自己保身の為の交渉に移るのであった。


王都の夕方、下校時間――

学校の前には黒塗りの馬車が四台止められ、ミナトミュラー家のイメージカラーである青色のツナギを着た強面の男達が綺麗に整列していた。

これはもちろん、リューの安全の為、迎えに来たランスキーの手下達である。

「……報告の人員だけで良いって言ったのに……」

リューはリーンと顔を見合わせると苦笑いするしかなかった。

すでに昼過ぎに一度、学校にランスキーの手下がルッチの動きを報告する為に訪れていたので、学校側に自分の家の部下だと説明したばかりだった。

だから、見た目の青色のツナギ姿に、学校側はリュー・ミナトミュラーの部下だとすぐにわかっていたが、他の生徒が怯えるため、学校の警備員が敷地内でピリピリする事態に陥っていた。

リューがトラブルになるのを恐れ、慌てて手下達の元に駆け寄る。

「「若、姐さん、お勉強、ご苦労様です！」」

綺麗に整列していた手下達はリューを労うと一斉に頭を垂れる。

「若？　あの前にいるの、リュー・ランドマーク君だよね？」

「今は、ミナトミュラー君よ」

「そうだった。……あの怖そうな人達誰だろう？」

「みんな、頭を下げているわね……」

放課後の学校前はこの光景にざわつき始めた。

「ちょ、ちょっとみんな！　こんなところで止めてって！　ほら、さっさと馬車に乗り込んで、帰るよ！」

リューとしては説教の一つもしたいところであったが、その時間も学校で変な噂になると判断すると急いで全員をこの場から離れさせるのであった。


こうしてリュー達の馬車を、黒塗りの馬車が前後から守るように挟んで、ランドマークビル組事務所まで送るという異様な光景が王都内で展開されるのであった。


「……ランスキーはどうしたの？」

自分の馬車に一人報告をさせる為に乗り込ませた手下に聞く。

「へい、若の言う通りにマルコと交渉してルッチを『闇組織』から追い出す事で納得させているようです」

「……『闇組織』のボスの許可無しでルッチを切る事をマルコが判断したの？　……幹部会の権限が予想よりも大きいのかな？　ランスキーは何て言っているの？」

「ランスキーの兄貴は『これでルッチは孤立、捕らえてボスの人相を吐かせればこっちのもんだ。若の計画通り、幹部達は闇組織を守ろうとするあまり、ボスの正体を知るルッチの価値を見誤っているようだ』、だそうです」

「そのボスの動向は？」

「……そういやぁ。『闇組織』の幹部連中だけの判断ですね。――兄貴のところに人を走らせましょうか？」

「ちょっと待って。そもそも、ボスにとってルッチは直系の子分のはず。それを他の幹部連中だけで追放を決定できるのがおかしな話なんだけど……。それに、自分の正体を知るルッチが捕まると不味いとボスが気づいてもおかしくないんだけどなぁ」

「本当ね。ちょっと、こっちに都合よく、事が進み過ぎている気がするわ」

リーンが、考えを整理しながら、リューの疑問に賛同した。

「ボスが何も言ってこない……。と言う事はボスがルッチを幹部達同様、切るつもりでいるという事……。正体がバレるかもしれないのに？　いや、正体を知っているはずのルッチすらも本当はボスの正体を知らないのだとしたら？」

「え⁉　それじゃ、今回の作戦の意味がないじゃない！　元々、ボスの正体を暴く為にそれを知っているルッチを捕らえるのが目的でしょ？　それにボスが気づいても、何かアクションを起こしたらそこからボスの正体を探るって事だったじゃない」

「……うん。それにボスの伝言役でもあったルッチがいなくなって困るのはボスのはず。でも、それにも困らない……。ボスの正体って、もしかして……」

「若、ご自宅に到着したようですぜ」

同乗している手下が、馬車の窓から外を眺めて報告した。

「うん？　そうかじゃあ、ルッチの襲撃がある夜に備えてみんなには作戦通りでと、お願いしておいてね。ランスキーにもそう報告しておいて」

「へい、わかりやした」

リューとリーンが馬車を降りると手下達がまた、懲りずに整列してリューとリーンを迎える。

「――だからそれは止めてって！　ここは寄り親でもあるランドマーク家の本部事務所ビルなんだから、ミナトミュラー一家が仰々しくしてどうするの！」

「――確かに！　わかりました。次からは人数を半分に減らして――」

「だからそうじゃないって！」

リューは間髪を入れずにツッコミを入れた。

そしてリューは続ける。

「いいかい？　君達は今やミナトミュラー一家直系の部下なんだ。本家のランドマーク家に迷惑をかける事はミナトミュラー一家の顔にも泥を塗る事になるんだよ？　これからはこういうのは一切やっちゃ駄目」

「……わかりやした」

シュンとなって残念がる手下達を後に、リューとリーンはランドマークビルに消えていくのであった。

『闇組織』の「元」幹部ルッチは兵隊を集めて王都入りし、夜になるまで各自隠し拠点に待機させていた。

ランドマークビルは、王都の一等地に建つ。

それだけに襲撃直前ギリギリまでは分散させておかないとすぐに目立つのだ。

王都は眠らない都と言われているから、夜になっても人通りは多い。貴族の建物を襲うのだから怒りに暴走するルッチでもその辺は心得ていた。


そろそろ襲撃の為に、他の隠し拠点の兵隊に集合命令を出そうとしていると、手下の一人が慌ててルッチのいる隠し拠点に駆け込んできた。

「お頭、大変です！　他の隠し拠点が、三連合に襲撃されています！」

手下は息も絶え絶えに、そう告げる。

「何ー⁉　こんな時に奴ら邪魔しやがって！　――今から集められる兵隊は？」

ルッチは、ランドマークビルの襲撃を止めるつもりは無いようだ。

「襲撃された仲間を助けるのに手一杯です。他の幹部に頼るしかないんですが……。実は自分が救援要請に人を出したところ、その手下も門前払いされて戻ってきました」

「門前払いだと？　どこの幹部だ⁉　ノストラか？　ルチーナか⁉」

ルッチは激怒すると報告する手下の胸倉を掴んで吊り上げる。

「うぐっ！　は、離してください、お頭！　――ど、どちらともです！」

手下はルッチの馬鹿力に苦しみながら何とか返答した。

「くそっ！　どいつもこいつも俺の足を引っ張りやがって！」

ルッチは吊り上げていた手下を壁に投げつけると怒り狂って机を蹴り上げる。

そこに、また、別の手下が報告の為に室内に入って来た。

「お頭、マルコさんが兵隊を連れて駆けつけました！」

「何？　マルコの野郎だと？」

ルッチは一番有り得ないと思っていた幹部の救援に驚くあまり、鳩が豆鉄砲でも食ったように怒りも吹き飛んでいた。

「中に入れるな。俺が外で会おう」

ルッチは自分が怒りに任せて荒らした部屋を、今見られて皮肉を言われたくなかったのでマルコを外で待たせる事にした。

ルッチが外に出ると、マルコが顔を布で隠した手下を三十人ほども引き連れて待機していた。

「……何でお前がここに居やがる」

ルッチは、マルコの真意がわからず、問いただした。

ルッチは、この瞬間も幹部連中が自分を『闇組織』から追放した事を知らない。

「何って、襲撃するって言ったのはお前だろルッチ。――ところでお前の手下から聞いたが、三連合にまた、拠点が襲撃されているらしいじゃないか。見たところここの兵隊は十五人くらいしかいないが大丈夫か？　何なら俺の手下共を貸してもいいぞ」

マルコの申し出にルッチは素直に頷くわけにはいかなかったが、襲撃を取り止めるつもりはない。

マルコの手下だからどのくらい使えるかわからないが、三十人もいるのだ、数は欲しかった。

「あ、もちろん、俺は荒事が苦手だから加わらないぞ？　手下共は用が済んだらすぐ戻るように言っとくがそれでいいな？」

マルコは、ルッチが承諾したと解釈して話を進める。

「お、おう。これから、襲撃に向かうところだ。その間、借りるぞ」

ルッチは内心かなり助かったと安堵したがおくびにも出さず、マルコの兵隊を引き連れてランドマークビル襲撃に向かうのであった。


「この、角を曲がってまっすぐ行くとランドマークビルが見えてきます」

手下の一人の先導で深夜の夜の人通りに異様な雰囲気を漂わせながら集団が進んで行く。

すると深夜の住人達がこの殺気を漂わせた異様な雰囲気の集団に道を空けた、その時だった。

ルッチは視界が回転し、体に衝撃があると思って気づいたら、地面に押し付けられていた。

「油断したなルッチ。お前はもう、終わりだぜ」

聞き覚えのある声が頭上からする。

「き、貴様、ランスキーか！　いつの間に俺の背後に現れやがった！」

状況が飲み込めないルッチは、腕を固められ身動きできない状態で怒声を上げる。

「最初からいたさ。お前の隠し拠点からずっとな。お前は売られたんだよ。問題が多いからな」

ランスキーが疑問に答えると、やっとルッチは自分がマルコの裏切りにあったのだという事に気づいたのだった。

「……くそっ！　マルコの野郎ただじゃ済まさねぇぞ！」

「おいおい……。まだ、理解が不十分みたいだな。お？　――若、夜分遅くにご苦労様です。ルッチとその手下を捕らえました」

ランスキーがルッチの頭上で他の人物に挨拶をしている。

「若？　はっ！　ミナトミュラーのガキか！　『闇組織』に喧嘩を売ってタダで済むと思っているのか！　組織が全力を挙げて貴様とその家族、関係者をどこまでも追い詰めるからな！」

ランスキーに地面へ押さえ付けられていながらもルッチの勢いは衰えない。

「何か誤解をしているようなので、先に言っておきますね。ルッチさん、あなたはすでに『闇組織』から追放されています。資金源を失い、貴族襲撃を試みようとしたので、組織はあなたを切り捨てました。――残念ながら今のあなたには何ひとつ力はありません。僕の命令ひとつであなたはこの世から消える場合もあるのでお気を付けてください。僕の家族を襲撃しようとした時点で、あなたの命はとても軽くなっていますよ」

まだ十二歳の子供とは思えないリューの冷酷な宣言を、頭上から聞いたルッチは視界に入る地面を見ながら、顔を青ざめさせるのであった。

襲撃前に取り押さえられたルッチとその手下達は、かなりの数の犯罪に関わっている容疑で指名手配がなされており、リューは王都の警備兵に引き渡す事にした。

もちろん、リューがルッチを脅し、その命と引き換えに、ボスの情報を洗いざらい吐かせた後で、である。

ルッチは解放される条件で話をしたのだが、リューはその約束を守る義理は無い。

ルッチは約束を守れと罵詈雑言をリューに吐き続けたが、ランスキーに殴り倒されて気を失うと、その間に警備兵に引き渡されたのであった。

「——やはり、情報を精査するとルッチもボスの正体はわかっていなかった、という事だと思う」

リューはランスキーにそう漏らした。

「確かにルッチの言うボス像は、辻褄が合わないですね……。——すると、若が言っていた通り、ボスの正体は……」

ランスキーがボスの名を口にしようとした時、襲撃の際からリューの傍にいなかったリーンが、どこかに出掛けていたのか戻って来た。

「ただいま。リューの言う通り、尾行したら逃げる支度を始めたから捕まえて連れて来たわよ。案の定、私から逃げようとした時、幻惑魔法を使ったわ。私には通じないのに。ふふっ！」

リーンがそう言うと、その後ろからリーンの下に付けてあったランスキーの手下が、縛り上げられた男を一人連れて来た。

「やあ、マルコ。いや、『闇組織』のボス、イル・カモネ。もしかしたらイルという名前も嘘なのかな？」

リューが、縛り上げられたマルコを見下ろして質問した。

「……くっ。――いつから俺の正体に気づいていた？」

マルコ、いや、イル・カモネは観念したのかリューの質問に答える事無く聞き返した。

「それは、イルという名前が本名だと認めるのかな？　――じゃあ、イルの質問に答えるね。……普通に考えて街長までしている男が、幹部の中でも最弱扱いされている事に疑問があるし、それでいて、幹部会合がその最弱扱いされている幹部がいる街長邸で行われるのも変と言えば変だよね。そして決定的なのが、今回のルッチを切り捨てる判断が簡単に行われた事だよ。貴族襲撃をボスの許可なくやるような愚か者を切り捨てるのは、決断としては正しいとは思うけど、流石に決定が早すぎたよ。誰かがボスの判断を証明する証しをぶら下げて、幹部を説得した事になる。それはもちろん、提案者のマルコ以外あり得ない。マルコが隠れているボスの直系の部下か、ボス本人である以外には有り得ないよね。だから、リーンに君を尾行させて尻尾を掴ませたんだよ。案の定、君は逃げる際に幻惑魔法を使用してボロを出した。リーンには幻惑魔法は通じないから、失敗したね。適当に理由を付けて言い訳した方がまだ良かったよ」

「……くそっ！」

イル・カモネは、リューの説明に自分の判断ミスを後悔したのだった。


こうして、長い間、その正体をまことしやかに語られてきたイル・カモネは、その存在を白日の下に晒す事になったのであった。

「どんな時代にも爪弾き者の受け皿になる組織は存在してきたものだし、それを否定するつもりはないんだ。ごにょごにょ（前世の自分もその一員だったし……）。それに、『闇組織』の出来た経緯も知っているから、それ全体を否定するつもりもない。否定する事は、マイスタの住民を否定する事にも繋がるしね。そして、僕が街長になるまで君がマルコとして街長を務め、それなりに善政を行ってきた事は評価する。その反面、ルッチを使って違法な薬で儲けていた事は許されるものではないけど。但し、組織を運営するのに綺麗事では済まないのも知っている。そこでだ、イル・カモネ。君にチャンスをあげても良いよ。『闇組織』を解体し、マルコとして僕の傘下に入り忠誠を誓うなら歓迎するよ」

リューはとんでもない提案をした。

リーンとランスキーもまさかの提案に驚いてリューを凝視すると、「リュー！　こいつ、裏社会の大ボスなのよ⁉　そんな奴が簡単に下に付くはずがないじゃない！」と、リーンが、リューの提案に反論した。

「そうですぜ、若！　姐さんの言う通り、こいつは正体すら謎だった『闇組織』のボスです。その辺の下っ端とはわけが違います！」

ランスキーもリーンの言葉に賛同する。

「正体すらバレていないから選ぶチャンスがあるんだよ。イル・カモネ。マルコとして生きる事を選び僕の傘下に入って、今後もマイスタの街の為に、そこに生きる住民の為に尽くせ。そして、『闇組織』のボスの君はここで死ぬんだ」

リューはこのイル・カモネをただの悪党とは思っていなかった。

さっきも言った通り、この男はマルコとして、マイスタの街の街長としてそれなりに善政を敷いていたのだ。

裏で『闇組織』のボスとして暗躍していたのも、マイスタの街の住民達を代表しての思いもあったとリューは見ていた。

もちろん、ルッチという存在は褒められたものではない。

『闇組織』の暗部そのものがルッチという存在だろう。

だが、そのルッチのような存在も受け入れ使うのが裏社会の組織というものだ。

違法な薬にしても、資金源として選択肢のひとつでしかなかったかもしれない。

何度も言うが、綺麗事で治められるほど裏社会の組織は甘くないのだ。

とは言え、ルッチに関してはマイスタの街の住民をも軽くみていたクズなので、文字通り切り捨て対象であった。

「……『闇組織』の人間はマイスタの街の住民が多い。裏社会でしか生きられない者もいる。そいつらはどうなる？」

イル・カモネは自分の生死ではなく、手下の心配をした。

その質問にリューは、やはり、この人は生かした方がマイスタの街の為になる、と判断するのであった。

終章

『闇組織』のボスであるイル・カモネ捕縛から数日後。

リューは、マイスタの街の街長として、一つの発表をした。

それは、『闇組織』の幹部ルッチの逮捕と、謎の人物として名前すらも知られていなかった組織のボス、イル・カモネの「死」である。

ルッチはすでに王都警備隊に引き渡され、縛り首が決定し、即日執行された。

そこでのボスのイル・カモネの死亡発表である。

リューは、唯一正体を知る幹部のルッチがボスを殺して、自分がボスの代行のように権勢を振るっていたと、結論付けた。

そう、死人に口なしで、ルッチに全ての罪を被せるという、まさに外道の所業をリューは行ったのだった。


こうして、ひとつ解決しても問題になるのが今後の『闇組織』の処遇だ。

当事者である残された幹部による会合が開かれた。

「ルッチはともかく、ボスが死んでいたと俺達が信じると思うのかねぇ？」

幹部の一人ノストラが街長のリューの発表について触れた。

「ホントさね。マルコがボスからの伝言を証明する札を持って来たのは、ルッチが貴族を襲撃する前。その時点でボスは生きていた事になる。——それにしてもマルコがボスに近い人物だったとは驚きさ。ボスは生きているんだろうマルコ？　あんたは、街長代理なんだ。街長の頓珍漢な発表の裏側も知っているんだろ？」

女幹部ルチーナがマルコに問いただす。

マルコがルチーナに回答を迫られていると、そこにリューとリーン、ランスキーが現れた。

「……これはどういう事だ、マルコ。街長やランスキーがここに現れるとは聞いてないぜ？」

ノストラが椅子に座ったままだが、嵌められたのかと焦りの表情を浮かべて聞く。

「マルコ、あんたまさか私達を売ったんじゃないだろうね？」

ルチーナは椅子から腰を浮かせて手に持った扇子でマルコを指さした。

「二人とも落ち着け。別に売ったわけじゃない。今回、街長がここに居るのは、『闇組織』の今後についての提案がなされたからだ」

「「提案？」」

ノストラとルチーナは口を揃えて疑問符を頭に浮かべた。

「まず、最初に今回の件でボスが死んだのは事実だ」

「そんな馬鹿な！」

「そうよ！　あんたがボスの札を持って来たじゃない。いつ死んだと言うのよ！」

幹部二人はマルコの言葉に動揺した。

「だから落ち着け二人とも。ボスはルッチの死と共に闇に葬られた。二人は名前も知らないだろうが、ボスの名は、イル・カモネ。――俺の本名だ」

マルコの告白にノストラも驚いて立ち上がる。

「どういうこと……だ？」

「あんたがボスの正体なのかい⁉」

「そういう事だ。そして、ここにいる街長、ミナトミュラー騎士爵に捕らえられた事で交換条件を飲む事にした」

「『交換条件？』」

「マイスタの街の裏社会の住民の保護、つまり『闇組織』の解体と、手下達を受け入れてもらう組織の新たな創設だ」

「おいおい。なぜ組織が解体されないといけない？」

「そうよ。私達の組織は、その辺の小さなチンピラグループとはわけが違うのよ？」

「それは僕から説明します。――まず、組織を解体する事で、抗争の終結宣言をする事。そして、表向きには危険な組織が無くなった事をアピールする為です。僕はこのマイスタの街を任された立場です。ですからその住民を守るのは僕の責務です。もちろん、みなさんは裏社会で生きてきた立場。その立場も守りたいと思います。そこで組織を一旦解体した後、新たな組織を作ってあなた達を守りたいと思います」

「『新たな組織……？』」

「はい、表向きの組織は、ミナトミュラー商会。裏の組織は、竜星組です。違法な薬物については、その組織では一切扱いませんし、扱わせません。ただ、他の事についてはこれまで同様、裏社会のルールに沿って運営する予定です。綺麗事だけで裏社会が治められると思っていませんので、みなさん幹部には今後も今の立場でやっていただいて構いません」

「それを素直に、はいそうですかと受け入れると思っているのかい？」

普段、物腰が柔らかいノストラが、眼光鋭く街長であるリューを睨みつけた。

「裏社会では力がものを言いますよね。今、ここであなた方の骨の一、二本を折って力を示してもいいのですが、どうしますか？　お二人はそんな事をしなくてもいいくらいに利口だとマルコは言っていましたが」

ノストラの睨みも正面から受け流し、涼しい顔でリューは答えた。

「……どうやら、ただのガキじゃないらしい。だが、俺もルチーナも下から這い上がって今の地位まで登りつめた誇りがある。うちのグループがあんたの傘下に入るかどうかは今後を見て判断する。今、俺達を殺ってもうちの手下達も従わないと思うがどうするかい？」

「私もノストラと同じ意見さね。素直に従う気もないし、義理も無い。マルコの正体がボスで、それを放棄するなら『闇組織』の解散も仕方がないかもしれないが、手下の面倒を見なくちゃいけないからね。ノストラ同様、私のグループも好きにやらせてもらうよ」

二人は素直にリューに従う気はないらしい。

それもまた、仕方がない。

「……わかりました。ですが、あなた方もマイスタの街の住民です。今回のように会合をたまに開いてこの街の未来の為に尽力してください。バラバラになって揉め事を増やすよりはいいでしょ？」

「……この街への思いは同じという事かい？　──マルコ、あんたがボスの正体なのには驚いたが、組織を解散する以上、お互い対等で行こう。会合は反対する理由も無い、やる時は連絡をくれ」

ノストラはそう答えると、リューの脇を通って部屋を出ていく。

「それじゃ、私もノストラと同意見だからいいわよね？　──それじゃあねマルコ。街長代理も頑張りなさいな」

そう答えるとルチーナも部屋を出て行った。

「良いんですかい、若？」

「今は仕方がないね。僕達もルッチのグループを吸収してまとめ直さないといけないし、やる事は沢山あるよ」

リューはそう言って切り替えると、新たな部下マルコを含めたリーン達を引き連れて、新たな一歩を踏み出すのであった。

書き下ろし特別篇

URAKAGYOTENSEI

子分と若と姐さん

最初の印象は、大したものではなかった。

目の前にいるその少年は着るものや佇まいから良いところの育ちであろうという程度で、それがリューを見た時の第一印象であった。

どちらかと言えば、エルフの美少女が傍にいたのでそっちの方が目立つくらいのものだ。

ランスキーは長く裏社会を歩いて来た人生だったから、弱みを作らないように女にも執着する事無く生きて来た。だからそのエルフの美少女も一目見たら興味は失せていた。

だが、次の瞬間、口を開いた少年の言葉に一気に興味を惹かれた。

それは仕事の依頼だ。

聞けばこのマイスタの街の新領主であるランドマーク家から派遣されてきた街長だと言う。

まだ、十二歳の子供だが、その口調はしっかりしていて碧眼であるランスキーの鋭い眼光の威圧にも怖気るどころか、どこ吹く風というように受け流すその肝の据わり方にさらに驚かされた。

それだけで子供でありながら騎士爵という地位に叙爵された事に納得する思いだったのだが……。

そんなランスキーに、さらに止めを刺す出来事が待っていた。

それは道路整備の仕事である。

そこでリューとリーンのとてつもない土魔法を見せつけられたのだ。

ランスキーの下にいる職人達にも土魔法による土木工事を得意とする連中はいたのだが、その連中が足元にも及ばないくらいであったから、これには倍の驚きであった。

世の中にはこんな凄い子供や少女がいるのかとランスキーのみならず、その部下達も脱帽する思いである。

そんな格の違いを見せつけられたところに、さらにこの街への思いを聞かされた。

このマイスタの街の行く末を考えて作られた闇組織でさえ、今では組織の利益を考えて動く集団になっている。

それが余所者である十二歳の子供の街長の方がこの街の事を真剣に考えているのだから、ランスキーの心を大きく揺り動かさずにはいられなかった。

そして、自分でも思いもよらず、

「ミナトミュラー騎士爵殿！　俺をあなたの部下に取り立ててください！」

と口走っていた。

その後は自然と正座し、再度願う事で受け入れてもらえた。

そしてその時に、忠誠を誓い四十五歳で独身のランスキーが十二歳の子供を親とする契りを交わしたのだから人生とはわからないものである。

他人から見ればそれは滑稽に見える出来事かもしれないが、ランスキーはいたって真剣だったし、何より後悔どころか真の主を見つけたようなすがすがしい気持ちであった。

ランスキーにとって、この新たな主は非の打ちどころのないボスであった。

強いて言えば、歳が若すぎる事くらいが難点であったが、口調や態度、考え方、その物腰は子供のそれではない。

リューという存在はランスキーと職人達の裏社会を歩いてきた者にとって、一筋の光だったかもしれない。

そんなわけで、ランスキーと職人達は、この新たな主であるリューとリーンの相応しい呼び方をまず考え始めた。

ああでもない、こうでもないと考えを出し合った結果、その見た目を重視してリューを「若」、リーンを「姐さん」と呼ぶ事にしたのであった。

若と姐さんは終始ボスとして立派であったが、そんな二人にも年相応の反応が見られる事があった。


ある日のマイスタの街中での事。

「若。この辺りは地元の飲食業に従事しているものが多い通りです」

ランスキーは、リューとリーンに街を案内していた。

「うん。いい匂いしているからわかるよ。この通りは初めて来るけど、へー、結構いろんな地域の料理を扱うお店があるんだね」

リューは通りに出ている看板を眺めながら感想を漏らす。自身も料理に力を入れているからか、興味を惹かれたようだ。

「へい。マイスタの街の住人の先祖は全国から集められた職人の集団でしたから、自ずと各地域の料理を作る料理人も集まっています」

ランスキーは丁寧にあっちのお店はどこの地域、こっちのお店はあの地域の郷土料理などと説明していく。

「これは凄いね。王都でも各地の料理を扱っているお店は多いけど、この街の規模でこのお店の数は凄いんじゃない？」

リューは、目を輝かせ始めた。

「エルフの郷土料理のお店は無いのね？」

リーンが、ざっと料理屋の看板を眺めて指摘した。

「すみません、姐さん。この街が出来た当初は、多種族に対する差別も横行している時でしたから、移住者は人族が中心だったみたいです」

「それなら仕方が無いわね。少し前にやっとうちのパパ達のお陰で人とエルフとの間の差別意識が解消されたばかりだし」

「姐さんの御父上ですか？」

ランスキーはリーンの家柄を知らないので聞き返した。

「リーンはリンドの森の村、その村長であるリンデスの娘なんだよ」

リューがリーンに代わってランスキーにその血筋について簡単に説明した。

「え⁉　あのエルフの英雄のリンデスですか⁉」

「そう、それが私のパパよ。でも、言っておくけど、リューのお父さんのファーザ君、その奥さんのセシルちゃん、祖父のカミーザおじさんにケイおばさんも凄いんだからね？」

リーンは父親を自慢するでもなく、ランドマーク家の人々についても忘れずに指摘するのであった。

「これは驚きました。若も姐さんも只者ではないと思っていましたが、血筋も凄いですな」

ランスキーは素直に感心した。

「ははは。リーンはともかく、うちは元々平民の出だから大した事はないよ。――うん？　あれは何のお店かな？」

リューは謙遜して答えると、色とりどりの壁が特徴のお店に気づいてそちらを指差した。

「あっちは菓子屋ですね。菓子職人も各地の一流が集まっていましたから、今の代の者達もその技術を受け継いでいる者が多いです。しかし、お菓子は贅沢品ですから、この不景気な街では鳴りを潜めて細々とやっている感じですね」

ランスキーは、この街の現状を伝えた。

「お菓子!?」

先程まで落ち着いた雰囲気だったリーンがこの日初めて高揚した反応を見せた。

「それは興味深いね！」

リューもリーン同様に良い反応をする。

「ええ、さすがに街が出来た当初のような高級志向の品はもう作っていないみたいですが、各郷土の素朴なお菓子はこの街で今も売れるので、それを中心に出しているみたいです」

「へー。それは残念だなぁ……」

とリュー。

「各地の高級お菓子食べられないの⁉」

今日一番のテンションを見せたリーンは一気に残念そうにショックを受けてテンションも下がるのであった。

ランスキーは普段とは違う二人の反応に軽く驚いた。

特にリューの護衛役として淡々としているリーンがお菓子に反応して乙女になっているのは微笑ましい。

「どこか立ち寄ってみますか？」

ランスキーは気を利かせてお菓子屋に寄る提案をした。

「そうだね。リーン、何か食べたい物はある？」

リューもリーンがノリノリなので頷く。

「うーん、何があるのかしら？」

リーンは多くのお店からどこを選ぶべきか迷う素振りを見せた。

「そうですな。各地の特徴としてパン菓子が一番多いです。庶民向けのお菓子なので高級品の砂糖を使用しているものは少ないですが、チーズや干し果物、香辛料を入れた物など、地域によって特色があります。俺は薄い生地の中にペースト状の香辛料を入れ、焼いて膨らませた皮パンが好きでしたね」

ランスキーは子供の頃からよくかじっていたお菓子を思い出して勧めた。

「へー、香辛料か。リーン食べてみる？」

「もちろんよ！」

リーンの住んでいたエルフの村のおやつと言えば、果物だったから、人の食べるお菓子、特にリューが考える甘いお菓子は大好物である。

そして、リュー以外の人間が作るお菓子も興味はあるのであった。

「わかりました。ちょっとお待ちを」

ランスキーはそう答えると一軒の小さなお店に入っていく。

「親父、元気か？　皮パンを三つくれ」

「おお、ランスキーじゃないか。最近来ないから心配していたぞ。——また、皮パンか？　お前も好きだねぇ。ひゃひゃひゃっ！」

年老いた店主が小さい頃からよく買いに来ていたランスキーに懐かしさを感じながら袋に皮パンを四つ入れる。

「親父、三つだぞ。耄碌（もうろく）しているじゃねぇか」

ランスキーが、失礼なツッコミを入れる。

「馬鹿言え！　一つはおまけに決まっとるだろうが！　お前はガキの頃から口が悪いが、それはもう一生治らんな」

年老いた店主もその失礼なツッコミが嬉しいのだろう、笑いながら悪態を吐くのであった。

「若、姐さん。お口に合うかわかりませんがどうぞ」

ランスキーは、袋を差し出す。

「これが皮パンか！　え、凄く軽くない？　それに硬い」

リューが差し出された袋から皮パンを取り出すと手の平サイズの大きさからは想像できない軽さと表面の硬さに驚いた。

「本当だわ。これ中身入ってないんじゃないの？」

「ははは っ！　その通りです。皮パンは皮だけのパンでして、生地の内側にペーストした香辛料が引っ付いているだけの変な食べ物なんですよ」

ランスキーは二人の子供らしい反応に嬉しくなりながら、説明した。

「僕達をからかっているな、ランスキーは」

リューは楽しそうなランスキーを見て反応すると、一口、皮パンを齧ってみた。

「やっぱり硬い……。あ、でも、この硬さ嫌いじゃないな。それに生地が香ばしくて香辛料のピリッとした味と合っているかも」

リューが硬い生地を噛みちぎって味わうと素直な感想を漏らした。

「じゃあ、私も……。──甘くないけど、この歯ごたえと素朴な感じの生地が私は好きよ。リューの作るお菓子とはまた違う美味しさね」

あまり褒める印象が無いリーンも素朴な味が嫌いではないようだ。

「気に入ってもらえて良かったですよ」

ランスキーはそう言うと、皮パンを大きな口で少し噛みちぎって懐かしい味を味わうのであった。

ランスキーはリューとリーンに、ここを紹介できて良かったと思った。

二人の子供らしい表情も窺えて、どこか安心したのだ。

「(若も姐さんも普段やっている事は大人顔負けだ。いや、大人以上の事をやってのける。だから俺達もつい大人としての扱いをしてしまうんだが、やはり、年相応に根っこには子供の部分があるのだ。それを知るか知らないかで仕えるのは、また全然違う)」

とランスキーは一人そう自分に言い聞かせると、満足するのであった。

その後、リューは菓子職人の技術の方に興味を持ったのか他のお店に入ってお菓子を作っているところを見学させてもらった。

リューも色々な事を挑戦してやり続けているせいか職人気質な部分があり、そういう意味で技術の部分が気になり職人に詳しく聞くのだった。

「詳しいな。坊主!」

職人はリューが自分の街の街長だとは知らない。そして、まだ十二歳の子供が菓子作りの技術に詳しい事が嬉しくなり、色々と説明を始めた。

リューもそれに応えるように頷き感心する。そして、また、質問し始め、話に花を咲かせるのであった。

リーンはその隣で、並べられていた見た事ないお菓子を一つ購入して嬉しそうに食べている。

ランスキーはその姿を微笑んで見ていた。

「何よ？　美味しいんだから仕方ないでしょ？」

リーンはランスキーの視線に気づいて、ちょっと照れながら言い訳するのであった。

ランスキーも職人の端くれである。

リューの技術に対する反応も、リーンの商品を評価し喜ぶ反応も純粋に嬉しいものだ。

それが、仕える相手の反応となったら最高である。

ランスキーはリューとリーンに、心の中で再度、忠誠を誓うのであった。


ランスキーは時間を作っては遠目から、よくリューとリーンの学校への通学を見送っていた。

本当は黒一色の馬車に乗り、黒一色の服で周囲を威圧して二人を学校前まで送り届けたいところであったが、それは嫌がられたので遠目で見送っているのである。

学園の外壁の上からリューとリーンの授業風景もたまに覗いていたが、それはリーンにすぐに気づかれて注意された。しかし、「邪魔をしない範囲で見る分にはかまわないわよ」とリーンに許可されたのは意外だった。

学校でのリューとリーンは他の生徒よりずば抜けて優秀であった。

実技の授業では他の生徒とは段違いの魔法や剣技を披露しているのだ。

勉強の方はさすがに外から見ているだけでは何もわからないが、それでも普段からのあの頭の切れようである。容易に想像がつくというものだ。

それでふと、ランスキーは二人にこんな質問をした。

「若、姐さん。こう言っちゃなんですが、お二人が学校で学ぶ事はあまりないのでは？」

「そうかな？　僕は（前世でろくに学校に通っていなかったから）学ぶ事は意外に多いよ？　確かに勉強という意味で学ぶ事についてはお母さんから沢山学んでいたから知っている事も多いけれど、それでも知らない事はもちろんある。それを学校で学んだ時の喜びは大きいかな。それに何より沢山の同年代の同級生との人間関係が作れる事がまた楽しいんだよね。友達って大事だよ。それを学校で作ってそこから学ぶ事も多い。それとは逆に友達に知らない事を教えるのも楽しいしね。お互いに教え合う事って、相手を詳しく知ってどうすれば理解してもらえるかを工夫する事でもあるんだ。お互いにそうやって高め合っていけているのは財産になっていると思う」

「私も同意見よ。エルフの村やランドマーク領では同年代の子は王都の学園程いなかったから同級生が沢山いるとそれだけでも新鮮だし、勉強は一人でやるより、みんなとやる方が楽しいわ。それだけでも学ぶ事に意義があると思うわよ。ランドマーク本領の学校でも大人が目を輝かせて文字や計算を学んでいる姿を見ても学校の存在は私にとって素晴らしい事だと思うし……」

　そして、リーンは「ランスキー、あなたの質問は愚問よ」と、最後に付け加えるのであった。

「姐さんの言う通り愚問でした！　すみません」

　ランスキーはリーンの指摘通り愚かな質問をしたと反省した。

　確かにリューもリーンも授業中は楽しそうにしていたし、生き生きとしていた。

　ランスキーは改めて二人がその才能に関係なく、感性はまだ年相応なのだと思ったのだった。

　普段、あまりにしっかりしているから度々忘れがちになるランスキーであったが、今度は二人の大人顔負けの部分、いや、大人以上の部分を再度確認する事になる。

それは闇組織幹部であるルッチが運営していた葉っぱ畑襲撃の時であった。

学校の授業風景からリューとリーンの剣技の実力は理解しているつもりだったのだが、畑を警備していたルッチの腕利きの部下達をものの見事に壊滅させる様を目の前で見せつけられると格の違いを感じずにはいられなかった。

特に、「ルッチ子飼いの用心棒を若はサシ（一対一）で倒したようです」と部下から報告を受けた時は脱帽するしかなかった。

それに今回の襲撃作戦はリューが自分で考え、それをみんなに指示したわけだが、それがものの見事に全て当たったのだから凄いとしか言いようがない。

二人の子供らしさを知りつつ、大人顔負けの強さと頭脳を見せつけられると、ランスキーはまた、そのギャップに尊敬の念を深めるのであった。

ランスキーは、どっちが本来の若なのだろうか？　と思う事も以前はあったが、今はどちらも含めて若なのだ、と思うようになっていた。

その極めつけが、ランスキーに対しての配慮であった。

その日、リューはランスキーにルッチ捕縛の任を与えた。

「俺ですか？」

「ランスキーはルッチと因縁があるんだろう？　自分の手でそれに決着をつけた方が良いと思う」

「若……。お気遣いありがとうございます。その任、引き受けます」

こうしてランスキーはマルコの手下の一人に化けてルッチの元に行き、夜の王都の一角でルッチを取り押さえる事になった。

一度は殺し合いをして痛み分けしたほどの相手だ。まともに正面からいけば、また、派手な殺し合いになるところだっただろう。

だが、ルッチの背後を取ったランスキーは手下の一人に成りすまして背後に音も無く忍び寄ると、いとも簡単に両足を刈ってその場にひっくり返し、腕を取って地面に押さえ込む事が出来た。こうしてリューの策で修羅場を見る事なしにルッチを呆気なく捕縛する事が出来たのであった。

当初、ランスキーはルッチにボスの正体を吐かせた後、自らの手で始末し過去の因縁に終止符を打つつもりでいた。

だがしかし、それが顔に出ていたのだろう。

「ランスキーは大切な部下だし、何よりミナトミュラー一家の大事な家族だから、復讐を最後まで果たさせてあげたい気持ちもあるけれど、あんなちんけな悪党を相手に自らの手を汚す必要はないよ。そんな糞のような仕事は騎士団に任せて、法の下できっちりと裁かせればいいんだ」

とリューが指摘した。

「そうよ、ランスキー。ミナトミュラー家の一員としてこれからも働くのなら胸を張れる仕事をしなさい」

リーンもリューの意見を支持するように、ランスキーを諭した。

ランスキーはこの二人の言葉に感じ入り、「このお二人だからこそ、自分が仕えるにふさわしいのだ」と心の底から思うのであった。

「若、姐さん。それでもミナトミュラー家の為になる汚い仕事は、これからいくらでも俺はやりますよ」

ランスキーは、ニヤリと笑って覚悟を伝える。

「そっか。――それが自分に胸を張れる事なら僕も止めないし、やらせる事もあると思う。これからもよろしくね」

リューは十二歳の子供なのに表と裏、どちらもよく知っているとしか思えない口調で答えた。

「へい！」

ランスキーはこの子供でありながら、裏社会で生きてきた自分達の事をよく理解してくれている若と姐さんに忠誠の意味を込めて一言返事をするのであった。

戦う管理職

ランドマークビルには頼もしい管理人がいる。

茶髪の茶色い目に高身長の商人、それがレンドだ。

元一流の冒険者でもある。

そんな彼がなぜ冒険者を辞めて商人になり、そこからランドマークビルの管理人に収まったのかはほとんど知られていない。

レンドは冒険者として文字通り一流であった。

冒険者全体のピラミッドの頂点に近いところにいたと言っていい。

それほどのレンドだが、冒険者を辞めたのにはもちろん理由があった。

それは、死の恐れを感じたからだ。

元々、冒険者は死と隣り合わせの職業である。レンドもそれを重々承知でやってきた。

若い頃もそのヒリヒリするギリギリのところで冒険していたし、実際、死にかけた事は何度もあった。

その中で最悪だったのが、十代後半での飛行竜討伐クエストだった。

複数の一流冒険者と共に戦いを挑んだレンドは文字通り死にかけたが、カミーザ達親子に死の紙一重で助けられた。

それからもレンドは冒険者として活躍していたが、それは、死を恐れ慎重に冒険するようになってからであった。

皮肉な事だが、カミーザ達に助けられて死を恐れるようになった事で冒険者として結果的に成功した。

そして、地位と名誉を得てお金も稼ぐ事が出来たが、やはり、死を恐れる事に変わりはなかったから、実力がピークで生きているうちにきっぱりと辞めようと決めたのだった。

そして、死とは縁遠い職業は何かと考えた。

それが商人だった。

冒険者とは正反対の職業だったが、各地を旅した経験も生かせそうだと思い、軽い気持ちで転職する事にした。

幸い冒険者としてそれなりの財も築いていたから、レンドはゆっくりと商売をしながらの悠々自適な生活を夢見た。

だから、王都で適当に色々仕入れを済ませると田舎に行き、いきなりお店を構える事にした。

最初は順調であった。と言うより甘く考えていた。

仕入れた品を売る為に田舎に合わせて低い価格設定で売るのだが、売れている間は良かった。

儲けているように錯覚するから。

だが、そうではなかった。

仕入れ値に対して価格が低いので利益はごくわずかだったのだ。

というかそこにお店を構えた経費などを考えると完全に赤字だった。

仕入れ先もちゃんと確保できているわけではなかったから、一度売ったら品不足に当然なる。

だから仕入れが当然必要になるのだが、仕入れるタイミングもわからないし、商品によっては売れないから在庫を抱える事になるものも多くある。

それらの管理が商売を始めたばかりのレンドには全くわかっていなかった。

「最初から店を持ったのは不味かったな……」

レンドは、初めてそこで商人としてまずは行商からやった方が良いと気づいたのだった。

レンドはすぐに最初のお店を畳んで行商からやり直した。

まだ、お金があったレンドは先行投資とばかりに収納量が大きいマジック収納付きバッグを大枚を叩いて購入、また、王都で商品を仕入れて田舎を回った。

そこで売れるもの売れないもの、必要なもの、必要とされていないものを徐々に学んでいくのだが、それらを学習した頃には貯金もほとんど底を突き、小さい商売で細々と稼ぐしかない生活になっていた。

結局、レンドは田舎での悠々自適な商売生活を諦め、王都でマジック収納付きバッグを使った運送業のような地味な商売をするしかなかった。

そんなレンドにとっては夢と現実の差を思い知らされる何の面白みもない商売をしながら数年王都で過ごす事になった。

そこである程度、貯金が出来たレンドは、また田舎に行って商売を始めようと再度挑戦する決意をした。

今度は王都のいくつかの商会に人脈もあるし、仕入れに関して問題ないはずであったからだ。

レンドは早速、とある田舎に小さい店を構え、前回の失敗も踏まえて、安く仕入れて利益が出る程度に安く売るという薄利多売で他所のお店との違いを見せて商売した。

これは田舎の人々には喜ばれた。商品が安く買えるのだから当然だ。

だが、これは他所のお店や商会には大不評であった。

そう、横の繋がりをレンドは考えていなかったのだ。

一人だけ安く商品を売り出したら、もちろん一人勝ちするのは目に見えている。

だがそうすると他のお店、下手をすると他所の村のお店にも影響を与えるのだ。

当然、商品が売れないお店は生活に支障をきたし、場合によってはお店を畳む事になる。

これは競争原理だから仕方がないと言えば仕方がない事なのだが、その代わり、近くの村のお店が潰れてしまえば、みんなレンドのところまで足を運ばなくてはならなくなる。

離れの村に住むお年寄りにとっては、大変なことだろう。

レンドは結果的に各方面から恨みを買う事になった。

レンドは反省して、商品の価格を適正なものにしたのだが、それも後の祭りである。

それに適正価格にすると安さになれたお客からのクレームが激しくなった。

レンドはまたここで反省した。

潰れたお店の店主達と相談してレンドが資金を出す事でみんなの商売再開の後押しをすると、レンドはまた自分のお店を畳むのであった。

そして、王都に戻り、また、運送業を再開して数年が経った。

レンドは食べるお金さえ稼げれば良いという達観した気持ちで商売を続けていた。

レンドは商人としては二流だった。

自己利益の追求をする事が出来なかったからだ。

レンドの場合、極端な結果の連続であった事が原因だが、他者を蹴落として儲ける事が申し訳ない事に感じていたから、商人としては向いていなかったのかもしれない。

幸い二流の商人とはいえ、腕っぷしもあるし性格的には陽気で明るい性格であったから王都ではそれなりに顔も知られていった。

ただそれはしがらみが増える事でもあり、レンド自身はあまり楽しいとは思えない日々であった。

そんな息の詰まる生活に限界を感じていたある日、王都に構えている小さい自分のお店にお世話になった同年代の古い知人が訪ねてきた。

それは辺境で下級貴族として生活しているはずのファーザであった。

「何で王都にいるんですか!?」

「手紙で言っただろう。うちの息子が王立学園を受験するって」

「それは聞きましたが、ファーザさんが来るとは聞いてませんって！」

「ははは、私もまさか、また王都に来るとは思っていなかったけどな。実は相談があって来たんだ」

「相談……ですか？　俺に答えられる事なら何でも答えますがなんですか？」

レンドは、恩人でもあるファーザに誠意ある態度を示した。

「実は手紙でも話した事だが、南東部での商売が軌道に乗っているんだ。それで今回、王都にその商売で進出しようと思っている。正直こっちの事はまるでわからないから、王都で商売をしているレンドに相談するのが一番だろうと思ったんだ」

「……王都に進出ですか……」

レンドは考え込む。

正直、王都の商売で苦労しているレンドにとっては、あまり勧めたくない思いがある。

田舎と王都では考え方も違うだろうし、下手をすると食い物にされる可能性もあるのだ。

商会やお店、商業ギルドの横の繋がりもあるし、下手な事は言えないと思った。

「こちらの王都の商会に代理を頼んで販売してもらう形が安全かなと思っているんだがどうだろう？」

ファーザは考えの一つを披露して見せた。

「代理店ですか……。まぁ、待ってください。近くに俺がよく利用する飲み屋があるので、そこで一杯ひっかけながらじっくり話しましょう」

レンドはそう答えると場所を移動するのであった。


二人は飲み屋で夜まで飲みながら話し合った。

レンドとしてはファーザから話を聞く限り、仲介を挟んでの商売は勿体ないと思った。

改めて成功している『コーヒー』や新型の馬車などは王家御用達商人まで目を付けているのだから仲介料を取られながら売るより、自分で直営店を出し、王都価格で販売した方が利益ははるかに大きい。

何よりオリジナル商品だから競合商会が無いのも大きい。

馬車は一見すると競合商会がいそうだが、話を聞く限り王家も購入している特別商品だ。

現状の馬車を扱う商会は相手にならないだろう。

つまり最初から横の繋がりを気にする事がないから、仲介を挟むよりよほど楽に商売ができる。

それらをレンドは誠実にファーザに説明した。

「……なるほどな。やはり、レンドに相談して良かったよ。一応、息子とも要相談だがな」

「息子？　長男のタウロですか」

「いや、三男のリューだ。商売に関してリューの方が詳しい」

「三男ってまだ、十二歳でしょ？　今回、受験で来ているという……」

「手紙では話せなかったが、このリューが全ての商品の発案者で――」

レンドは、ファーザから嘘のような話を聞かされた。

正直、誠実なファーザの口から聞いていなかったら、ただの出まかせとして済ましている内容であった。

「お、もう、遅いな。また、明日来るよ」

ファーザはそう答えると、二人分の飲み代を支払って帰っていった。

連日、レンドはファーザの相談に乗った。

後半はランドマーク家の家族、息子自慢であったが、恩人のカミーザ、ケイ夫婦も元気そうだし、友人の近況が詳しく聞けて久し振りに楽しい時間であった。

それから数日後。

「レンド、うちのランドマークビル（仮）の管理人になってくれないか？　まあ、責任者と言うか、王都におけるランドマーク家の執事というか」

「は？」

レンドは想像だにしていなかった誘いに不意を突かれて聞き返した。

「お前、今の商売が楽しくないと言っていただろう？　その割にうちの相談に乗っている時は楽しそうにしているじゃないか。ならば、うちで楽しく商売しないか？　私としては信用できる人材が欲しいところでもあるしな。それにうちの息子がお前を勧めるんだ」

「三男のリュー坊ちゃんが、俺を……ですか？」

「ああ。何でも普通の商人なら、うちの儲け話に一枚噛ませろ、くらいの交渉をしてもおかしくないのに、それがないのが信用できると思ったらしい。私もそう言われて確かにな、と思ったよ。商人なら自己の利益を考えるところだが、冒険者時代からレンドは変わっていないな」

ファーザは笑ってレンドの肩を叩いた。

「……そう言われてみると、俺は商人としては二流ですね……。そんな奴に任せて大丈夫ですか？」

「なーに。うちの利益を考えて行動してくれればいいのさ。レンドは自分の利益を考えるよりは、誰かの事を考えて行動する方が向いていそうだ。それにこれまでの経験から管理業務は慣れたものだろう？」

「嫌でも身に付いたものではありますけどね。……うーん、どうしたものか……。――わかりました。その依頼、受けます、やらせてください」

レンドは渋ったものの、友人ファーザの依頼を引き受けるのであった。

レンドはファーザの言うランドマークビル（仮）を前にして愕然としていた。

王都進出第一号だからその規模は小さいと思っていたのだ。

それがどうだろう。

王都の王城以外では観光名所の塔以外で五階建ての代物を見た事がない。

つまり、大きさだけなら王都の大商会といい勝負だ。

まぁ、大商会は大きな倉庫をいくつも確保していたりするから多少大袈裟だが、店舗だけなら十二分に広い。

これだけでも、宣伝になる。

それになにより、王都の一等地。

それも曰く付き物件であった場所を安く入手出来ているというから経費もあまりかかっていないという。

出だしからレンドはランドマーク家に度肝を抜かれるのであった。

そして、ファーザの三男リューの頭の良さに驚かされた。

商品のほとんどの案を考えただけでも凄い。

さらにはランドマークビル（仮）を土魔法で建築したのもこの子だと言う。

最初からレンドは驚かされっぱなしであったが、驚いてばかりもいられない。

自分はこのランドマークビル（仮）を管理する立場だ。

まずは人の確保が緊急課題であった。

王都で仕事募集して、良い人材をなるべく集めないといけない。

さすがに名を全く知られていないランドマークにどの程度の人が集まるかわからないが、従業員だけでも確保しないと話にならないのだ。


……と思ったのも無駄でした。


レンドはまたも驚かされる。

それはまたもや、リューであった。

従業員は本領で募って連れてくると言い出したのだ。

片道三週間のランドマーク領から百歩譲って連れてくるとしよう。

それはいい。

だが、こう言ってはなんだが、辺境の田舎の領民が識字率が比較的に高い王都において、どのくらい役に立てるのだろうかと疑問が残る。

三週間もかけて王都に呼ぶほどに、その価値があるのか？

……ありました。というか、『次元回廊』って何!?

レンドは目の前でリューが一瞬消えては、人を連れて目の前に現れるという手品としか思えない連続に呆然とした。

驚きはそれだけに終わらず、連れてくる領民達は全員、読み書きどころか計算まで出来るのだ。

そして何より、ランドマーク家への尊敬が根幹にあり、さらに忠誠心が高く、良し悪しについても高度に理解している。一人一人の教育水準が高いのだ。

正直、このレベルの従業員一人を見つけるのに王都で百人に声を掛けても、一人見つかるかどうかだろう。

いや、無理かもしれない。

初見の人間にランドマーク家への忠誠をいきなり求める事など不可能だからだ。

従業員達は他所に出したら、その仕事先ですぐに出世しそうな水準の者ばかりである。

欠点を探すとしたら、王都の事をよく知らない純朴な、擦れていない性格だろうか？　そこに付け込まれて騙されそうであるが、それも今後の教育次第だ。

レンドの心はウキウキしていた。

こんな優秀な人材を管理して、特別な商品を王都でも見た事がない五階建ての建物で販売するのだ。

ランドマークビル（仮）内には店舗が複数あり、職人も常駐する。

レンドはそれらを全て管理するから大変なのだが、やりがいの方が大いに勝るのだった。

レンドは管理の為に一つ一つの商品を詳しく確認したし、職人とも話し合った。

そこには王立学園合格が決まってから、よく傍にリューがいて、知りたい事も齟齬が無いように説明してくれる。

「リュー坊ちゃん。……本当に十二歳ですか？」

レンドは自分を雇うようにファーザに進言してくれたこの天才という言葉では片付けられない少年に改めて確認するのであった。

「何を言っているのレンド。だからこそ、学校に通って勉強するんじゃない！　王都の学校は王国一なんだよね？　学ぶ事は多いはずだよ！」

リューの純粋な言葉に、レンドはそこで初めて、本当に十二歳なのだな、と思うのであった。

それと同時に純粋な部分があるこの少年に、「坊ちゃんレベルの生徒は王都でも多分いませんよ？」と事実を言って、夢を壊せないなと思うのであった。


ランドマークビルから（仮）が取れて、オープンした。

雇い主であるファーザやアドバイザーのようなリューとかなり打ち合わせを重ね準備してきた結果、想像を遥かに超える売り上げを初日から記録した。

そして何よりトラブルらしいトラブルが、ほとんど起きなかった事がレンドには一番の収穫であった。

従業員教育をこの短期間で行ったが、みんな優秀だったから問題にも上手く対応してくれた。

お客からうちに来ないかと勧誘された者が何人もいるくらい、従業員達は評価されたのだ。

従業員の評価は上の管理者への評価でもある。

そう、レンドは、この瞬間、王都でも指折りの評価を受ける店舗の責任者になったのだ。

レンドはランドマークビルの強みがリューであると確信していた。

それはリューが『次元回廊』で商品を毎朝ランドマーク本領から一瞬で運んでくれるという事だ。

仕入れが確実なのは大きい。

自分が痛い目に遭っているからなおの事だ。

そして、ランドマークは男爵家であるから、下手にトラブルに巻き込まれる事もない。

レンドが商人時代に悩まされた事全てがここでは悩まなくてよく、何より扱っている商品はオリジナルだから、胸を張って販売出来た。

それに問題が発生しても、ファーザとリューに相談できるというのも大きい。

あの時は一人で悩み、一人で解決しないといけなかった。

今は一人ではないし、こんなに頼りになる上司がいるので安心して仕事ができる。

最高の職場にレンドは、商人として初めて楽しいと感じた。

それに自分は必要とされているから遣り甲斐しかない。

商人として、管理職として、評価され、頼られている。

そんなある日、元冒険者としての腕っぷしも頼られる事になった。

昔、悪い意味でお世話になっていた闇組織を潰すという。

リューの提案にはまたも驚かされるのだった。

これで何度目だろう？

無茶を言いやがると思う反面、リュー坊ちゃんならやれるのではとワクワクさせられる。

そして、久し振りに恩人であるカミーザと一緒に正義の味方のように陰で暗躍するという心躍る体験もできた。だが、今の俺はランドマークビルの責任者だ。腕っぷしよりも頭を使わないとな。活躍の場はこっちだ。

レンドは今の自分の立場に誇りを持っている。

だから荒事は自分の範疇ではない。

「おーい、レンド！」

「なんです、カミーザさん？」

「今から闇組織の拠点を襲撃するから準備しろ！」

「えー⁉　一応、俺、このビルの管理を任せられた商人……、――わかりました！　行きましょう！」

訂正！　俺は戦う管理職だ！

レンドは灰色の布で顔を隠すとカミーザに付いて、夜の王都に消えていくのであった。

あとがき

どうも、この作品「裏稼業転生」作者である西の果てのぺろ。です。

まず、はじめに、この作品を手に取って頂き、ありがとうございます。

あ、これ二巻ですからね？　一巻から読んで下さいよ？　お願いします。

それを承知の上で手になされた方。

ありがとうございます、一巻を読まれた方ですね？

まさか二巻から読むのが趣味という稀有な方ではないですよね？

そうではないと信じつつ、一巻に引き続き、お楽しみいただけたでしょうか？　とお聞きしておきます。笑
今回の舞台は実家であるランドマーク領から、王都になっています。

リューにとっては、前世ではろくに学校に通っていなかった事もあり、学園生活をエルフの従者であるリーンと共に純粋に楽しんでいる部分と、作者の中ではようやくタイトル回収となりそうな裏社会と関わっていくお話の表と裏が混在する展開となっています。

そう、ここからが真の本番なのです。

主人公リューの前世での知識と経験はランドマーク領において、優しい家族と領民の為に生かされてきました。王都では、その家族と領民に加えて学園で出来た友人、マイスタの街の領

民、そして、裏社会の人々と守るものが増えていき、その為にリューは力を尽くし、活躍していきます。

その辺りも続きを想像して頂けたら幸いです。

この作品の読みどころの一つとしまして、作者のネームセンスがあります。

おふざけが過ぎると思われる事もあると思いますが、作者はいたって本気です（ふざける意味で）のでその辺りもて楽しんで頂けるとありがたいです。

最後に一巻から引き続き、この作品を書籍化して頂いたTOブックス編集部各位、私の担当を務めて頂いている編集者Y様、書籍化に携わって下さった関係者各位、今回も素晴らしいイラストを描いて頂いたriritto様、心よりお礼申し上げます。

一巻でも申し上げましたが、二巻でも担当者Y様には色々と泣きつきまして大変お世話になっております。

こちらのあとがきでも引き続き感謝とお詫びを申し上げます。

色々とありがとうございます。そして、また、書き下ろしSSが書けないと泣きついてすみませんでした！

その泣きついて生まれた書き下ろしはこの巻では二つありますので、マニアックな内容になっていますが、お楽しみください。

次回予告
闇組織の縄張り争いは
シノギで決着⁉
手打ちにしましょう
コミカライズ進行中！
URAKAGYOTENSEI
裏稼業転生
〜元極道が家族の為に
領地発展させますが何か？〜
3

このニホン酒で
シノギ
心優しき元極道少年の
義理と人情の
領地経営ファンタジー！
2023年冬 第3巻発売予定！

ティアムーン帝国物語
小説
第14巻
2023年
9月9日
発売!
シリーズ累計
140万部
突破!
(紙+電子)
TVアニメ放送開始!
帝国物語
式HPへ!
餅月望―著
Gilse―イラスト
原作HP
TVアニメHP

Comics
ティアムーン帝国物語
ティアムーン帝国物語
ティアムーン帝国物語
ティアムーン帝国物語
ティアムーン帝国物語
漫画：杜乃ミズ
コミックス
第7巻
2023年
10月14日
発売！
2023年10月より
MBS・TOKYO MX・BS11にて
ティアムーン
断頭台から始まる、
姫の転生逆転ストーリー
詳しくは公

裏稼業転生２
～元極道が家族の為に領地発展させますが何か？～

2023年９月１日　第1刷発行

著　者　西の果てのぺろ。

発行者　本田武市

発行所　TOブックス
〒150-0002
東京都渋谷区渋谷三丁目1番1号　PMO渋谷Ⅱ　11階
TEL 0120-933-772（営業フリーダイヤル）
FAX 050-3156-0508

印刷·製本　中央精版印刷株式会社

ISBN978-4-86699-925-8

Printed in Japan